# 本が紡いだ五つの奇跡

森沢明夫



講談社

目次

# 本が紡いだ五つの奇跡

# 第一章　編集者　津山奈緒

わたしは空が好きだ。とても。

でも、都会で見上げる空には、いつだってほんの少しだけ「空(から)っぽな色」が混じっている気がして淋しくなる。それは、きっと、遥か空の向こうに、生まれ育った「海辺の町」を想ってしまうからだろう。

都会の片隅で暮らしはじめてから、もう八年も経つ。

それなのに、わたしの気持ちは、いまでも故郷の方を向いているらしい。

二六歳にもなって、少し情けないけれど……。

わたしは根っからの田舎者(いなかもの)なのだ。

＊＊＊

ちょっぴり古びた都心のビル。

六階にある会議室の窓ガラスの向こうは、熟れたマンゴー色の夕照(せきしょう)で満ちていた。ひんやりとした師走(しわす)の風に吹かれて建つ街のビル群も、その甘酸っぱいような光に染められている。

「うーん、涼元(すずもと)先生かぁ……」

まぶしい窓の手前にどっしりと座る社長が、太い腕を組み、目を閉じた。今年、還暦を迎えたばかりの丸顔は、ギラギラと脂ぎっていて、眉間には深いしわが刻まれている。

「たしか、涼元先生の前の担当者は、東山だったよな？」

言いながら社長は薄く目を開け、わたしを見た。東山さんの名前を口にしたせいか、眉間のしわがいっそう深くなっていた。

「はい、そうです……」

東山さんは、つい先月、うちの会社「東西文芸社」を辞めて、大手出版社へと引き抜かれていった「超」がつくほど有能な人材だ。少なくとも年に一冊はベストセラーを世に送り出す、いわゆる「カリスマ編集者」。社長も随分と可愛がっていたのだけれど、しかし、あまりにも仕事が出来すぎるがゆえに、あっさり大手にヘッドハンティングされてしまったのだった。我が社が自転車操業の中小企業なのにたいして、あちらは世界的にヒットしている漫画やアニメのコンテンツをいくつも抱え、映画、不動産、インターネット産業など、多角化経営で成功をおさめている大企業だ。当然、社員の給料も比較にならない。

「東山か……」

自分を裏切った「逸材」を思い出した社長は、苦々しい顔で「ふう」とこれみよがしのため息をついた。

わたしは会議室を見渡した。

社長の不機嫌が伝わったらしく、編集、営業、宣伝、執行役員、合わせて十二名の顔が見事に曇っていた。

そんななか、いつもどおり鷹揚な笑みを浮かべているのは、わたしの唯一の後輩、入社二年目の西沢郁美（にしざわいくみ）だった。

郁美はわたしの二つ下で、まだ二四歳になったばかりの黒髪の美人だ。長身なうえに、いつでも姿勢が良く、しかも、悠然と微笑んでいるから、すでに「大物感」を醸（かも）し出している。小柄なわたしと並んで立つと、「どっちが先輩か分からないよね」などと同僚たちにからかわれたりするくらいだ。

「ええと……、ですね」わたしは、社長の方を向いて発言を続けた。「いまのところ、東山さんから涼元先生の担当を引き継いだ者はいませんので、とりあえず、わたしが担当させて頂いて、味わい深い新作を涼元先生に書いて頂ければと思っていまして……」

「うーん……」

と社長が、また目を閉じてしまった。

マンゴー色の夕照が差し込む会議室に、重たい空気が蔓延していく。

どうしよう。何か、言わないと――。

わたしがちょっと慌てたとき、編集長の祖父江美香（そふえみか）さんが、わたしの名前を口にして沈黙を破ってくれた。

「津山さん、ちょっといいかな」

「あ、はい」

「あのね、津山さんは、多分、知らないと思うんだけど」

「はい」

「たしか五年くらい前だったかな、うちから涼元先生のミステリーを出したことがあってね、そのとき、涼元先生と東山くんが軽くもめちゃったんだよね」

「え……」

「知らなかったでしょ？」

「はい……」

　たしかに、それは初耳だった。

「もめた理由はシンプルでね、先生の本が売れないのは、編集の東山くんと営業部の努力が足りないせいだって、先生が拗ねちゃったからなの」

「そんな理由で……」

「そうなの。だから、まあ、そういうわけだから――」

　美香さんが、その先は言わなくても分かるでしょ？　という顔をしたとき、営業部のイケメン係長・小牧さんが、勝手に「その先」を話しはじめていた。

「あのときは、東山さんと一緒に、ぼくも先生のご自宅にお邪魔したんですけど、かなりこじれちゃって。結局、和解もできないままで……。それ以来、涼元先生の作品は、うちからは一冊も出していないし、そもそも執筆依頼もしていないんですよ。だから、東山さんが辞めたときも、涼元先生の担当だけは誰にも引き継ぎがなかったんですよね？」

そう言って、小牧さんが編集長の美香さんを見た。

美香さんは、何も言わずに小さく頷いてみせた。

「だから、もしも、ですけど――」イケメンの小牧さんが続ける。「津山さんが担当を引き継いで、あらためて執筆依頼をしたとしても、多分、うちの会社には書いてくれないと思いますよ」

「…………」

わたしは何も言わず、いや、言えずに、いつも頼りになる美香さんを見た。しかし、美香さんは少し困ったような目でわたしを見て、小さく首を横に振るのだった。

「奈緒（なお）ちゃん、ごめん。正直、わたしも、小牧くんと同じ意見かな」

奈緒ちゃん、と下の名前で呼んだのは、わたしの気分を少しでも軽くしようと気を使ってくれたのだろう。

さらに、小牧さんが駄目押しをはじめた。

「あと、ぶっちゃけ涼元先生のミステリーは、あんまり売れないんですよ。他社から出した作品の数字を調べてみてもイマイチですし」

八方塞がりのわたしは、社長を見た。

我が社のボスは、相変わらず腕を組み、目を閉じたまま、大仏のように微動だにしない。

わたしは、ため息の代わりに、そっと深呼吸をした。

まだ、あきらめちゃ駄目——と胸裏で自分に言い聞かせる。

「ええと、涼元先生のミステリーは、イマイチ売れないんですよね？」

わたしは「ミステリーは」という言葉を強調して小牧さんに問いかけた。

「はい。売れないです。イマイチというより、正直、さっぱり売れていません」

容赦のない小牧さんの言葉に心が折られそうになるけれど、それでもわたしは踏ん張った。

「でも、わたしが涼元先生に書いて頂きたいのは、ミステリーじゃないんです。かつてベストセラーになった『空色(そらいろ)の闇(やみ)』みたいな、心にじんわりと沁みてくる、ハートフルな作品なんです。涼元先生の真骨頂は、きっとミステリーじゃなくて、キャラクターたちの心の揺れを繊細に描き出す人情話にあると思うんです」

「…………」

「つまり、他社でも数字が出ないのはミステリーという分野に問題があるんじゃないかと、わたしは――」

「ああ、もう、いいよ」

いきなり太い声がして、わたしの言葉を遮った。

声の主は、社長だった。

「言いたいことは分かったから。津山さん、きみ、そこまで言うなら、まずは涼元先生を口説いてみろよ」

ギョロリとした目で、社長はわたしを見据えた。

「え――」

「口説き落とせたら、書き下ろしを一本だけ書かせてみな」

社長の台詞（せりふ）に動揺が走ったようで、少し会議室がざわついた。

「え？　執筆依頼をして、いいんですか？」

「だから、いいってば」

面倒臭そうに言った社長の背後から差し込む夕照が、まるで後光のように輝いて見えた。

「あ、ありがとうございます」

わたしは腰を直角に折って頭を下げた。

「ただし――」

ん？

いったん下げた頭を、ゆっくりと戻しながら、わたしはあらためて社長を見た。マンゴー色の光のなかにいる社長は、にっこりと笑っていた。でも、その視線のなかに、いかにもワンマン経営者らしい冷酷さが見えた気がして、わたしは背中に鳥肌を立ててしまった。

「きみは、ここにいる経験豊富な先輩たちの反対を押し切るんだから」

「………」

「どんなことがあっても結果を出せよ」

社長は「結果」という単語をことさら強調して言った。

「え……」

言葉を喉で詰まらせたわたしを、周囲の人たちは、やれやれ、という目で見ていた。

「だーかーら、あの東山でも売れなかった作家に、きみが責任を持つってことだよ。その意味は、分かってるよな？」

わたしの脳裏に、カリスマ編集者の顔が浮かんだ。

いつも颯爽（さっそう）と社内を闊歩していた雲の上の人――。

結果。責任。その意味……。

薄ら笑いを浮かべた社長の怖い目が、まっすぐにわたしを射貫いていた。

「が、頑張ります」

と答えたとき、なぜか背中の鳥肌が、ざざざ、と両腕にまで広がった。

＊＊＊

「それ、再校ゲラ？」

赤ペンを片手に文庫のゲラをチェックしていると、すぐ背後から声がした。

「ひっ」

椅子から五ミリくらいお尻を跳ね上げたわたしは、慌てて後ろを振り向いた。

「びっくりしたぁ……。美香さん、驚かさないで下さいよ」

「あはは。ごめん、ごめん。そんなつもりはなかったんだけど。ずいぶん集中してたんだね」

笑っている美香さんの右肩には鞄がかかっていた。今日はもう帰るのだろう。

「これは、まだ初校ゲラなんですけど、結構、急ぎなんです」

「そっか。印刷所への戻しは、いつ？」

「明日の午前中には戻したいんですけど」

「相変わらずタイトそうだね」

「そうなんですよ。わたしはちゃんとスケジュールに余裕を持たせていて、どう転んでも楽勝なはずだったのに――」

締め切りに遅れた担当作家の愚痴をこぼそうとしたら、美香さんの手がわたしの背中をポンと叩いた。

「え――」

「集中を切らせてごめん。引き続き頑張ってね」

「あ、はい」

「わたしは緑川先生から呼び出しがかかったから、これから例の新宿のバーに顔を出して、そのまま直帰するわ」

「え、また呼ばれたんですか？　まったく、編集者の時間を何だと――」

「仕方ないよ。これも仕事だからさ。緑川先生は売れっ子だし」

美香さんは困ったような顔で小さく笑ってみせた。

わたしも、似たような顔を返したつもりだけれど、正直、上手に笑えたかどうか、いまいち自信が持てなかった。というのも、悲しいかな「売れっ子」とは言えない「涼元マサミ」という名前が脳裏をよぎってしまったからだ。

「じゃあ、奈緒ちゃん、また明日ね」

「はい、お疲れ様でした」

美香さんの少し疲れたような背中が編集部から消えた。

わたしは、あらためて赤ペンを手にしてゲラを一枚めくった。そのとき、ペラ……、と鳴った「紙の音」が、やけに大きく響いた気がして、思わずフロアを見渡した。

え――。

意外にも、残業しているのは、わたし一人だった。

腕時計を見た。時刻は、まだ午後九時すぎだ。

日常的に残業の多い業界だけに、この時間に一人になるのは珍しい。

「まあ、集中できるから、いいか」

ぼそっとつぶやいたわたしは、凝り固まった首と肩をぐるぐると回した。そして、ふたたびゲラと向き合ったとき、

「ただいまぁ」

と耳心地のいい声がした。美香さんと入れ違いに、後輩の郁美が社外での打ち合わせから戻ってきたのだ。

「あ、お帰り。直帰しなかったんだ？」

「本当はしたかったんですけど、まだ、やることがてんこ盛りなので」

「そっか。仲間だね」

「ですね」と苦笑いを浮かべた郁美が、コンビニの袋をわたしに掲げて見せた。「これ、奈緒さんも好きかなぁと思って買ってきました」

隣の席に腰を下ろした郁美は、さっそく袋の中身をデスクの上に並べた。

「あ、これ知ってる。めっちゃ美味しいって噂のやつ」

最近、テレビやネットで話題になっている『超絶スフレ』というコンビニスイーツだ。

「わたし、これ、大好きなんです」

郁美はプラスチックのスプーンとペットボトルの紅茶を添えて『超絶スフレ』を差し出してくれた。

「ありがとう。ちょうど小腹が空いてたんだよね」

「じゃあ、よかったです。いま、エレベーターのところで美香さんとも会えたので、『絶対に美味しいから食べて下さい』って、ひとつ押し付けちゃいました」

そう言って郁美は「うふふ」と、可愛らしく目を細めた。

やっぱり、この子には勝てないわ——。

わたしは、ため息を押し殺した。

すらっとした細身で、ショートボブがよく似合う、この二つ下の後輩は、いわゆる賢く器用に生きられるタイプの子だ。誰にたいしても心を開いていて、ごく自然に人を喜ばせることが出来るから、上司や先輩から可愛がられるし、会議では斬新な企画を淡々と提案して、周囲を驚かせたりもする。

そして何より、きちんと結果を出す。

悲しいかな、入社して四年のわたしより、二年の郁美の方が、すでにヒット作を世に送り出しているのだ。というか、わたしは四年かけてもまだ、ヒットらしいヒットを一作も生み出したことがないのだった。

「いただきまぁす」

周囲から「将来のエース」と目され、すでに大物感を漂わせている郁美が、しあわせそうにスイーツを食べはじめた。

「うーん、やっぱり美味しいです」

わたしも「いただきます」と言ってスプーンをスフレに差し込んだ。

「ほんとだ、美味しい」

ふわっふわのスフレは、甘過ぎず、舌の上でスッと溶けた。噂どおりのクオリティだ。でも、素直に美味しさだけを感じられないのは、わたしの内側の黒いモノが雑味となっているからだろう。

「奈緒さん、そのネックレス、シンプルで素敵ですね」

スフレを食べながら郁美が少し身を乗り出してきた。

「ああ、これ？　上京するとき、お母さんにもらったの」

　それはシルバーの細いチェーンに真珠がひとつ付いているだけの、本当にシンプルなネックレスだった。生前の祖母が、母にプレゼントして、それをわたしが受け継いだものだから、いわば親子三代にわたる大切な宝物であり、優しかった祖母の形見でもある。

「いろんなお洋服に合いそうですね」

「デザインが地味だからね」

　と謙遜したけれど、じつは、わたしにとってこのネックレスは、「ここぞ」というときに身に付ける「勝負アクセサリー」だった。そして、今日の企画会議こそが、まさにその「ここぞ」だったのだけれど、終わってみると、結果は、なんだか微妙で……。

「そういえば、奈緒さんって」

「ん？」

「涼元先生のファンだったんですね」

　郁美は、わたしの心を見透かしたようなタイミングで、涼元先生の名前を出してきた。

「どうだろう。ファン——ではない、かな……」

　あらためて考えると、やっぱりファンとは少し違う気がする。なにしろ、わたしが好きな涼元作品は『空色の闇』だけなのだ。

「えっ、ファンじゃないんですか?」

「正確に言うと、ある種の恩人みたいな感じ、かな」

「恩人?」

スフレとスプーンを手に、郁美が小首を傾げた。

「うん。救われたんだよね。涼元先生の『空色の闇』っていうデビュー作に」

「えー、救われたって、それ、どういうことですか?」

わたしは紅茶をひとくち飲んで口の中を湿らせると、正直、あまり思い出したくはない過去を語りはじめた。

「じつはね――」

きっと誰の人生にだって、何もかもが上手くいかない「暗黒の時代」があるものだと思うけれど、わたしにとってのそれは高校三年生の頃だった。

当時も、いまと変わらずのんびりした性格だったわたしは、部活にも入らず、ただこつこつと勉強に精を出していた。行きたい大学が見つかったので、高校からの「推薦」をもらうことを目標にしていたのだ。

ところが、夏休みを目前にしたある日の放課後、女子陸上部の同級生三人が、わたしのいる教室に押しかけてきたと思ったら、いきなり両手を合わせて猫なで声を出したのだった。

「奈緒にお願いがあるの。四〇〇メートルリレーのメンバーが、ひとり骨折しちゃって、人数が足りなくなっちゃったんだよ」

「え――」

「だからさ、代わりに出てくれないかな？」

「どうして、わたしが……」

「だって奈緒、帰宅部なのに学校で二番目に足が速いじゃん」

「え……でも、バトンパスとか、やったことないし」

「うん、だから、一緒に練習しよっ」

三人の作り笑顔が、圧となってわたしに向けられていた。

「でも……」

「ねっ、一生のお願い。わたしたちにとって最後の大会なの」

「お願いします、奈緒さま」

そんな感じで、三人があまりにも必死に両手を合わせるので、いよいよわたしは断れなくなってしまったのだった。本当は、静かに勉強だけやっていたかったのに。

翌日から、わたしは陸上部の練習に参加することになった。顧問からは喜ばれたけれど、後輩の子たちから向けられる視線には、少し棘(とげ)があった気がする。だから練習後も、みんなとつるんで買い食いをしたりもせず、まっすぐ帰宅して勉強をしていた。

「でね、いよいよ大会当日ってときに、わたし、四〇度の高熱を出しちゃったの」

そこまで一気に言って、わたしはスフレを口に入れた。

「えっ、そんなぁ……」

好奇心で目を光らせた郁美は、食べかけのスフレも紅茶もデスクに置いて、こちらに身を乗り出していた。

「田舎の高校で、もともと部員が少ないから、控え選手もいなかったみたいで。結局、リレーは棄権になっちゃったらしいの」

「奈緒さんを誘った同級生の人たち、怒りました？」

「うん。めちゃくちゃ怒ってたと思う。だって、大会の夜にね、高熱を出したまま、三人に謝ろうと思って電話をしたんだけど、ひとこともしゃべってもらえなかったから」

「ああ……」

「で、そのまま夏休みが終わって、二学期がはじまっても、やっぱり、その子たちからは無視され続けたんだよね」

「うわぁ、そういうときって、ストレスで胃がやられそうになりますよね」

「まあね。でも、ひどい『いじめ』にまでは発展しなかったから、まだよかったけど」

「なるほど。それが奈緒さんの『暗黒の時代』だったんですね」

「ううん。これは、まだ、小説で言うところのプロローグだよ」

「えっ？　プロローグって……」

「じつはね、その頃、人生ではじめて出来た彼氏がいたんだけど――」

「わあっ、どんな彼だったんですか？　やっぱイケメンとか」

郁美の目が、違う意味で光りだした。

「ふつうに軽音楽部でギターを弾いてた人なんだけど」

「バンドマンだ。かっこよさそう」

「雰囲気だけはね。あ、ちなみに『彼氏』といっても、実際は何もなかったんだよ。せいぜい一緒に帰ったり、ちょこっと街を一緒にブラついたりとか」

「いいじゃないですか、それはそれで青春っぽくて、キュンキュンして。で、その彼がどうしたんですか？」

「えっと、郁美、ちょっと待って」

「え？」

「わたし、いま、『暗黒の時代』の話をしてるんだけど」

言いながら、思わず苦笑いを浮かべてしまった。

「あは。そうでした。すみません」

首をすくめた郁美には、やっぱり愛嬌があった。とことん憎めないタイプの子なのだ。

「結論から言うとね、その彼を取られちゃったの」

「えっ？」

「わたしが『親友』だって信じていた子に」

「うわ、ひど……」と言って、郁美は眉をひそめた。「女は友情よりも恋情ってやつですね」

「まあねぇ」

いま思えば、友情も恋愛もそんなものだと理解できる。時間とともに人の感情は移り変わるのだ。

わたしは、さらなる暗黒ネタを続けた。

「でね、失恋したわたしが落ち込んでいたら、今度は、うちのお父さんが交通事故に巻き込まれて、寝たきりになっちゃったの」

父は地元の小さな建設会社で営業をしていたのだが、得意先へと向かう途中、トラック三台が絡む事故に巻き込まれてしまったのだ。そのとき父が乗っていたのは、ボディに会社のロゴが入った軽自動車だったらしい。

「え……」

それまで好奇心で爛々（らんらん）としていた郁美の目が陰った。

「脳が傷ついちゃってね、寝たきりのうえに、無感情で、失語症にもなっちゃって」

「無感情で、失語症……」

「うん。ただ、ずっとベッドの上でぼんやりしているだけの人。それからは、お母さんが介護で大変になっちゃってさ」

　母による介護は八年ほど続いた。でも、つい先月、それも終わった。父が他界したのだ。

　わたしが父を亡くしたばかりだということは、この小さな会社のなかで知らない人はいないだろう。もちろん、隣の席にいる郁美はよく知っている。

「…………」

　言葉を失くしている郁美に、わたしは少し悪戯っぽく笑いかけた。

「ねえ、わたしの『暗黒』ネタも、さすがにこれで終わりだと思うでしょ？」

「え……」

「それがさぁ、悪いことは、まだ続いたんだよね。わたし、勉強だけは頑張ったつもりだったんだけど、あとほんの少しだけ点数が足りなくて、結局、行きたい大学の推薦をもらえなかったの」

「もしも、あのリレーに誘われなかったら――って、思っちゃいますね」

「まあね。でも、あのときはもう、なんていうか、そういうことを考えるのも億劫になっちゃったというか……、いま思えば、わたし完全に鬱病だったんだろうなぁ」

「…………」

郁美は眉をハの字にして、ふたたび黙ってしまった。

同級生に無視され、親友に恋人を奪われ、父が寝たきりになり、母が介護で疲れ切って、もちろん家計は苦しくなり、希望した大学の推薦ももらえず――。

「ほんと、いま思い出しても暗黒すぎる時代だったんだけど、でも、そんなときに、わたしがたまたま手にした本が、涼元先生の『空色の闇』だったの。で、その物語に救われたんだよね」

「そうだったんですね――。すみません。わたし、読んだことないんですけど、どんな内容なんですか?」

「ざっくり言うと、不幸を抱えた人たちの連作短編ラブストーリーなんだけど、それぞれの物語が不思議とつながっていってさ、最後は優しい奇跡へと昇華していくんだよね」

「ふうん」

「いい作品だから、郁美も時間があるときに読んでみてよ」

「はい。じゃあ、いま抱えている原稿を入稿したら読みますね」

「うん。あの作品、映画化されてベストセラーになったんだよ」

「えっ、じゃあ、映画も観ないと」

「映画の公開規模は、わりと小さかったからね。知らない人も多いけど。とにかく、あの作品と出会えたおかげで、鬱状態だった高校三年生のわたしは救われたんだよね。わたしも自分らしく、ちゃんと生きてさえいれば、いつかはいいことがあるかもって、なんか未来を少しだけ信じられたの。だから、その後の受験勉強も自分なりには頑張れたし、結果、いまのわたしがあるなぁって思ってる。そんな感じ」

「そっかぁ。奈緒さんが涼元先生のことをファンじゃなくて『恩人』って言いたくなる理由、分かりました」

「でしょ」

「なんか、軽々しく訊いちゃってすみませんでした」

「いいよ、べつに」

とりあえず説明を終えたわたしは、少しホッとして、郁美にもらった紅茶をひとくち飲んだ。

「その『空色の闇』って、デビュー作なんですよね？」

「うん、そうだよ」

「どうして涼元先生はベストセラーを出したあと、ミステリーに舵を切ったんですかね？」

「それは、分からないけど……」

「ミステリー作品も、面白いんですか？」

郁美のまっすぐな質問に、わたしは首を横に振った。

「本音を言っちゃうと、わたしもミステリーはいまいちかなって思う」

「涼元先生には向いていないんですかね？」

「まあ、そうかもね」

事実、長いあいだ本が売れていないのだから、きっと向いていないのだろう。

「わたしね、涼元先生には、ミステリーじゃなくて、あの頃、わたしを救ってくれたような小説を、もう一度だけでいいから書いてもらいたいんだよね」

「なんか、分かります。ちなみに、奈緒さんは『空色の闇』のどういう部分に救われたんですか？」

「うーん、それは難しい質問だなぁ」

「ざっくりでいいので」

わたしはひとさじのスフレを口に入れて、舌の上で溶かしながら、少しのあいだ考えた。そして、思いつきをそのまま口にしてみた。

「もしかすると、あの物語のなかに通底している、いま、あなたが一人ぼっちだとしても、心はいつもわたしと一緒だからねっていう、『寄り添い感』みたいなものかな」

「寄り添い感……」

「うん。物語そのものと、キャラクターたちが、読んでいるあいだ中、ずっと寄り添ってくれるみたいな──、そんな感覚があったんだよね」

思いつきで口にした言葉にしては、「寄り添い感」という表現は、わたしのなかで腑に落ちていた。いちばん悲しいときに黙って側にいてくれる人みたいな、そういう感じだ。

すると、郁美の目が、ふたたび光を取り戻した。

「あ、そうか。ってことは──、いま、奈緒さんには、そういう『寄り添い感』をプレゼントしたい人がいるんですね？」

「えっ、どうして、そうなるわけ？」

郁美の思いがけない台詞に、わたしは少しばかり狼狽してしまった。じつは、図星だったのだ。

「だって、奈緒さん、夕方の会議のとき、周りの先輩たちがあんなに反対しているのに、涼元先生の企画を押し切ろうとするんですもん」

「いや、あれは……」

「いつもの奈緒さんなら、絶対にそういうことしないじゃないですか」

「……………」

「つまり、奈緒さんは、その人にたいして、相当な『想い』があるってことですよね？」

わたしは郁美の聡明さに追い詰められて、言葉を失ってしまった。

「…………」

「大丈夫ですよ。それが誰なのか、までは訊きませんから」

郁美は、ふわっとしたスフレを食べ終えて、そのままスフレみたいにふわっと笑った――と思ったら、なぜだろう、その笑みをゆっくりと閉じていったのだった。

ん？

わたしは目で、どうしたの？　と問いかけた。

郁美は少しのあいだ言い淀んでから、「あの、じつは、わたし……」と、控えめな声でしゃべり出した。「ちょっと迷ってたんですけど」

「え、なに？」

「でも、やっぱり奈緒さんには伝えておかないと、後悔しちゃうかなって思うことがあって」

郁美がこんなに回りくどい言い方をするのは珍しい。だから、正直、嫌な予感がしたのだけれど、わたしはあえて口角を上げながら訊ねた。

「え、ちょっと、なによ？　言ってよ。気になるじゃん」

すると郁美は、ひとつ呼吸をしてから、ゆっくりとしゃべり出した。

「夕方の会議が終わった後のことなんですけど」

「うん」

「わたし、たまたま聞いちゃったんです」

「…………」

「自販機がある休憩室のところで、石渡(いしわたり)常務と橘(たちばな)部長が立ち話をしているのを」

「えっ、なんて？」

と、わたしは訊いたけれど、じつは、この時点でだいたいの予想はついていた。橘さんは人事部長なのだ。ようするに、わたしの部署異動の件に違いない。

「奈緒さんは人当たりがいいし、編集よりも営業の方が向いているんじゃないかって。あと、会議のときの社長もきっと、奈緒さんのことを異動させたいから、あえて涼元先生のことを口説いてみろとか、結果を出せとか、責任があるとか言ったんだろうって……、そう言ってました」

「そっか」

わたしは、なるべく短く淡々と返事をした。

「すみません。言わない方がよかったですか？」

「ううん。全然そんなことないよ。っていうか、じつは、知ってたんだよね」

「え？」

「最近、上の人たちがわたしの異動を考えてるって、別のところからも漏れ聞こえてたから」

「そうだったんですか？」

「うん。だから大丈夫。気にしないで」

「…………」

「まあ、わたしとしてはね、どうせ編集から外されちゃうなら、最後くらい、本当に自分が作りたい本を作ってやろうって、そう思ったの」

「だから、会議で、涼元先生の本を……」

「うん。ちょうど東山さんも辞めて、担当者もいなくなったことだし、これはチャンスかもって思ってたんだよね」

このわたしの言葉に、嘘は一ミリもないはずだった。

でも、どうしてだろう、周囲に期待されている郁美に向かって、ちょっとだけ無理をして微笑もうとしたら——、鼻の奥の方がツンと熱を持ってしまったのだ。

「奈緒さん……」

大丈夫ですか？　と言われる前に、わたしは今度こそきっちりと微笑みを浮かべた。

そして、わたしより優秀で、愛すべき後輩に言った。

「スフレご馳走さま。めっちゃ美味しかった」

＊＊＊

午後二時過ぎ――。

わたしはオフィス街の外れにあるカフェで本を読んでいた。

担当している作家が、他社から刊行した新作だ。

ビビリでぐうたらな夫と、強気で無鉄砲な嫁のコンビ＝「凸凹夫婦探偵」が、ひょんなことから凶悪事件に巻き込まれていく、という物語なのだが、これが、以前、わたしが書いてもらった作品と比べると三倍は面白かった。

同じ作家の作品でも、こっちは売れそう……。

胸のなかでつぶやいたわたしは、そっと本のページを閉じ、テーブルに置いた。

窓の外を見ると、色とりどりの傘たちが歩道を行き交っている。朝から降りはじめた師走の冷雨は、午後になってさらに勢いを増していた。

冷めかけたコーヒーを飲もうと、カップに手を伸ばしたとき、カフェの入り口から足早に近づいてくる女性と目が合った。フリーライターの大滝（おおたき）あかねさんだ。

「ごめんなさい、お待たせしちゃって」

雨滴のついた琥珀色のコートを脱ぎながら、あかねさんが言った。

「えっ、そんな、まだ待ち合わせの三〇分前じゃないですか。わたしが勝手に早く来てただけですから」

「うふふ。奈緒さんはいつも早く来て待っててくれるから、今日こそはわたしが先に着くぞって思ってたんだけど、やっぱり負けちゃった」

あかねさんは、そう言ってにっこり笑った。

たしか、この人は三〇代のなかばだったと思うけれど、笑顔がとても魅力的で親しみやすい人だから、うっかり年上だということを忘れそうになる。仕事をお願いしても、締め切りをきっちり守ってくれるし、文章も上手なので、わたしは自分が手がけた小説の書評などを、よくあかねさんに発注しているのだった。

「雨、よく降るねぇ」

言いながら、あかねさんが向かいの席に座った。

「すみません、こんな悪天候のときに」

「ううん、すぐ近くで打ち合わせがあったついでだから」

通りかかったウエイトレスにコーヒーを二つオーダーした。

コーヒーが来るまでのあいだ、わたしたちは軽く近況を報告し合ったり、以前、一緒に飲みに行ったお店のことを話したりしていた。やがてコーヒーが来て、あかねさんがひと息ついたところで、わたしは本題に入った。

「あかねさん、以前、何度か涼元先生を取材したことがあるって言ってましたよね？」

「うん。二回あるけど。最後は、たしか、二年くらい前だったかな」

それが、どうしたの？　という顔で、あかねさんは小首を傾げた。

「先生の連絡先を教えて頂きたいんですけど――」

「え？　わたしから？」

あかねさんが目を丸くするのも当然だった。出版社の人間がフリーランスの人から小説家の連絡先を聞くというのは、一般的に言えばおかしい――というか、ふつうは逆なのだ。

「すみません。弊社にも涼元先生の担当はいたんですけど、先月、他社に移籍しちゃいまして」

「うん……」

「その人、涼元先生ともめちゃったらしいので、なんだか聞きづらくて」

「ふふ。奈緒さん、何か隠してるでしょ？」

あかねさんは、ちょっぴり悪戯っぽい顔で笑った。

「いや、えっと……、はい」

思わず首をすくめたわたしは、「じつは――」と、これまでの経緯をあかねさんに打ち明けた。わたしの人事異動の噂だけは伏せておいたけれど。

「なるほど。それで、わたしから連絡先を聞いて、ついでに涼元先生を落とすための攻略法があったら聞いておきたいと」

あかねさんは得心した顔でコーヒーを口にした。

「はい。まったくその通りです。すみません、お忙しいのに」

「それは本当に気にしないで。すぐそこで打ち合わせしてたんだし、久しぶりに奈緒さんとお茶できて嬉しいし」

「ありがとうございます……」

わたしが恐縮して頭を下げると、あかねさんは鞄のなかからスマートフォンを取り出した。そして、涼元先生のメールアドレスと電話番号をわたしのスマートフォンに送信してくれた。

「とりあえず、わたしから涼元先生に連絡しておこうか？　奈緒さんから連絡が行くと思いますって」

「あ、それは、大丈夫です。ふつうに社内で引き継ぎがあったことにした方が自然なので」

「あ、まあ、そうだよね」そう言ってあかねさんは頷くと、少し声のトーンを落として続けた。「涼元先生はね、お洒落（しゃれ）で、受け答えが知的で、魅力的な方なんだけど、ちょっぴり気難しいところがある気がしたかな」

「やっぱり、そうなんですか？」

あの器用な東山さんともめてしまうくらいだから、多分そうなのだろうとは思っていたけれど、こうして実際に会った人から言われると、さすがに少し気が重くなる。

「ちょっとピリピリしたところがあるんだよね。ふつうにインタビューをしてても、ふいにイラッとして、それが顔と態度に出る感じだったから」

「具体的に、どんな質問が駄目だったんですか？」

「例えば、小説の内容以外のことに触れると不機嫌になったり」

「なるほど。他にもありますか？」

それからわたしは、あかねさんにあれこれ訊いては、メモを取り続けた。

しばらくすると、あかねさんがふと苦笑いを浮かべた。

「奈緒さん、さっきからコーヒーをひとくちも飲んでないよ」

「あ……、ほんとですね」

わたしは、あらためてコーヒーに口をつけた。でも、ずっと放置していた黒い液体は、すでに酸化していて、嫌な酸味が舌の上に残った。

「なんか――、奈緒さん」

「はい？」

「今日は、いつもと違う気がするけど、大丈夫？」

心配そうなあかねさんの表情を見たら、わたしは自分のことが少し情けなくなってしまった。だから、

「え？　大丈夫ですよ」

と、とぼけて微笑んでみせた。そして、あかねさんに何かを言われる前に話題を変えた。

「雨、さっきより強くなってきましたね」

言いながら、わたしは窓の外を見た。

師走の冷雨は、クリスマスの装飾がされた街を白く霞ませていた。

あかねさんは、黙ってわたしの横顔を見ているようだった。

次の言葉が見つからなくて、わたしはまた酸っぱいコーヒーを口にした。

晴れた空が見たいのになぁ――。

薄墨色の雨雲を見上げたわたしは、あかねさんに気づかれないよう、そっとため息をついた。

＊＊＊

あかねさんと会ってから三日後――。

天気は冬晴れになり、街角には乾いた鋭利な風が吹き荒れた。

わたしは指定された駅前の小さな喫茶店で、ひとりぼんやりと虚ろな空を眺めていた。すると、テーブルの向こう側にベージュのトレンチコートを着た人が立った。

わたしはハッとして視線を上げた。

え、誰？

見知らぬ男が眉間にしわを寄せて、こちらを見下ろしていた。

童顔だが、よく見れば四十路くらいだろうか。髪は癖っ毛で、頰と顎には無精髭を生やしている。

「あなた、津山さん？」

男がわたしの苗字を口にしたとき、わたしのなかで、なにかがゴロリとひっくり返った。

涼元マサミ先生が――、男だった！

わたしはバネ仕掛けの人形みたいにぴょんと立ち上がった。

「す、すみません。気づかずに。ええと、わたくし、ご連絡を差し上げました、東西文芸社の津山奈緒と申します。このたびはお忙しいなか、たいへん――」

「そういう挨拶はいいから、座ってよ。俺も座りたいから」

涼元マサミ先生は、コートを脱がずに椅子に腰掛けた。

この人が、あの、やさしい文体、繊細な感情表現、そしてマサミという名前の——わたしが勝手に女性だと信じ込んでいた人。ああ、まさか無精髭を生やしているだなんて……。

「はい。えっと、すみません」

わたしも腰を下ろした。そして、「あらためまして、先生の担当をさせて頂きます、津山と申します」と名刺を差し出したのだが、先生はそれを受け取るだけで、わたしには名刺をくれなかった。

通りかかったウエイトレスに先生がロイヤルミルクティーを頼んだので、わたしも同じものを注文した。

「で？」

まだ、少しも場があたたまっていないのに、涼元先生は一文字だけの音をわたしに投げた。不意を衝かれたわたしも、うっかり「え？」と一文字で返してしまった。

「え？　じゃないでしょ。人を呼び出しておいて」

「あ、はい。すみません。ええと——」涼元先生は貧乏ゆすりをはじめた。「ご挨拶をかねて、新作のご執筆のお願いができればと思いまして」

「は？　東西文芸さんから、いまさら？　嘘でしょ？」

「あ、すみません。東山とのことは、わたしも——」

「そうじゃなくてさ。おたくから出した本、一冊も重版かかってないじゃん」

「はい。現時点では、そうなっておりますけど……」

「けど？」

「担当も代わりましたし、わたしとしては、先生と弊社との新たなスタートを切れたらと思っていまして」

そこまで言って、わたしは自分があまりにもどぎまぎしていることに気づいた。そして、ふと郁美の顔を思い出した。彼女なら、きっと、こういうときでもゆったりと構えて、大物感のある笑みを浮かべているのではないか——、そんな気がした。

「津山さん、だっけ？」

「あ、はい」

「けっこう若そうだけど、いくつ？」

「今年、二六になりました」

「ふうん。俺の他には誰を担当してるの？」

わたしは、二〇人ほどいる担当作家のなかから、知名度の高い順に名前を挙げていった。

「じゃあ、その人たちに書いてもらえばいいのに」

「え――」

「あとさ、東山さんって、ヒットメーカーだったんでしょ？」

わたしは、黙って小さく頷いた。せめて郁美みたいに姿勢だけはよくしておこうと思って、背筋を伸ばしたところで、ロイヤルミルクティーが運ばれてきた。涼元先生は、それをひとくち飲んで、人差し指でぽりぽりとこめかみのあたりを掻いた。

「あのさ、はっきり言っちゃうけど、いい？」

反射的に、嫌だ、と思った。

でも、下手に背筋を伸ばしたせいか、わたしの口からは真逆の言葉がこぼれていた。

「はい、どうぞ」

「じゃあ言うけどさ、俺が書いても売れないと思うよ。津山さんの実績を落とすだけじゃないかな」

「いえ、ですから、そんな――」

「だって、キミ、東山さんより敏腕なの？」

涼元先生は、少し意地悪な目でわたしを見た。

「東山さんほど経験はないですし、敏腕でもないと思います。でも、先生の作品が持つ物語のチカラについては、わたしの方がよく理解している自信はあります」

何の実績もないわたしが、うっかり偉そうなことを口走ってしまった。

「へえ。そうなんだ」

先生は、笑いをこらえたように言うと、あらためてわたしを値踏みするように見た。

「はい……」

「じゃあ、俺の生活を保障してくれる？」

「え――」

「絶対に売れる本を書かせて、絶対にヒットさせてくれる？」

「それは……」

「無理でしょ？　悪いけど、俺にも生活があるからさ。いまね、よくあるエディターズスクールみたいな専門学校で、文章の書き方を教える講師のバイトをやってんの。そしたら、そこの理事長さんに評価されてさ、正社員にならないかって誘われてるわけ」

「え、じゃあ、小説家としてのお仕事は……」

「副業くらいがいいかなって。もしくは、いま書いてる連載を最後に、じわじわと畳んでいくのもありかなって思ってるんだよね」

「そんな……、先生の才能が、もったいないです」

今日、はじめて、わたしの口が本音を発した気がした。

「俺の才能か」先生は喉の奥で、くくく、と笑って続けた。「まあ、デビューした当時は、俺も自分には才能があるんじゃないかって勘違いしてたけどさ。でも、よく考えてみなよ。筆一本じゃ生活が成り立たない小説家に、才能なんてあると思う？」

「わたしは、思います」

深く頷きながらそう言った。でも、わたしの声はさっきよりずいぶんと小さくなっていた。

涼元先生は、またロイヤルミルクティーを口にした。そして、やれやれ、といった感じのため息をついた。

「津山さん、おもしろいね」

「え――」

「言葉とは裏腹で、自信がなさそうじゃん」

「えっ、そ、そんなこと――」

「あはは。でも、悪い人じゃないってことは分かるよ」カップをテーブルに戻して、先生は自嘲気味にうっすら笑った。「俺さ、おたくの会社の営業さんから嫌われてると思うから、書いてもどうせ売ってくれないよ。津山さんにとっても時間の無駄になるだけだから、別の作家に書いてもらった方がいいよ」

気づけば、先生の貧乏ゆすりがおさまっていた。

わたしは、自分の心を落ち着けるためにロイヤルミルクティーをひとくち飲んだ。

涼元先生が男性だったこと。小説家を廃業しようとしていること。すでに専門学校の講師のアルバイトをしていること。書き手としての野心を失っていること――。わたしにとっては、すべてが想定外だった。あかねさんが言っていた神経質さなど、もはや些細すぎてどうでもいいレベルだ。

「ええと、先生」わたしは、カップを置いて、少し身を乗り出した。「今回、わたしが先生に書いて頂きたいのは――」

「だから、書かないってば」

「あの、でも、これだけでも聞いて下さい。お願いします」

わたしは、頭を下げた。そして、ゆっくりと顔を上げた。涼元先生は、あからさまに面倒臭そうな目をしてこちらを見ていた。

「ええと、わたしとしては、これまでのようなミステリーではなくて、先生の代表作とも言える『空色の闇』のような、人間愛を描いた小説を、もう一度、書いて頂きたいんです」

わたしは、まっすぐな視線で涼元先生と対峙した。

先に視線を外したのは先生だった。先生は、窓の外に顔を向けると、そのまま少し視線を上げた。視線の先には青空が見えているはずだった。

「先生のいちばんの才能はそこにあると確信しているんです」

わたしは駄目押しのつもりでそう言った。

するると先生は、こちらに視線を戻した。そして、どこか皮肉っぽい笑みを浮かべた。

「それってさ、ようするに、俺にはミステリーを書く才能がないってこと？」

「えっ？　いいえ、まさか、そういう意味では――」

「じゃあ、俺がミステリーを書いても売れないってこと？」

「いえ、ですから、そういうことではなくて、わたしは――」

「わたしは、なに？」

「え――」

と言葉を詰まらせた瞬間、涼元先生は、ずっと着たままだったトレンチコートの袖をめくり、腕時計に視線を落とした。

「あ、もう時間じゃん。これから例のバイトだから」

「え……」

「じゃあ、そういうことで」

涼元先生は、少し気だるそうに立ち上がると、そのままレジの前をすり抜けて外に出て行ってしまった。

呆然としていたわたしは、ゆっくりと窓の外に視線を移した。

師走の風にコートの裾をなびかせた涼元先生が、駅の方へと歩いていく。その丸めた背中が人混みに紛れて小さくなっていくのを見詰めていたら、ふいにどろりとした「暗黒の時代」の空気が胸のなかでとぐろを巻いた気がした。わたしは思わず深呼吸をしていた。郁美を真似て、ぴんと伸ばしていたはずの背筋も、気づけば枯れかけた雑草みたいにしおれていた。

力の抜けた手で鞄からスマートフォンを取り出すと、編集長の美香さん宛てにメッセージを入力した。

打ち合わせの後、直帰します——。

送信してすぐに、スマートフォンの電源を落とした。

＊＊＊

わたしが一人暮らしをしているワンルームマンションの部屋は、二六歳の女子にしては殺風景だと思う。生活に必要な物は揃えているけれど、それ以外の物はほとんどないのだ。

別に、流行（はや）りのミニマリストを気取っているわけではない。

ただ、なんとなく、この部屋で暮らしているあいだは荷物を増やさず、なるべく身軽でいたい。そんな気分が部屋の様子に現れているのだ。

はじめて涼元先生と会った日の夜——。

殺風景な部屋の真ん中に置いた家具調こたつの上で、一人用の小鍋から湯気が立っていた。ちょっぴり淋しさの成分をはらんだ「いい匂い」が、狭い部屋に充満していく。食材を切って入れるだけの一人鍋は、わたしの自炊の定番で、使う具材のほとんどは田舎の母から送られてきた段ボール箱のなかにある。じつは、わたしの実家のご近所さんのひとりに、ギョロ目がちょっと怖いけれど、「野菜づくりの名人」と言われている背の高いおばちゃんがいて、その人がよく朝採れの野菜を分けてくれるのだ。そして母は、その一部――というか、おそらく半分以上をわたしに送ってくれるのだった。

少し薄めに切った大根に火が通ったのを確認して、わたしは一人鍋を食べはじめた。音がないと淋しくなるから、テレビをつけて、なるべく明るいバラエティ番組を流しておいた。

しばらくすると、その番組のなかで、女性お笑い芸人のコンビが海辺の町を旅しはじめた。

「うわ、ヤバ〜い。海がめっちゃ綺麗や〜ん」

女芸人がそう言ったとき、わたしは鍋に箸を突っ込みながら胸裏でつぶやいていた。

その程度の海を「綺麗」とは言わないんだよね――。

すでにわたしの脳裏にはブルートパーズ色に輝くふるさとの海原（うなばら）が広がっていた。そして、口のなかには大根と長葱（ながねぎ）の豊かな甘み。

なんとなく、キッチンのある方を見た。

小さな冷蔵庫の脇に、土のついた野菜の入った段ボール箱が置いてある。

あの箱が届いたとき、野菜と一緒にビニールで包まれた封筒が入っていた。封筒の中身は母からの手紙なのだが、今回は、手紙のほかに一枚の紙焼き写真が同封されていた。

それは、とても幸せそうな「家族写真」だった。幼稚園の制服を着たわたしと、わたしを肩車した父と、父に寄り添う母。何がそんなにおかしかったのだろう、三人そろって、写真から笑い声が聞こえてきそうなくらいの笑顔を浮かべている。背景は、白砂が美しい地元の海水浴場だった。

母の手紙によれば、この写真は、亡くなった父の部屋を片付けているときに出てきた一枚らしい。わたしはすぐに近所の百円ショップで木枠のフォトフレームを買ってきて、この写真を出窓に飾った。

殺風景な部屋のなか、出窓が唯一の「ぬくもり地帯」になった。

小鍋を食べ終えたわたしは、傍の目覚まし時計を見た。

時刻は午後八時を少しすぎたところだった。

きっと母も夕食を終えた頃だろう――。

そう思って、わたしは数日ぶりに母に電話をかけた。

四コール待って「もしもし」という、わたしよりもハイトーンな声が聞こえてきた。

母は今年でちょうど五〇歳になるけれど、見た目も、声も、ずいぶんと若くて綺麗な人なのだ。

「あ、もしもし、わたし」

「あら。もう夕飯は食べたの？」

「食べたよ。と言っても、送ってもらった野菜を切って鍋にしただけだけどね。めっちゃ美味しかったよ」

「あの葱、すごく甘かったでしょ？」

「うん。噛むと、なかがとろっとして甘かった」

いつものように、わたしと母は他愛のない会話をはじめた。そして、これもいつものように（少しずつだけれど）、わたしの身体の隅々にへばり付いていた「こわばり」のようなものが剥がれ落ちていく気がするのだった。

いつもと違うのは、時々、母が咳き込むことだった。

「なに、風邪ひいたの？」

「うーん、ちょっとね。でも、大丈夫」

「熱は？」

わたしが心配しているのに、母はさらりと話題をそらす。

「大丈夫だってば。それよりね、今日、職場のお友達に仔犬を一匹もらってくれないかって相談されたんだけど」

「仔犬？」

「そう。でも、どうしようかなぁって……」

「飼うの、大変じゃない？」

「そうなのよねぇ。生き物を飼うってことは、責任が伴うってことだし」

母はそう言うけれど、わたしとしては責任うんぬんではなくて、とにかくいまの母には少しゆっくりして欲しいのだった。自分以外の誰かのために尽くすのはもう充分だから、そろそろ自分の人生を楽しむために時間を費やしてもらいたい。

「犬を飼ったら、散歩とか、ご飯とか、しつけとか、あれこれ大変になると思うよ」

「うーん、そうよねぇ。でも仔犬って、可愛いのよ」

そう言って、母はまた少し咳き込んだ。痰が絡んだような、ちょっと嫌な咳だ。

「可愛いのは分かるけど――」

わたしは、そこで言葉を止めた。

もしかすると、いまの母は楽しむ「時間」よりも、淋しさを埋めてくれる「存在」を欲しているのかも知れないと思ったからだ。

職場の人が母に仔犬を勧めたのは、母が淋しそうに見えたからではないか……。

わたしは、仔犬を抱いた母を想像してみた。幸せそうに笑っている顔もイメージできる一方、仔犬の世話で疲れてしまった顔も思い浮かぶ。

父が事故に遭い、寝たきりになったとき、母はヘルパーさんを雇いながら自宅での介護をスタートさせた。もちろん、わたしも出来ることはしたつもりだ。しかし、何をしても反応のない夫への献身は、母の心身にじわじわとダメージを蓄積させた。母の顔は日増しにやつれてきて、ちょうど二年が過ぎた頃、ついに心が崩壊してしまった。わたしが実家に帰ったとき、母はベッドで寝ている父の脛のあたりに顔を埋めながら嗚咽していたのだ。そんな母を見たわたしも、母に抱きつきながら号泣してしまった。

人生に疲れ切った母は、わたしの勧めもあって父を施設に入れた。しかし、その後の六年間も、母は毎日のように施設に通い、出来る限りの介護をし続けた。

心根がまじめすぎる母は、夫を自宅で介護してやれないことにたいして自責の念を抱いているように見えた。わたしは、何よりそのことが心配だった。また、母の心が壊れてしまうのではないか、と――。

そして先月、ようやく母は介護という枷から放たれた。

八年ぶりに自由になったのだ。

しかし、自由になると同時に、母は一人ぼっちにもなっていた。

他界した父が焼き場で骨になったあと、母は田舎の広い駐車場で青空を見上げながらぽつりと言ったのだ。

独り身になっちゃったな――、と。

「奈緒がそう言うなら、仔犬ちゃん、まだ返事をしないでおこうかな」

母の声で、わたしの心が過去から引き戻された。

「あ、うん、そうして。よく考えてから決めた方がいいと思うから」

「分かった。返事は先延ばしにする。でも、とりあえず明日、実際にどんな仔犬ちゃんなのか見せてくれるっていうから、仕事帰りに行ってみるよ」

「オッケー。仔犬ちゃん、スマホで写真を撮って、わたしに送って」

「うん、送るよ」

それで、仔犬の話は終わった。でも、なんとなくだけど、わたしのなかには、母は仔犬を飼うだろう、という予感があった。

「そういえば、今日は、そっちも、すごくいい天気だったでしょ？」

咳を我慢するような声で母が言った。

「ほぼ快晴だったよ。風は強かったけどね」

「今シーズンで、いちばん寒かったらしいじゃない？　ちゃんとあったかい服を着てる？」

母は、わたしのいる都会の天気までチェックしてくれているのだ。

「もちろん着てるよ。わたし、昔から寒がりだし」

「なら、いいけど」

「っていうか、風邪を引いてる人に言われたくないんだけど」

「あはは、そうだよね」

と笑って、母はまた咳き込んだ。

咳、か――。

かつて三人で暮らしていたあの家に、ぽつんと一人ぼっちでいるときに咳をしたら……、きっと、その音は、哀しいくらい大きく響くんだろうな。

そんなことを思ったら、なぜだろう、ふと、昼間の喫茶店の窓越しに見上げた空っぽなブルーが目に浮かんだ。

すでに野心を失っていた涼元先生から受けた厳しい言葉。

わたしを編集から外そうという社内での噂。

風邪を引いていても、わたしを心配し、明るく振る舞ってくれる母。

「なんか、最近ね」わたしは、声のトーンが下がらないよう心を砕きながら口を開いた。「いまいち仕事が上手くいかないんだよね」

「そうなの？」

「うん……」

「せっかく奈緒の好きな仕事が出来てるのに」

「まあ、そうなんだけど。もしかして、この仕事、わたしには向いてないのかなぁって
――、そんなふうに思うことがあったりして」

つらかったら、いつでも帰っておいで――。

もしかすると、わたしは、そんな母の優しい言葉を期待して、わざと弱音を吐いてい
るのかも知れなかった。

でも、母の口から出たのは、まったく違うベクトルの言葉だった。

「奈緒は、大丈夫」

「え――？」

「昔から、まっすぐで素直な子だから、周りの人たちに愛されるでしょ？」

「………」

「だから、少しくらい上手くいかないときがあっても、きっと大丈夫だと思う」

母は、うふふ、と笑った。

「素直、か――」つぶやくように言ったとき、わたしは、ふと自分の名前の由来を思い
出した。「そういえば、わたしの名前ってさ、素直の『なお』の音を取ってつけたんで
しょ？」

「お父さんに聞いたの？」

「うん。小学生くらいのときだったかな」

事故に遭う前の、いつもにこにこしていた父を思い出しながら言った。

「そっか。お父さん、奈緒の名前を考えるのに、すごく時間をかけてたからね。『奈緒』っていう漢字の意味も聞いてる？」

「漢字？　それは聞いてないけど……」

「あら。あの人、肝心なところを教えてなかったのね」

母はくすっと笑った。あの人らしいわ、とでも言うように。

「え、なに、教えて」

「うん。ええとね、まず、奈緒の『奈』っていう字だけど、そもそもは神事に使われる果物（くだもの）の花梨（かりん）を意味するらしいの」

「花梨って、喉にいいっていう果実の？」

「そう。その花梨の花言葉には『豊かで美しい』とか『可能性がある』っていう意味があるんだって」

「えー、そんなの、ぜんぜん知らなかった」

「でしょ。あとね、奈緒の『緒』っていう漢字には『糸口』っていう意味があるらしいの。ようするに」そこで少し咳き込んでから、母はふたたび続けた。「お父さんはね、可能性があるっていう意味と、糸口っていう意味を合わせて、奈緒っていう漢字を宛てたんだよ」

「ってことは――」

わたしは、頭のなかを整理した。

「もう、分かるでしょ？」と母。

「え？」

「上手くいってないときでも、奈緒にはちゃんと『糸口』があるし、その『糸口』から『可能性』を見出せるってこと」

「…………」

「そうやってお父さんが一生懸命に名前を付けてくれたんだもん。だから、奈緒は大丈夫なの」

うふふ、と笑いかけた母は、今度は盛大に咳き込んでしまった。

「ちょっと、お母さんこそ大丈夫？」

「うん。だいじょ――」

最後まで言えず、ちっとも大丈夫ではなさそうな咳をする。

わたしは、ひとつ深呼吸をしてから、出窓に視線を向けた。そうしたら、なんだか自然と唇に笑みが浮かんできた。

「まったくもう、娘に心配させないでよね」

「ふふふ。ごめん」

「風邪、けっこうひどそうだからさ、お母さん、ちゃんと今夜は——、早く寝てよね」

写真のなかの、まぶしそうな三人の笑顔がゆらゆらと揺れ出して、「早く寝てよね」のところが潤み声になってしまった。でも、母は「はいはい、分かりました」と愉しそうに答えてくれた。

それから母は、短い挨拶だけで電話を切ってくれた。

きっと、わたしが泣いていることに気づいているのだ。

わたしは、もう一度、出窓に飾られた写真を見た。そして、あらためて思った。

やっぱり——、書いてもらおう。

涼元先生に。最高の小説を。

そのためにも、まずは糸口を探して、可能性を見出さないと。

わたしはこたつの上にある箱からティッシュを二枚抜き出すと、それをくしゅっと丸めて両目に押し付けた。

そして、しばらくのあいだ、優しさと哀しさのあいだを行き来しながら、ゆっくりとした呼吸に心をゆだねた。

＊＊＊

翌日、わたしは馴染みのデザイナーの事務所で装丁の打ち合わせをしたあと、なんとなく、ふらりと、広い池のある公園に立ち寄った。冬枯れの公園は人もまばらで、ひんやりとした風には落ち葉の匂いが混じっていた。

わたしは噴水の見えるベンチに腰掛けると、鞄のなかからスマートフォンを取り出した。そして、メールのアプリを開き、涼元先生のアドレスを選択した。

「ふう――」

と、決意の息を吐いて、本文を入力しはじめた。

それから十分ほど、書いては修正し、書いては修正し、を繰り返していると、ふいにスマートフォンが鳴った。会社の後輩、郁美からのメッセージだった。

『今朝、涼元先生の「空色の闇」を買ってきました。まだ十数ページしか読んでいませんけど、すでに心に沁みてます。早く読了して奈緒さんと語り合いたいです！』

メッセージには、そう書かれていた。

編集部で顔を合わせたときに伝えればいいことを、わざわざ手間をかけてメッセージとして送る。そして、送った相手を喜ばせる。

「このマメさが郁美だよね……」

わたしは、ぽつりとつぶやいて、郁美に短いレスを返した。

悔しいけれど、年下の郁美から教わることはあまりにも多い。

わたしは書きかけだった涼元先生へのメールの本文を消去した。そして、思い切って先生の携帯番号をコールした。

呼び出し音が鳴っているあいだ、わたしの心臓は、別の生き物のように肋骨(ろっこつ)の内側を激しく叩いていた。

「もしもし？」

と、先生の訝(いぶか)しげな声が聞こえたのは、いったん切ろうかと思った十コール目のことだった。

「あ、お世話になっております。東西文芸社の津山です」

「なんだ。誰かと思ったら」

先生は、わたしの携帯番号をスマートフォンに登録してくれなかったらしい。でも、それくらいは想定内だ。

「はい。何度もすみません」

「挨拶はいいよ。で、俺に、まだ何か用があるわけ？」

そう言って先生は、「はあ……」と、わずらわしそうに嘆息した。

負けるな、わたし。

郁美を思い出して、背筋を伸ばした。

「はい。昨日はせっかく先生とお会いできたのに、ちゃんとお伝えできなかったことがたくさんあったな、と思いまして」

「え？　充分しゃべったでしょ？」

「それが、すみません。昨日は、わたし、すごく緊張していまして、大事なことを全然お伝えできなかったんです」

「大事なこと？」

「はい。とても、大事なことです」

思い切り心を込めてそう言ったら、先生は少しのあいだ黙っていた。そして、ちょっとぶっきらぼうな感じで言った。

「まあ、じゃあ、手短にしてよね」

「はい。ありがとうございます」

強く引いたらたちまち切れてしまうかも知れないけれど、いま、わたしにとっての「糸口」が見つかった気がした。

「じつは、わたくしごとなんですけど、高校三年生のときに、ちょっと自殺を考えるほど苦しい日々を送っていたんです。でも、そのとき、先生のデビュー作の『空色の闇』

と出会えたことで、未来に小さな光が見えた気がして、救われたんです」

先生は、何も言わなかった。でも、電話の向こうで、まっすぐわたしの言葉に耳を傾けてくれている気配はあった。

「ええと、ですから、わたしは、先生と『空色の闇』に心から感謝をしています。しかも、いま、こうして先生の担当編集者になれたことは、わたしの人生のなかで、ある種の『奇跡』なんじゃないかとさえ思っています」

「奇跡って、さすがに大袈裟でしょ――」

涼元先生は、きっと苦笑しながらそう言ったのだと思う。でも、わたしは本気なのだ。

「はい。先生にとっては大袈裟な感覚かも知れません。でも、実際に命を救われたわたしからしてみると、本当に奇跡のような巡り合わせなんです」

「…………」

「あと、包み隠さずに言いますと、わたしはこの仕事をはじめて四年が経つんですけど、まだ、ヒットらしいヒットをひとつも出したことがないんです。東山さんと比べたら、あまりにもわたしは非力で無能でして――」

わたしは、ここで一度、深呼吸をする必要があった。

落ち葉の匂いのする師走の空気を、大きく吸って、吐き、そして、続けた。

「ほとんど結果を出せていない編集者なので、もしかすると、近々、営業部に異動になってしまうかも知れません」

「え――」

「社内では、そんな噂が出ているようなんです。でも、もし、いずれそうなってしまうとしても、わたしは最後に、一度だけでいいから、本当に自分が作りたい作品を世に出したいんです」

そこまで言ったとき、わたしは耳に痛みを覚えた。無意識のうちにスマートフォンを強く押し付けていたらしい。

「あの、ちょっと待ってくれる？」

涼元先生が、ため息みたいな声を出した。わたしが本音を出しすぎたせいで、あきれてしまったのかも知れない。

「津山さんって、なかなか無責任な編集者だよね」

「え――」

「自分の転落人生に、俺を巻き込むつもり？」

転落人生？　先生を巻き込む？

「いや、わたしは、そんなつもりでは――」

「まあ、そりゃ、そんなつもりではありませんって言うよね」

「いえ、あの……」

わたしは次の言葉を失っていた。たしかに冷静に考えれば先生の言う通りだ。もはや、ぐうの音も出ない——、そう思っていたら、思いがけず先生の方からしゃべり出してくれた。

「あのさ、津山さんが俺の作品で救われたというのが本当だとしたら、そのことに関しては、俺は素直に嬉しいと思うよ」

「あ……、はい。それはもちろん本当です」

「じゃあ、それでいいじゃん」

「……と、言いますと？」

「キミが救われたんだから、もう、それで充分だってこと」

涼元先生が、投げやりな感じでそう言ったとき、なぜだろう、自分でもよく分からないまま、わたしは少し強い声を返してしまった。

「駄目なんです、それじゃ」

「…………」

「あ、す、すみません。あの、でも、駄目なんです」

「駄目って、何が？」

「ええと、わたしが救われただけでは、わたしが駄目なんです」

「ちょっと、言ってる意味が分からないけど」

わたしは冷静になりたくて、ふたたび深呼吸をした。

すぐ目の前に小さな子供と若い母親がやってきて、幸せそうにじゃれ合いはじめた。

「ええと――、かつて、先生の小説に救われたわたしには、いま、先生の小説で助けたい人がいるんです」

「はぁ？　まさか、たった一人の、その人のために小説を書けっていうの？」

「はい。たった一人のわたしを救えた先生の筆で、また別の一人を救えたら、と思いまして。そういうのも文芸の素敵な力なんじゃないかと――」

「おいおい、ちょっと待ってよ。小説家はさ、一人のためになんて書けないんだよ。たくさんの人が読んでくれないと生活が成り立たないんだって、昨日、言ったよね？　っていうか、キミは編集者なんだから、それくらい知ってるでしょ？」

先生は、たくさんの人に読まれたいから、売れ筋のミステリーに転向したのですか？

胸の奥から溢れそうになった台詞を、わたしは飲み込んだ。だって、その転向は、一ミリも悪いことじゃないから。

「それは、もちろん分かっています。でも、一人を救える力を秘めた本は、たくさんの人を救えることだってあると思うんです。実際に『空色の闇』は映画化もされましたし、ベストセラーになったじゃないですか」

わたしは、ちょっと失礼な言葉遣いをしているかな、と思ったけれど、でも、止められなかった。

「そうやって過去の成功事例に倣うことは、わたしとしては、少しも悪いことじゃないと思います」

わたしの声は大きくなりすぎたのだろう、公園で遊んでいた母娘がキョトンとした顔でこちらを振り向いた。

「津山さんさぁ」

「はい」

「キミは結局、誰を救いたいわけ？　まさか、それって仕事が上手くいってない自分のことじゃないよね？」

あまりにも予想外だった先生の言葉に、わたしは一瞬、フリーズしてしまったのだが、

「え、それは――」

もしかすると、先生の言う通りなのではないか、という気がしはじめたのだ。

わたしは、先生に小説を書いてもらうことで、わたしを救おうとしているのではないか？

編集部に残るための自己保身？

すうっと冷たい風が吹いて、頭上の枝葉がカサカサと音を立てて揺れた。すると一枚の葉っぱが、ひらり、ひらり、風に揺れながらわたしの足元に舞い落ちてきた。

「もしかしたら、わたしも救われたいと思っているかも知れません。でも、それだけではなくて……」

「なんだ、やっぱりそうなのか」

そう言って涼元先生は、呆れたように小さく笑った。

「えっ、違います。ちょっと待って下さい――」

その後も、わたしは、自分なりに言葉を尽くして説得を続けた。先生に書いて欲しい小説のイメージも事細かに伝えたつもりだ。それでも最後は、先生の心に触れることすらできないまま、「んじゃ、今日も、これからバイトだから」と一方的に会話を閉じられてしまった。しかも、捨て台詞のように「もう、電話はしてこないでよ。ってか、キミからの電話は出ないから」とまで言われてしまったのだった。

＊＊＊

その夜は、生まれてはじめて一人でお酒を飲みに行った。

意を決して入ったのは、カウンター席のある小さなスペインバルだった。

せっかく一人で入店したのに、わたしは隣の人に話しかける勇気も持てず、カウンターのなかで料理をしている店員さんに声をかけることもできなかった。

隣人はカップルだし、店員さんは忙しそうだから――。

という言い訳もできるけれど、ようするにわたしは小心者なのだ。そんな小心者のわたしが、珍しく心を奮い立たせて涼元先生に電話をしたというのに、結果、あの言われようって……。思い返すと、悔しくて、悲しくて、情けなくて、涙が出そうになる。

だから、わたしは、適当な銘柄のワインと少し脂っこい料理を黙々と胃のなかに流し込んでいくのだった。鱈（たら）のブニュエロ（コロッケ）、アヒージョ、鰯（いわし）の酢漬け、チョリソを平らげたあたりで、すでにわたしの小さな胃袋は満タンになっていた。そして、入店から一時間と経たずに、わたしは会計を済ませ、店の外に出ていた。

師走の街に吹く夜風は、キーンと鳴りそうなくらい冷たくて、しかも、歩き出したわたしにとって向かい風だった。

店から駅へと向かう道は、仕事帰りの疲れたサラリーマンたちで溢れていた。

わたしはふらふらとおぼつかない足取りで人混みのなかを歩いた。

こんなに酔っ払ったのは、大学生のころ以来だ。

そのまま少し行くと、駅から一分ほどのところにある、二階建ての書店の前にさしかかった。

このお店、まだ開いてるんだ――。

なんとなく腕時計を見たわたしは、え？　と二度見した。

まだ午後七時半だったのだ。酔っ払いの感覚では、すでに十時をまわっていたのだけれど……。

職業柄、書店を見かけると入りたくなる。わたしは酔い覚ましも兼ねて少し立ち寄ろうと思い、入り口へと進行方向を変えた。

と、次の瞬間、左肩にドスンと衝撃があった。

後ろから歩いてきた人にぶつかり、弾かれたのだ。

酔っ払いのわたしは、足をもつれさせながらよたよたと車道の方へ後退していき、お尻を歩道の柵にぶつけて止まった。

わたしを弾いたのはグレーのコートを着た大柄な男性だったのだけれど、その人はまるで何もなかったかのように大股で歩き去っていった。

痛いなぁ、もう……。

眉間にしわを寄せたわたしは、そのまま歩道の柵にお尻を乗せてため息をついた。

正面には、いま入ろうとした書店の入り口が見える。

その店のなかから若い男性サラリーマンが出てきて、駅の方へと歩いていった。

いまの人、どんな本を買ったのかな？

わたしの担当した本じゃないよな、きっと――。

そう思って目を伏せたとき、ひた、と足元に小さな白い粒がひとつ落ちた――、と思ったら、それは一瞬で消えていた。消えた部分のアスファルトには、小さな黒い染みが生まれている。

わたしは、ゆっくりと空を見上げた。

黒とも灰色ともつかない都会の空から、白いものがハラハラと落ちてくる。

粉雪だった。

どうりで寒いと思ったら、初雪かぁ……。

わたしは、また、書店の入り口を見た。

コートの襟を立てた中年男性が入店し、入れ違いで、わたしと同世代くらいのカップルが出てきた。

「え、うそ、雪が降ってるよ」

「ほんとだ。早く帰ろうぜ」

カップルは腕を組んで、足早に駅へと向かう。

わたしは無意識のうちに大きなため息をこぼしていた。

みんなに喜ばれる、いい本、作りたかったなぁ……。

煌々（こうこう）と明るい書店のなかを見つめながら、わたしはとても素直にそう思っていた。

この先、もう本を作れなくなるのなら……。

悲しい未来を想いかけたとき、わたしの脳裏に、美しい地元の海や優しい母の笑顔がちらついた。

と、そのとき――、
鞄のなかのスマートフォンが鳴り出した。電話だ。

一瞬、スルーしようかと思ったけれど、すぐに考え直した。急ぎの案件だったら誰かに迷惑をかけてしまうから。

わたしは急いで端末を手にして画面を見た。

「えっ……」

喉の奥で詰まったような声が出た。

「もしもし……」

恐るおそる、わたしは電話に出た。

「ああ、ええと、涼元ですけど」

「は、はい」

それは、分かっている。画面表示に名前が出ていたのだ。

でも、いったい、どういう用件で？

わたしはあれこれ考えようとしたけれど、頭がちっとも働いてくれなかった。酔いと混乱で脳みそが機能不全に陥っていたのだ。

「いや、なんか、昼間は、あれこれ言っちゃったけどさ」

「…………」

「やっぱ、書いてもいいかなって」

え——？

「…………」

あまりの展開に、わたしが言葉を失くしていると、先生はなぜか言葉を少し強くした。

「返事くらいできるだろう。キミ、昼間の電話のことで怒ってるの？　もしかして根に持つタイプ？」

理由は分からないけれど、でも、先生のこの頓珍漢な台詞は、わたしの心のなかでギリギリの均衡を保っていた「積み木」のようなものを根元から崩してくれたのだった。

「うふふふ」

と、わたしは笑っていた。

「え——、なんで笑うわけ？」

「すみません。ええと、わたし、根に持ってなんていません。ただ、ちょっと——」

「ちょっと、なに？」

わたしは、いったん呼吸を整えて言った。

「酔っ払ってます」

「は？　飲んでるの？」

「はい。いまさっきまで飲んでました。一人ぼっちで」

「ふうん。それは、淋しい人だね」

先生も笑いを含ませたような声で言った。

「はい。すごく淋しかったです。でも、いまは、なんか……、なんて言うか――」

あれ？　と思ったときは、もう遅かった。わたしの目の奥が急に熱を持って、そのまましずくがぽろぽろと頬を伝いはじめてしまったのだ。

「ええと、津山さんさ」

「はい……」

「キミ、この先、編集部にいても、営業部に行くことになっても、ちゃんと俺の新作は売ってくれよな」

わたしは元気よく、はい、と言おうとしたのに声が出せなくて、ただ無言で、うんうん、と何度も頷いていた。

目の前の書店からスーツ姿の男性が出てきて、泣いているわたしと視線が合った。男性は、一瞬、ハッとした目をしたけれど、すぐに視線をそらし、歩き去っていった。

「え――、津山さん、大丈夫？　そんなに酔ってるの？」

涼元先生の声に、ほんの少しだけ優しさの成分を感じた。

「もちろん、大丈夫です」

なぜなら、わたしは「奈緒」なので――。

「先生」

「ん？」

「雪が、降っています」

「え？　いま？」

「はい」

「そうか。どうりで今日は寒いと思った」

「はい」

わたしは、スマートフォンを耳に押し当てたまま、ゆっくり都会の空を見上げた。

小さな白い粒たちが、風に揺られながら舞い降りてくる。

都会の空も、空っぽじゃないときがあるらしい。

「津山さん」

「はい」

「どうして俺が書く気になったか、訊かないの？」

ぶっきらぼうな先生の声が、なぜかあたたかく感じる。

「それは――、大事なことなので、また、今度、お会いしたときにゆっくり聞かせて下さい」

そう言って、また「うふふ」と笑ってしまった。

「だから、なんで笑うわけ？　気持ち悪い人だな」

「ですよね。わたしもそう思います」

言いながら夜空を見上げたとき、わたしの背筋は自然と弓のように伸びていた。

# 第二章　小説家　涼元マサミ

「んー、美味しい。こんなの、はじめて食べた」

色とりどりのフルーツと生クリームがのったパンケーキを頬張りながら、小学四年生の真衣が目を細めた。

「そっか。やっぱり、このお店にしてよかったなぁ」

昨夜——、俺は、ネットで一時間もかけて検索をしまくり、つい先月、原宿にオープンしたというこの店を見つけたのだった。

「パパも食べる？」真衣は、ナイフで小さく切ったパンケーキとイチゴをまとめてフォークで刺すと、テーブル越しに手を伸ばした。「はい、イチゴ好きでしょ？」

俺は、照れながらも身を乗り出して、ぱくりと食べる。

「本当だ。ふわふわで、最高だな」

「メロンのところも食べる？」

「いいよ。パパは、いま、お腹が空いてないから大丈夫。真衣がたくさん食べな」

「うん」

月に一度きりと決められた真衣とのデートは、時間が倍速で流れていく。毎回、冗談みたいに一瞬で終わってしまうのだ。だからこそ、こういう宝石のような瞬間を、俺は慈しみ、丁寧に味わわなければならない——というか、そうしなければもったいない。

俺はブラックのコーヒーをひとくち飲んで、パンケーキに夢中になっている真衣の顔をしみじみと眺めた。

くりっとした二重まぶたのたれ目。少し困ったような下がり眉。口角がキュッと上がった薄めの唇。

どこからどう見ても、俺の娘だ。

「真衣、学校は楽しい？」

俺は、無邪気に「うん！」と微笑む真衣をイメージして訊いたのだが、しかし、娘の口からこぼれたのは「うーん……」だった。

「最近は、いまいち――、かな」

「え、どうして？」

真衣は、口に運びかけていたパンケーキをいったん下ろして答えた。

「うちの近所にね、わたしと一緒に学校に行ってる仲良しの子がいるんだけど」

「うん」

「その子が、クラスの女の子たちから無視されるようになっちゃって……。でも、ふつうに優しい子だから、わたしはいつも通り、その子と一緒に登下校してたんだけど」

そこまで言うと、真衣は「はあ」と小さなため息をついた。

正直、この時点で俺には大方の予想がついていた。

「ようするに、あれか。真衣まで、まとめて無視されるようになったのか？」

「うん……」

真衣はパンケーキを刺したままのフォークとナイフをそっと置いて、代わりにオレンジジュースを飲んだ。

「ママは、なんて言ってる？」

俺は、離婚した元妻・みづきの顔を思い出しながら訊いた。

すると真衣は、小さく首を横に振った。

「ママには、まだ言ってない」

「どうして？」

「だって、そんなこと言ったら、ママを困らせちゃうもん」

ママを心配させる、じゃなくて、困らせる、か――。

「真衣……」

俺はちょっと複雑なため息をついた。

娘の悩みに気付けていないみづきへの苛立ちと、その悩みをいま俺だけが知っているという陰鬱（いんうつ）な悦（よろこ）び。そして、「困らせる」という言葉が示す意味合い。それら全てが入り混じった湿っぽいため息だった。

「でもね、最近は学級委員の子が話しかけてくれるようになったから」

「その子まで無視されたりしないか？」

「分からないけど……。もう少し続いたら、わたし先生に相談してみる」

真衣が最初に頼ろうとする相手が、みづきではなく学校の先生というのも俺は気になった。

「そうだね。とにかく、いじめはエスカレートすると大変だから、あんまりひどくなる前に大人に相談するんだよ」

「うん、分かった」

昔から聞き分けのいい真衣は、どこか淋しげに微笑むと、ふたたびパンケーキを食べはじめた。

俺もコーヒーに口をつけたけれど、さっきよりも苦かった。見えない手で胃袋を握られたような不快感もある。

俺は、苛立っているのだ。真衣をいじめているクラスメイトたちと、そいつらを育てた親ども、みづき、教師、そして、何もしてやれない俺自身にたいして。

せめて、みづきにはひとこと言ってやりたいのだが——、でも、真衣の養育費をまともに払えていない俺の立場からすると、それもためらわれた。普通に考えれば、こうして真衣と会わせてもらっているだけで御の字なのだから。

「ねえ、パパ」

「ん？」

「いま、パパが書いている小説って、どんなお話？」

真衣が話題を変えた。きっと、いまは、学校のことを思い出したくないのだろう。

「そうだなぁ――、物語のなかにいくつも謎があって、その謎を主人公がじわじわ解き明かしていくような、ちょっとドキドキするお話かな。ミステリー小説っていうんだけどね」

「あ、真衣、ミステリーって聞いたことある」

「おっ、そうか。さすが小説家の娘だ」

「うふふ。意味は知らなかったけどね。でも、ドキドキするお話なのかぁ……。それって、怖いお話ってことだよね？」

「まあ、そうかもね。ちょっと怖いシーンもあるかな」

「そっかぁ……」真衣は俺の顔をまっすぐに見ながら、小首を傾げた。「パパってさ、優しいじゃん？」

「え？」

「なのに、どうして怖いお話を書くの？」

いかにも子供らしい直球の質問に、思わずほっこりしてしまったのだが、俺からは直球で返すことはできなかった。万一、直球で返したら、「カネのためだよ」ということになってしまうのだ。

「うーん、難しい質問だなぁ」

俺は、こめかみをぽりぽり掻きながら最適解を模索した。

考えてみれば、俺のデビュー作『空色の闇』は、売れ筋のミステリーではなかった。理由あって「人情もの」を書いたのだ。そもそも、売れること、金を稼ぐこと、が目的ではなかったからだ。なのに、その作品は発売してすぐに人気女優の目に留まり、SNSで拡散され、まずまずのヒットを記録した。しかも、ヒットのおかげで映画化までされた。つまり、小金になったのだ。

一作目からヒットを飛ばした俺は、担当編集者と妻の反対を押し切って、当時、国語の講師として勤めていた学習塾を退職し、筆一本で食べていくことを決意した。とはいえ、妻子持ちだから、生活はなるべく安定させておきたい——ということで、俺は、当時から続いている「ミステリーブーム」に乗っかったのだった。

人情ものをヒットさせられたのだから、いま流行りの「ちょっとお洒落なミステリー」でも書けば、さらに大きなヒットが期待できるはず——。

当時の俺は、そう信じて疑わなかった。

ところが、いくら「ミステリーブーム」といえども、ぽっと出の無名作家の作品が、おいそれと売れるような甘い世界ではなかった。二作目、三作目が、まったく売れず、四作目まで重版がかからなかったとき、俺は安易に「勤め人」を辞めてしまった自分を呪い、胃痛に悩まされはじめていた。

しかし、いまさら文芸の世界から逃げだすわけにもいかない。とにかく、売れる確率が高いのはミステリーなのだ。妻のために、幼い真衣のために、ミステリーを書いてヒットを生み出さなければ――。俺は容赦なく目減りしていく預金通帳に心を蝕まれながらも、必死に筆を走らせ続けたのだった。

それでも、結果は、鳴かず飛ばずだった。

正直、作品のクオリティには自信があった。担当編集者だって「知名度さえ上がれば、過去の作品もまとめて一気に売れると思うんですけど」と言ってくれたのだ。だから俺は、低空飛行のままでも、小説家で居続けることにこだわったのだった。

そして、ある日のこと――、

「わたし、ちょっと実家に行ってくる」

淡々と言ったみづきは、当時五歳だった真衣の手を引いてアパートから出て行った。

みづきの実家は隣県にあるから、夕方には戻ってくるものだと思い、俺はいつも通り気楽に手を振って二人を玄関から送り出した。そして、がらんとしたリビングに戻ったとき、テーブルの上に一冊の預金通帳が置いてあることに気づいた。俺は何気なくそれを開いて残高を確認してみた。

え――。

無機質に印字された残高は、七七七円だった。

「嘘だろ……」とつぶやいたその日から、みづきと真衣は戻って来なかった。つまり、経済的な余裕と夫婦間の愛情が正比例するということを、俺は思い知らされることとなったのだ。

「ねえ、パパ」

陰々滅々とした過去を追想していた俺は、真衣の声にハッとした。

「あ、ええと。ごめん。パパがミステリーを書く理由だよね。いま、考えていたんだけど……」

「ううん、それは、もういいよ」

「え？」

ふたたびナイフとフォークを手にしていた真衣は、口の横に生クリームをつけたまま、まじめな顔で俺を見上げていた。

「でもね、真衣が読んでも怖くならない、楽しいお話も書いて欲しい」

楽しいお話、か――。

そうだよな。気持ちは分かるけど、いまのパパにはそんな余裕はないんだよ。ごめんな、真衣。

胸裏で謝りながら、俺は「あれ？　こんなところに美味しそうなお弁当を見つけたぞ」と言って、テーブル越しに手を伸ばした。そして、真衣の口の横についた生クリームを指でぬぐい取ると、そのまま自分の口に入れた。

「真衣のお弁当、甘くて美味しいなぁ」

と、おどけて見せたら、真衣は「うふふ」と笑ってくれた。

そう。これだよ、これ。俺は、この顔を見ていたいんだ。そのためだったら、何だってするさ。

「なあ、真衣」

「ん？」

「パパさ、いつか真衣を主人公にした物語を書いてあげるよ」

「えっ、すごい！　パパ、ほんとに？」

「もちろん。しかも、最高に楽しくて幸せなお話にしてあげるからね」

「わぁ……」

瞳を輝かせ、純度百パーセントの笑みを浮かべた真衣が続けた。

「ねえ、それ、いつ書いてくれるの？」

「んー、パパは忙しいから、もうしばらく先になるかな」

そう言って俺は、真衣に微笑みかけたけれど、我ながら不器用な作り笑いになっていることに気づいていた。

＊＊＊

午後六時――。

住宅地の外れにある大型スーパーのフードコートは、いつものように賑わっていた。

空いた席がないかとフロアを見渡していると、真衣が声を上げた。

「あっ、パパ、あそこ空いたよ！」

真衣は握っていた俺の手を離し、軽やかに空いた席へと駆けていく。俺はその小さくて華奢（きゃしゃ）な背中を見詰めながら、今日という一日の異常なまでの短さに嘆息した。

真衣とのデートは、いつもこの場所で終わる。まもなく現れるみづきに真衣を引き渡し、俺はひとりアパートへと帰るのだ。みづきと真衣は、ここで夕ご飯を食べて帰るのが常らしい。

「パパ！」

空席を確保した真衣が、こちらに手を振った。

軽く手を挙げて応えた俺は、真衣に向かって歩き出す。

と、そのとき――、

「ねえ」

と背後で声がして、何かが軽く肩に触れた。

振り返ると、小柄な女性が俺を見上げていた。

勝気な目をしたショートボブの死刑執行人――今日一日の「パパ」としての時間を強制終了させる者。

「もう来たのか」

「もうって、ほぼ定刻でしょ」

みづきは腕時計を俺に差し向けながら言った。

「まあ、そうだけど」

「ほら、真衣が呼んでるよ」

「ああ、うん。行こうか」

座りの悪い会話をしながら、俺たちは真衣のいる席に向かって歩き出した。

「ねえ、今日はちょっとだけ話があるんだけど、いい？」

斜め後ろから、みづきが言った。

「え、俺に？」

「あなた以外に、誰かいる？」

結婚した頃のみづきは、こういう刺々(とげとげ)しい物言いをする女性ではなかったのだが……。

た。

「いないね」

「じゃあ、そういうこと」

　真衣のいるテーブルに着くと、みづきは財布から千円札を取り出し、真衣に手渡し
た。

「はい、これで好きなものを買っておいで」

「うん」と言って立ち上がった真衣は、みづきが来ても帰らない俺を見て、「えっ、今
日はパパも一緒にご飯食べられるの？」と嬉しそうに目を見開いた。

「ううん、そうじゃないよ」

　間髪を容れず、みづきが否定する。

　真衣は「そっかぁ」と、いかにも残念そうに眉尻を下げてくれた。

「ごめんな。これから、ちょっとだけママとお話をして、パパは帰るんだ」

「ふうん」

　いつもと違う段取りに、真衣はちょっと怪訝そうな顔をしたけれど、みづきに「ほ
ら、買っておいで」と軽く背中を押されて、居並ぶ店舗の方へと歩き出した。

　真衣が充分に離れたのを確認してから、俺たちはテーブルを挟んで座った。そして視
線が合うとすぐに、みづきは口を開いた。

「単刀直入に言うね」

「ああ、うん」

「わたし、結婚することになったから」

「え……」

いったい誰と？　なんて訊いたら、余計なお世話です、と冷淡に言い返されそうで、俺は一瞬、口ごもってしまった。

「相手の彼ね、真衣の存在もむしろウェルカムだって言ってくれてる」

「そうなんだ。ええと、おめでとう――で、いいんだよね？」

みづきは、ちょっと呆れたように小さく笑うと、俺の質問には答えないまま会話を先に進めた。

「わたしが結婚するってことは、真衣に新しいパパができるってことでしょ？」

新しいパパ。真衣に――。

心拍が二拍くらい飛んだ気がして、俺は無意識に呼吸を止めていた。しかし、元妻は顔色ひとつ変えずに続きを口にした。

「だから、しばらくは、真衣と会わないで欲しいんだよね」

「えっ、ちょっと待てよ」思わず、俺は早口で言っていた。「真衣は、なんて言ってんだよ。俺と会えなくていいって言ってんのか？」

「ちょっと。大きな声を出さないでよ。みっともない」

「あ……」

　俺は周囲を見回した。でも、とくに周りの誰かに眉をひそめられているというわけでもなさそうだった。

「まだ真衣には言ってないの。先に、あなたに言ってあげてるんだから、逆に感謝して欲しいくらいなんだけど」

「感謝って、おまえさぁ——」

「おまえって言わないで」

　ぴしゃり、と釘を刺された。

「ああ……、わ、悪い」

「とにかく、そういうことだから」

　みづきは一秒でも早く会話を終わらせたいようだが、しかし、俺としてもここは簡単に引き下がるわけにはいかない。

「だから、ちょっと待ってくれよ。しばらく会わないでって、どのくらいの期間のことを言ってんだよ？」

「そうねぇ——」

　みづきが中空を見詰めて計算をはじめた。

　三ヵ月か？　まさか半年とか？　一年はあり得ないぞ。

子供の成長は早い。驚くほどのスピードで変わってしまうのだ。俺は真衣の成長していく姿を、少しでも多くこの目に焼き付けておきたい。それが、いまの俺に残された唯一の生き甲斐だと言っても過言ではないのだから。

ストレスで背中が丸くなりそうな俺に、みづきの唇は無慈悲な言葉を吐き出した。

「まあ、最低でも真衣が高校を卒業するまでの八年。もしくは成人するまでの十年くらいかな」

「はぁ？」

俺は、口を開けたまま固まってしまった。

「はぁ、じゃなくて。新しいパパのためにも、真衣のためにも、そうしたいの」

「どこが……、真衣のため――」

「あのね」

みづきは、少し強い口調で俺の言葉にかぶせてきた。

「あなたは、わたしに意見する権利なんてないよね？」

「な、なんでだよ」

「養育費、払ってないでしょ？」

「…………」

「父親としての義務を放棄しておいて、権利だけ主張するのは、そろそろ終わりにしませんか？」

　みづきはあえて敬語を使って、俺を突き放しにかかった。

「だから、それは……」

「それは、なんですか？」

　ぐうの音も出ない俺は、たまらず、大きく息を吸った。そして、胸のなかに渦巻いた腐ったような感情と一緒に「ふう」と吐き出した。

「彼ね、子供が大好きな優しい人なの。結婚したら、真衣にとって最高のパパになりたいって言ってくれてる」

「…………」

「最近なんて、わたしのことより真衣を優先するくらい、すごく可愛がってくれてるの。たぶん、真衣の心が傷つかないようにって、とても丁寧に気を遣ってくれてるんだよね。なかなかそんな人いないでしょ？」

「…………」

　俺のなかの、ぐうの音、は未だ出ないままだ。

「このあいだ、念のため、子育ての専門家に相談してみたんだけど、やっぱり真衣と新しいパパとの関係を、きちんと構築させてあげるべきだって言われたの。だから、もしも、あなたが真衣のことを本当に大切に想っているんだったら、とりあえず、しばらくは身を引いて欲しいの」

「…………」

「真衣を幸せにするため、だよ？」

俺はみづきの勝気な目から視線をはがした。そして、離れたところにいる真衣を見た。小学四年生の娘は、どの店の何を食べようかと目移りしながら、ずらりと並んだ店舗の前を弾むように歩いていた。

「真衣さ……」俺は、自分の命よりも大切な生き物を見詰めながら口を開いた。「今日、朝からずっと俺と一緒にいたのに、新しいパパのこと、まったく口にしなかったんだよな」

「真衣は、ああ見えて繊細だし、すごく気を遣う子だから、あなたには言いにくかったのかもね」

きっと、そうに違いない。

それなのに俺は、自分が真衣に気遣われていることにさえ気づけぬまま、貴重な一日を過ごしてしまったのだ。

遠くにいる真衣が、くるりとこちらを振り向いた。

目が合うと、にっこり笑ってこちらに手を振った。

俺は力ずくで笑顔を作り、顔の横で手を振り返しながら言った。

「ちょっと、考えさせてくれ」

「いいけど、わたしの気持ちは変わらないからね」

勝気なみづきの目に、いっそう力がみなぎったように見えた。

俺は、ゆっくりと立ち上がった。

「じゃあ、俺、帰るわ」

「真衣にバイバイしなくていいの？」

俺は真衣を見た。ピザとパスタの店の前に立って、腰をかがめ、メニューを覗き込んでいる。

「いいよ」

真衣が戻って来てからのバイバイ――。

考えただけで、俺の心はバラバラに壊れてしまいそうだ。

「じゃあ」と、みづきに背を向け、歩き出そうとしたとき、俺は、ふと大事なことを思い出した。「あ、そうだ」

「なに？」

みづきは少し怪訝そうな目で俺を見上げた。

「真衣さ、学校のことで悩みがあるみたいなんだ。さりげなく訊いてやってくれないかな？」

みづきはちょっと意外そうに目を見開くと、「分かった」と言って軽く頷いた。

「じゃあ、頼むわ」

俺は、最後にちらりと真衣の後ろ姿を見て、フードコートを後にした。

新しいパパ——。

いままで予想すらしたことのなかった言葉が、俺の胸のなかへ土足で踏み込み、嫌な熱と腐臭を発しはじめていた。

俺はふらふらと歩いて、大型スーパーの外に出た。

師走(しわす)のひんやりとした風に吹かれながら、雨上がりの夜空を見上げたら、ついさっきまで俺の手を握っていた真衣の手の感触が甦(よみがえ)ってきた。

背骨からするりと力が抜け落ちそうになった俺は、まだ少し濡れている歩道のガードレールに腰掛けた。

そして、まじまじと自分の手を見た。

パパっていうのは、新しいとか古いとかじゃねえっつーの。

「つたく……」ふざけんなっ——、とつぶやきかけたとき、目の前の歩道を家族連れが通りかかった。若い父親と、母親と、その真ん中で両手をつながれた小さな女の子。クリスマスの電飾がきらめく夢のような歩道を、その三人は最寄りの駅に向かって歩いていく。

「ふう」

俺は、今日、何度目かのため息をこぼした。

と、そのとき、ジャンパーのポケットでスマートフォンが振動した。画面を見ると、綾子からのメッセージだった。

『いまマサミくんの部屋に来たけど、窓の鍵が開いてたよ。部屋が二階だからって、ちょっと不用心じゃない？　帰宅は何時くらいになりそう？』

綾子とは二年前の高校の同窓会で再会して以来、なんとなくずるずると付き合い続けていて、ここ最近は、いわゆる「半同棲」の生活をしている仲だ。かつて学級委員長だった、まじめできっちりした綾子と、基本的にだらしない俺は、価値観や生き方が真逆のようにも思えるのだが、一緒にいるとなぜか気楽で、これまで喧嘩らしい喧嘩をしたことすらなかった。

『いま帰宅中。三〇分後くらいに着くかな。コンビニで酒を買って帰るよ』

メッセージを返した俺は、ガードレールから腰を上げ、イルミネーションきらめく歩道を歩き出したのだが、すぐに足を止めた。

歩道の先には、まだ、さっきの三人家族の後ろ姿があったのだ。

「はあ」

俺は白い息を吐くと、踵を返し、逆方向へと歩き出した。

あえて最寄り駅には向かわず、少し離れた駅から電車に乗ることにしたのだった。

＊＊＊

安アパートのくたびれた和室に、中古の家具調こたつがある。その天板の上には、さっき俺がコンビニで買ってきた酒とつまみが並んでいた。

「マサミくんさ」

綾子が軽い口調で俺の名を口にした。

「ん？」

「今日は真衣ちゃんのこと、なにも話さないけど、なんかあった？」

酒に弱い綾子は、すでに真っ赤になった顔を両手でぱたぱた扇ぎながら小首を傾げた。

「べつに。真衣は、いつも通り元気だったよ」

そう言って缶酎ハイを口にした俺のことを、綾子は訝(いぶか)しげな顔で見ていた。

後ろで無造作にまとめたツヤのある黒髪。前髪は眉毛にそろえてパッツン。赤いセルフレームのメガネをかけているせいか、俺と同じ四十路(よそじ)なのに、ずいぶんと若く見える。

「その感じ……やっぱ、なんかあったんでしょ？」

「なんかって、なんだよ」

「だから、わたしがそれを訊いてるんじゃん」

俺たちは元クラスメイトで、青春時代の小っ恥ずかしい過去を互いに知っている。それゆえ二人の間には、いまさら格好つけてもねぇ——という、ゆるい空気が流れているのだと思う。俺は、その空気に甘えて、大きなため息をこぼした。

「はあ……」

綾子はなにも言わず、いつもの穏やかな顔で俺を見ていた。

「元の嫁さん、再婚するんだってさ」

俺はなるべく素っ気ない感じで言った。すると綾子は、少しのあいだ俺を観察してから、いっそう軽い口調で返してきた。

「ふうん、そうなんだ。で、それはマサミくんにとって、喜ばしくないってこと？」

「いや、べつに……」

我ながら歯切れが悪いな、と内心で思いながら、俺はまた酎ハイを飲んだ。甘いはずの酒が、どこか苦く感じる。

「そっか。わたしは、ちょっと、ホッとしてるけどね」

「え？」

どういうことだよ？　と聞くより前に、答えは分かった。

俺の元妻が再婚してくれれば、俺の気持ちが「元家族」から完全に離れて、結果、自分たちは結婚しやすくなる——、そう思っているのだ。

綾子と俺は、すでに将来についての話をしている。それも一度ではないし、会話の内容もわりと具体的だった。

たとえば、結婚後も俺は真衣とデートをするとか、綾子の両親は相手が再婚でも構わないと言っていたとか、当面は俺の部屋を引き払って綾子の部屋に住もうとか。さらに踏み込んで、子供は作らない方向でいこうとか——、そんな話までしていたのだ。

でも、正直なところ、俺はまだ、綾子との結婚にためらいがあった。理由は単純だ。自分にまともな「稼ぎがない」ことが引け目になっているからだった。

綾子は、大手機械メーカーの技術者として働き、そこそこの稼ぎがあるのだが、一方の俺はというと、悲しいかな、廃業寸前の小説家だ。いや、正確には「フリーター」というべきかも知れない。なにしろメインの収入は本の印税ではなく、文章の書き方を教える講師として雇われたエディターズスクールからもらっている「アルバイト代」なのだ。

「とにかく、真衣ちゃんは、ちゃんと幸せになれるといいね」

言いながらスナック菓子を口に入れた綾子は、少し遠い目をしていた。きっと自分の過去と真衣を重ねているのだろう。じつは綾子も、幼い頃に両親の離婚を経験し、しばらくのあいだ母子家庭で育ったのだ。

「綾子さ」

「ん？」

遠かった綾子の視線が、俺に戻ってきた。

「母親が再婚すると、娘ってのは幸せになれるものなのかな？」

俺は、どこか祈るような気持ちで訊ねた。

「うーん、どうかなぁ。わたしの場合は、母が再婚したとき、思春期のど真ん中だったからね。義父にも母にも、やたらイライラしちゃって、ちっとも幸せじゃなかったけど。でも、真衣ちゃんはまだ小学四年生だから」

「でもさ、四年生だって、血の繋がらないオッサンが家庭に入り込んできたら、ストレスが溜まるだろ？」

俺はただ綾子に賛同して欲しくてそう言ったのだが、根っからまじめな綾子は、自分なりに納得のいく答えを提示しようとあれこれ考えはじめ、「うーん……」と首を傾げてしまった。そして、言葉を丁寧に選びながら話しはじめた。

「たしかに、四年生でも『違和感』は味わうだろうなぁ。でも、わたしの経験上、よかった点もあるんだよね」

「よかった点？　知らないオッサンが家に来て？」

「うん。たとえば、大人の男の人が家にいてくれるだけで、やっぱり頼りになるし、どこか安心、っていうところはあったんだよね。それと、いま思えば、義父は、わたしにすごく気を遣ってくれて、優しかったんだよ。だけど、思春期ど真ん中だったわたしは、その気遣いを受け入れられなくて、ひたすら突っぱねてたの」

「………………」

「結局は、一長一短がある――ってことになるのかな」

「一長一短、か……」

「うん。でもね、これだけは確実だと思うの。母親にさ、『今日からこの人が新しいパパだから』って言われても、すぐに、『はい、そうですか、分かりました』ってことにはならないよね。子供が何歳だとしてもさ」

新しいパパ――。

その言葉は、もはや俺にとって強烈な「毒針」のようなものだった。耳にすると同時に、胸のなかに毒がまわって、思わず顔をしかめたくなる。

俺は、その胸のもやもやを霧散させたくて、缶に残っていた酎ハイを勢いよく喉に流し込んだ。

と、そのとき、こたつの隅っこに置いてあったスマートフォンが振動した。メールだ。俺は端末を手にしてメールアプリを開いた。そして、タイトルを見た瞬間、俺は眉根を寄せていた。「東西文芸社の津山と申します」とあったのだ。

　数年前、俺はこの出版社から小説を出していた。しかし、その作品がちっとも売れなかったことで、担当編集者と営業担当者ともめてしまったのだ。つまり、俺としては、もはや気まずくて、こちらからは連絡すらできずにいた版元なのである。

「どうしたの？　難しい顔して」

　ペットボトルのウーロン茶のキャップをひねりながら綾子が言った。

「なんか、意外な出版社からメールが来た」

　俺はそう答えて、本文を黙読しはじめた。

　そのメールによると、かつて俺ともめた東山という編集者は他社へと移籍し、代わりにこのメールを書いた津山奈緒という女性が俺の新担当になったらしい。そして、これを機に、あらためて自社から小説を出したいので、近日中に挨拶に伺いたいと書いてある。

　メールの文章は丁寧で、きちんと熱意も感じられた。

　正直なところ、この半年間、俺に新たな執筆を依頼してくれた出版社は皆無だった。まあ、本を出しても売れない（赤字を出す）のだから、それは仕方のないことなのだが、さすがにここまで依頼がないと「小説家」を名乗ることにすら気がひけていた。そんな状況下でもらえたこのメールは、多少なりとも俺のなかの自尊心をくすぐってくれた。

「執筆依頼のメールだったよ。書き下ろしだけど」

うっかり、緩んでしまいそうな頬に緊張感を持たせつつ、俺は言った。

「そっか。で、その依頼、受けるの？」

「とりあえず、メールをくれた新しい担当編集者と会ってみて、それから考えるよ」

「うん、それがいいかもね」

綾子は淡々と言って、グラスに注いだウーロン茶を口にした。

「綾子は、断った方がいいと思う？」

念のため、俺は訊いた。

「え？　わたしは、マサミくんの好きにすればいいと思うよ」

べつに嫌味っぽく言われたわけではない。それでも、綾子の気持ちは分かっている。マサミくんはもう小説家でいることに固執しなくていいんじゃない？　ふつうに働いて、ふつうに収入を得て、ふつうに結婚して、ふつうに幸せになろうよ。

これがいまの綾子の本心に違いなかった。

でも、高校の同窓会で再会した頃の綾子は違った。「小説家である俺」に興味を持っていて、こちらが少し引くくらいの「尊敬の眼差し」を向けてくれていたのだ。そして、俺たちは少しずつ距離を縮め、付き合うことになった。しかし、時が経つに連れ、綾子の目にはいろいろな「現実」が見えてしまったのだ。

「とにかく、レスを書いて送っちゃうわ」

そう言って俺は津山という編集者に返信した。

メールの内容は、よかったら三日後の昼過ぎに、うちの近所の喫茶店に来てもらえないか、というものだった。

送信を終えてスマートフォンをこたつの上に戻すと、俺は、「あ、そういえば」と言って綾子を見た。「この間、バイト先のエディターズスクールの理事長に急に呼び出されてさ、よかったら正社員になって授業のコマ数を増やさないかって誘われたよ」

「わっ、すごいじゃん」綾子の瞳に光が宿ったように見えた。「マサミくん、なんて答えたの？」

「そりゃ、まあ、素直に嬉しいし、ありがたい申し出ですって。ただ――」

「ただ？」

「もう少し考えさせて欲しいって、そう言っといた」

綾子の瞳の光が、すうっと消えた。

「そっか。うん、考える時間は、必要だよね」

「まあね」

家具調こたつの上に、少し重めの沈黙が降りた。その沈黙を破ってくれたのは綾子だった。

「でもさ、マサミくん、すごいよ」

「え？」

「だって、理事長から直々にお誘いをもらえるなんて、なかなかないでしょ」

「そう、かな――」

「絶対にそうだよ。マサミくんって理路整然とした考え方をする人だから、生徒さんたちに分かりやすく文章の書き方を教える才能があるんだと思う」

「もともと理屈っぽいからな、俺は」

ため息を押し殺してそう言った俺は、酎ハイを口にした。

書き方を「教える才能」があっても、「書く才能」は無かった――。

いまの卑屈な俺には、綾子の言葉がそう聞こえたのだった。

酎ハイの缶をそっと置いて、目の前にいる綾子を見た。

綾子は邪気の無い顔で微笑むと、小首を傾げた。

「ん、なに？　わたし、顔、赤い？」

「うん。赤鬼そっくりな顔してる」

「はあ？」

と俺をにらんだ綾子は、つまみのピーナッツをひとつ手にすると、笑いながら「誰が赤鬼じゃ」と言って、それを俺の胸に投げつけた。

「うわ、赤鬼が豆を投げてきた。節分はまだ早いし、鬼はぶつけられる方なのに」

胸に当たって落ちたピーナッツを口に入れて、俺も笑った。

分かっている。いまの俺にとって本当に必要な才能は——、文章を「教える才能」でも「書く才能」でもなくて、自分と大事な人を幸せにする才能なのだ。

ほんと、分かってるんだけどな、そんなこと……。

と思ったとき、二つ目のピーナッツが飛んできて、コツン、とおでこにぶつかった。

＊＊＊

執筆依頼のメールをもらってからの三日間——、俺は、たぶん、生まれてはじめて、とても真剣に自分の将来について考えを巡らせていた。

そして導いた結果は「いさぎよく筆を折る」だった。

理由は二つある。まずは、これからも真衣と会い続けるため。二つ目は、宙ぶらりんにしてきた綾子との関係を終わらせるため。つまり、入籍するのだ。

小説家を廃業した後に、どんな仕事に就くかについては、慌てず、しっかり時間を使って決めればいい。現在のアルバイト先で正社員へと昇格するのも有りだし、綾子と話し合いながら別の仕事を探すのも悪くないと思う。

とにかく、軽挙妄動だけはＮＧだ。

なにしろ俺にはもう「失敗」は許されないのだから。

久しぶりに勤め人に戻れたら、俺はみづきに「養育費」という誠意を見せ続ける。つまり「権利」を主張する前に「義務」を果たすのだ。たとえ真衣のもとに「新しいパパ」が現れようとも、俺は「本物のパパ」としてこれからも君臨し、真衣とのデートを続けたい。その「権利」を得るためにも、俺はいさぎよく筆を折ってやる。そして、ある程度、生活が安定したところで、綾子と入籍するのだ。

俺はそう決めた。自分の意思で決めたのだ。だから、今回の執筆依頼は断ることになる——と、何度もしつこく自分に言い聞かせながら、俺は、いま、東西文芸社の津山と待ち合わせた喫茶店へと向かっていた。

冷たい師走の風のなか、背中を丸め、心なしか狭い歩幅で……。

見慣れたはずの街並みが、今日は、なぜだろう、少しだけ灰色がかって見えていた。

＊＊＊

喫茶店のテーブル越しにいる女性は、やたらとおどおどしていた。

東西文芸社の編集者、津山奈緒だ。

送られてきたメールの文章からは、わりと落ち着いた印象を受けたのだが、いざ会ってみると、これが思いがけず若くて驚いた。聞けば、まだ二六歳だという。

津山は、俺の顔を見た瞬間から挙動不審になり、そのまま過度に緊張し続けているようだった。ふつうに会話をしていても、ひたすら困ったように眉尻を下げているし、ふたこと目には「すみません」と言ってへこへこ頭を下げる。もしかすると、前担当者からの引き継ぎの際に、「あの作家は気が短いから気をつけなよ」なんて余計な入れ知恵をされたのかも知れない。

とにかく、初対面の津山奈緒という編集者は、小心者で、ちょっと不器用で、自分に自信が持てずにいるけれど、一方では、まじめで、優しく、素直な人――。

そんな印象を抱かせる人物だった。

はっきり言って、こういうタイプの人間は嫌いじゃない。仕事ができるかどうかはともかく、人としての信頼に足ると思うし、どこか俺と似通った「駄目なところ」が見え隠れして、ついシンパシーを抱いてしまいそうにもなる。

うっかり会話を弾ませてしまったら、「じゃあ、書きます」などと首を縦に振ってしまいそうな危険性があるから、俺はやや遠回しにこう言った。

「俺が書いても売れないと思うよ。津山さんの実績を落とすだけじゃないかな」

するると、津山は小刻みに首を振って否定した。

「いえ、ですから、そんな——」

「だって、キミ、東山さんより敏腕なの？」

東山というのは前任の担当者で、東西文芸社きってのヒットメーカーと評されていた切れ者だが、なぜか俺に書かせた作品はちっとも売れず、その後、険悪な関係になったのだった。俺は、その東山という名前を使って、経験の浅い津山に軽く意地悪をしてやったのだ。

しかし、津山は、俺の台詞に気を悪くするでもなく、むしろ、すんなり受け入れて、軽く前のめりになってきた。

「東山さんほど経験はないですし、敏腕でもないと思います。でも、先生の作品が持つ物語のチカラについては、わたしの方がよく理解している自信はあります」

切実な目。本当にまじめな人なんだな、と思う。

「へえ。そうなんだ」

「はい……」

どぎまぎしている津山に、俺はとどめを刺してやることにした。

「じゃあ、俺の生活を保障してくれる？」

「え――」

「絶対に売れる本を書かせて、絶対にヒットさせてくれる？」

「それは……」

「無理でしょ？　悪いけど、俺にも生活があるからさ。いまね、よくあるエディターズスクールみたいな専門学校で、文章の書き方を教える講師のバイトをやってんの。そしたら、そこの理事長さんに評価されてさ、正社員にならないかって誘われてるわけ」

「え、じゃあ、小説家としてのお仕事は……」

いっそう眉尻を下げて、やたらと悲しげな顔をした津山を見ていたら――、なぜか俺の口は嘘を吐いていた。

「副業くらいがいいかなって。もしくは、いま書いてる連載を最後に、じわじわと畳んでいくのもありかなって思ってるんだよね」

「そんな……、先生の才能が、もったいないです」

俺とは違い、津山は嘘をついてはいなかった。この愚直な目を見れば、俺にだってそれくらいは分かる。ただし、編集者としての彼女の目が節穴なのかどうかは、俺には分からないけれど。

「俺の才能か」

ひとりごとみたいに言った俺は、喉の奥で、くくく、と笑ってしまった。それは、あきらかな自嘲だった。

「まあ、デビューした当時は、俺も自分には才能があるんじゃないかって勘違いしてたけどさ。でも、よく考えてみなよ。筆一本じゃ生活が成り立たない小説家に、才能なんてあると思う？」

「わたしは、思います」

津山は、そう言ってこくりと頷いた。

「…………」

気弱で、おどおどしているくせに、その切実でまっすぐな視線は、どういうわけか俺の胸の奥にある何かに触れて、ざわつかせる。

いま、俺は、動揺しているのか？

自問した俺は、テーブルの上にあったロイヤルミルクティーを飲んで、自分を取り戻そうとした。そして、なかば強がるように「津山さん、おもしろいね」などと、社会人としてはあり得ないほど失礼な台詞を口にしてしまうのだった。

このままでは、津山に嫌われる前に、自分で自分のことをますます嫌いになりそうだ。

そんなことを考えつつも、俺はひたすら自虐とネガティブな言葉を、真摯（しんし）な津山にぶつけ続けた。

しかし、津山はあきらめなかった。それどころか、「これだけでも聞いて下さい。お願いします」と、テーブルにおでこが付きそうなほど深く頭を下げたのだ。

いったい何なんだ、この人は。見ていて痛々しいし、泥臭すぎる。あの、いつもスマートで泰然自若としていた東山とは真逆の人間じゃないか――。

俺は少し困ったふりをしつつ、津山がゆっくりと顔を上げるのを待った。そして、おどおどしながら話す声に耳を傾けた。

「ええと、わたしとしては、これまでのようなミステリーではなくて、先生の代表作とも言える『空色の闇』のような、人間愛を描いた小説を、もう一度、書いて頂きたいんです」

津山は訴えるように俺を見た。

たまらず俺は視線をそらし、窓の外に目を向けた。

冷たい風に凍えた街は、やっぱりどこか灰色がかって見えた。ビルの上には、いかにも冬らしい透き通った青空が広がっているのに。

「先生のいちばんの才能はそこにあると確信しているんです」

駄目押しでもするように津山が言った。

俺は、空を見たまま、ゆっくりと呼吸をした。

『空色の闇』は――、まだ素人だった俺の作品を嬉しそうに読んでは、「マサミには文才があるなぁ」と褒めてくれた父に捧げた作品だった。その原稿を書きはじめたのは、父の身体(からだ)に癌が見つかり、余命を宣告された日の夜のことで、「〆切り」は、父が元気でいるあいだ、と俺自身が設定した。

当時、勤め人だった俺は、空き時間のすべてを執筆にあて、必死に筆を走らせた。何としても父の好きな「小説」というカタチで、俺の想いを届けたかったのだ。

だが、結果から言えば、その願いは叶わなかった。

まだ半分も書けていない段階で、父の容体は急変し、あっさり逝(い)ってしまったのだ。

父を亡くしたあと、俺はその原稿から距離を置いていた。しかし、四十九日の法要のとき、父と仲の良かった叔母が、喪服の俺をまじまじと見てこう言ったのだ。

マサミくん、佇(たたず)まいがお父さんに似てきたねぇ――。

それを聞いたとき、俺は、当たり前すぎることに想いを馳せた。

そうだ、俺の半分は父なのだ。ということは、父の遺伝子は、まだ生き残っている。

俺のなかに……。

そう思ったら、俺は自分の身体がずいぶんと大切なものに思えてきて、そして、とても自然な感じでスイッチが入ったのだった。

やっぱり、書こう。あの小説の続きを。書き上げて、空に手向(たむ)ければいいじゃないか――。

　それから俺は、あまり急がずに『空色の闇』の原稿を綴っていった。そして、二ヵ月後、完成したその作品をとある文芸誌の賞レースにのせてみたところ、新人賞を獲得し、晴れて小説家としてデビューを果たしたのだった。

　俺は、ビルの上の空から視線を剝がし、あらためて若い編集者を見た。

　この人は、俺にアレを書けと言うのか――。

　相変わらず津山は、どこか祈るような目で俺を見ていた。

　書けと言われて、はいそうですか、と書けるような作品じゃないんだけどな……。

　俺は、胸の内側がむずむずしはじめていることに気づいた。変に苛ついているのだ。

　津山に、というより、アレを書く自信を持てない自分自身にたいして。

「それってさ、ようするに、俺にはミステリーを書く才能がないってこと？」

　俺は、自分でも思いがけないほど悪意のある言葉を、善意の人にぶつけていた。

「えっ？　いいえ、まさか、そういう意味では――」

　両手を前に出し、慌てて首を振る津山。

「じゃあ、俺がミステリーを書いても売れないってこと？」

「いいえ、ですから、そういうことではなくて、わたしは――」

「わたしは、なに？」

「え――」

と言葉を詰まらせた津山を見ていたら、俺は、もう、たまらない気持ちになってしまい、腕時計に視線を落とした。

「あ、もう時間じゃん。これから例のバイトだから」

嘘だった。

本当は、まだ時間にはたっぷりの余裕があった。

「え……」

「じゃあ、そういうことで」

最後の言葉は、かすれてしまった。

俺は、ぐったりとした身体に力を込めて立ち上がると、そのままレジの前をすり抜けて外に出た——というより、店の外へと逃げ出した。

歩き出してすぐに、俺は首をすくめた。街を吹き抜ける風は、さっきよりも冷たく、ざらついていて、灰色だった。

俺は、まだ津山が座っているであろう喫茶店の窓の外を、背中を丸めて通り過ぎた。なんとなく背中に津山の視線を感じていたけれど、振り返らずに歩を進めた。

人混みにまぎれ、駅前の横断歩道を渡ったところで、ようやく俺は津山の視界から消え去ることができた。

ふう、と嘆息して、歩道の脇で足を止めた。そして、コートのポケットからスマートフォンを抜き出し、アルバイト先の事務室に電話をかけた。

すぐに、顔見知りのおばちゃんが電話に出てくれた。

「すみません、アルバイトの涼元ですけど」

俺はそう言って、軽く咳き込んでみせた。

「あら、お疲れさま。どうしたの？」

「じつは、今朝から体調がすぐれなくて。今日の講義、お休みさせてもらえたらと……。生徒たちにうつしてもアレなんで」

「あらら、たいへん。涼元先生が風邪を引くなんて珍しいわね」

心配してくれたおばちゃんが、あれこれしゃべっているあいだ、俺は別のことを考えていた。

この近くに、昼間から飲める酒場はなかったかな――。

今日は浴びるほど飲みたい。

飲むことで自分を罰し、痛めつけ、そして、何かから逃れたかった。

＊＊＊

枕元でスマートフォンが騒ぎ出した。

俺は目を閉じたまま、音のする方へと手を伸ばし、端末をつかんだ。

薄目を開けて画面を確認する。

アドレス帳に登録していない人からの電話だ。

時刻は、午後三時を過ぎている。

ったく、誰だよ……。

カーテンの隙間から昼間の光が漏れているな、と思ったとき、俺は自分の身体の異変を感じ取った。

顔をしかめたくなるほどの頭痛。毛細血管までびっしりと泥が詰まったような倦怠感。食道を圧迫する胸焼け。胃の奥からこみ上げてくる吐き気。

ひどい二日酔いだった。

しかし、無慈悲なスマートフォンは、ひたすら騒ぎ続けていた。

うるせえなぁ……。

「もしもし？」

俺は、布団に横たわったまま電話に出た。

「あ、お世話になっております。東西文芸社の津山です」

その声を聞いたとたんに、昨日の自己嫌悪が俺の内側で弾けた。

「なんだ。誰かと思ったら」

「はい。何度もすみません」

電話の向こうでへこへこと頭を下げている様子が思い浮かぶ。

「挨拶はいいよ。で、俺に、まだ何か用があるわけ？」

そう言ってすぐ、俺は頭痛と吐き気で「はあ……」と声に出してしまった。おそらく津山は、俺が面倒臭さをアピールするためについたため息だと受け取っただろう。

しかし、今日の津山は、昨日とは少し違った。声にいくらか張りがあるのだ。そして、その張りのある声で、思いがけない告白をはじめたのだった。

「じつは、わたくしごとなんですけど、高校三年生のときに、ちょっと自殺を考えるほど苦しい日々を送っていたんです。でも、そのとき、先生のデビュー作の『空色の闇』と出会えたことで、未来に小さな光が見えた気がして、救われたんです」

また、あの小説の話かよ――。

俺は布団に入ったまま目を閉じた。そして、黙って津山の言葉に耳を傾けていた。

「ええと、ですから、わたしは、先生と『空色の闇』に心から感謝をしています。しかも、いま、こうして先生の担当編集者になれたことは、わたしの人生のなかで、ある種の『奇跡』なんじゃないかとさえ思っています」

奇跡って……。

大袈裟なことを言い出した津山は、さらにしゃべり続けた。自分はまだヒットを出したことがないとか、東山と比べれば非力で無能だとか、さらには、近々、営業部に異動させられるかも知れないなどと、気弱なことを口走りはじめたのだった。

会話に嘘が無いのはいいことだが、何でもかんでも正直に話せばいいというものでもない。そもそも、そんな状況の編集者に付き合わされる作家の身にもなってみろ、と言いたい。

だから俺は、あえて投げやりな感じで言った。

「あのさ、津山さんが俺の作品で救われたというのが本当だとしたら、そのことに関しては、俺は素直に嬉しいと思うよ」

「あ……、はい。それはもちろん本当です」

「じゃあ、それでいいじゃん」

「……と、言いますと?」

「キミが救われたんだから、もう、それで充分だってこと」

すると津山は、ふいに強い口調で返してきた。

「駄目なんです、それじゃ」

「…………」

俺は、閉じていた目を開けた。

「あ、す、すみません。あの、でも、駄目なんです」

「駄目って、何が？」

「ええと、わたしが救われただけでは、わたしが駄目なんです」

「ちょっと、言ってる意味が分からないけど」

一瞬、津山は黙った。その沈黙の背後に、小さな女の子がはしゃいでいるような声が聞こえた。津山はいま公園にでもいるのだろうか。

「ええと――」津山が、ふたたびしゃべり出した。「かつて、先生の小説に救われたわたしには、いま、先生の小説で助けたい人がいるんです」

助けたい人？　俺の小説で？

「はぁ？　まさか、たった一人の、その人のために小説を書けっていうの？」

「はい。たった一人のわたしを救えた先生の筆で、また別の一人を救えたら、と思いまして。そういうのも文芸の素敵な力なんじゃないかと――」

それが、津山の言う『空色の闇』みたいな作品、ということなのだろう。

「おいおい、ちょっと待ってよ」仰向けの俺は、古びてシミの浮いた天井に向かってしゃべりはじめた。「小説家はさ、一人のためになんて書けないんだよ。たくさんの人が読んでくれないと生活が成り立たないんだって、昨日、言ったよね？　っていうか、キミは編集者なんだから、それくらい知ってるでしょ？」

もちろん、天井は返事をしてくれない。

でも、津山は熱っぽい言葉を返してきた。

「それは、もちろん分かっています。でも、一人を救える力を秘めた本は、たくさんの人を救えることだってあると思うんです。実際に『空色の闇』は映画化もされましたし、ベストセラーになったじゃないですか。そうやって過去の成功事例に倣うことは、わたしとしては、少しも悪いことじゃないと思います」

「津山さんさぁ」

「はい」

「キミは結局、誰を救いたいわけ？　まさか、それって仕事が上手くいってない自分のことじゃないよね？」

「え、それは――」

津山は言葉を詰まらせた。

俺が黙っていると、恐るおそる、といった口調で続けた。

「もしかしたら、わたしも救われたいと思っているかも知れません。でも、それだけではなくて……」

つくづく正直すぎる人だった。俺はやっぱり、この人のことが嫌いじゃない。そう思いながらも――、いや、むしろ、そう思ったからこそ、俺はあえて呆れたような口調で言ったのだ。

「なんだ、やっぱりそうなのか」

「えっ、違います。ちょっと待って下さい――」

それから津山は、俺に書いて欲しいという小説の内容について、熱っぽく早口でまくしたてた。

いわく、明日が見えなくて不安に押しつぶされそうな人や、未来を恐れて動き出せずにいる人に、そっと寄り添い、背中をさすりながら、大切な「いま」の美しさを感じさせてあげられるような、そんな作品をイメージしているのだそうだ。たとえば主人公はこんな感じで、舞台はこんなところで……と、具体的な内容にまで踏み込みながら、津山は決して器用とはいえない言葉を使って、俺の想像力を刺激しようとしていた。

うん、なるほどね……。

俺は、津山に聞こえないよう、そっとため息をついた。

この人は、東山よりも非力で無能だなどと卑下していたけれど、少なくとも『空色の闇』については、彼よりもずっと深いところまで作品を理解していた。

二日酔いで気分は最悪なはずなのに、俺はいつの間にかニンマリと笑っている自分に気づいた。

そして、津山がほんの一瞬だけ言葉を止めたとき、俺はなるべく感情を乗せずに言った。

「んじゃ、今日も、これからバイトだから」

絶句した津山の想いを無言の空気のなかに感じとりながら、俺は静かに駄目押しの嘘を口にした。そして、なるべく感情を殺して続けた。

「もう、電話はしてこないでよ。ってか、キミからの電話は出ないから」

あ　り　が　と　う――。

天井を見たまま、声を出さず、俺は口だけを動かした。

そして、一方的に通話を切った。

＊＊＊

津山との電話を終えてからの俺は、なにもする気が起きず、こたつに潜り込んだまま、ぼんやりとテレビを眺めて過ごした。

夜になると、綾子から電話が入った。

「マサミくん、連絡が遅くなってごめん。じつは、仕事がトラブっちゃって、夜中まで残業になりそうなの」

「夜中まで？」

「うん。だから、今日はそっちに行けないかも」

「そっか……」

「約束してたのに、ごめんね」

綾子は心から申し訳なさそうに言うけれど、夜になっても二日酔いの悪心が残っていた俺としては、むしろ好都合ともいえた。

「いいよ。また今度、時間のあるときで」

「うん……」

「っていうか、いま綾子、どこからかけてるの？　後ろが騒がしいけど」

「会社の近くの小さな洋食屋さん。けっこう混んでてさ、なかなか料理が来ないんだよね」

「一人で？」

「うん。ぼっち飯ってやつ。仲のいい同僚は、みんな帰っちゃったし」

「そっか」

「トラブルの原因、わたしじゃないのにさ」

それから綾子は、ひとしきり仕事の愚痴をこぼしつつ、ツイてない自分をネタに俺を軽く笑わせてくれた。

少し気分が軽くなった俺は、「あ、そういえば」と、津山の顔を思い出しながら話題をふった。「また昼間に電話があったんだよ、例の編集者から」

「ああ、この間の、執筆依頼の？」

「そうそう。昨日、俺、その人と駅前の喫茶店で会ったんだよね」

「そうなんだ」

「執筆依頼については、そのときビシッと断ったんだけど、また今日も電話をしてきたんだよ」

「ずいぶん熱心な人なんだね」

「うん。なんか、いまどき、あんまりいないタイプの編集者でさ」

津山の祈るような視線が脳裏にちらついた。

「マサミくん、じつは、気に入ったとか？」

「どうかな。まあ、人間的には嫌いなタイプじゃなかったかもな」

「そうなんだ」

「なんていうかさ、俺の小説を、だいぶ深いところまで理解してくれているっていうか……」

「ふうん」

「いままで、そういう感じの編集者には会ったことがなかったから、ある意味、新鮮だったかも」

なんとなく俺はしゃべり過ぎている気がして、いったん口を閉じた。すると、綾子もてくる。

黙ってしまった。スマートフォンからは、がやがやと綾子のいる店の喧騒だけが聞こえ
短い沈黙のあと、綾子が「で？」と言った。

「え？　でって？」

「マサミくん、結局、昼間の電話でも執筆依頼を断ったの？」

「ああ、うん。そりゃ、もちろん」

綾子をホッとさせてやりたくて俺はそう答えたのだが、なぜか、また、綾子は黙って
しまった。

「ん、どうした？」

訝しく思った俺が訊ねると、綾子は変にあらたまった声を出したのだった。

「ねえ、マサミくん」

「ん？」

「なんていうか……、最近、ちょっと面倒臭い人になってるんじゃない？」

「は？」思いがけない台詞に、俺の思考は追いつけなかった。「なにそれ？」

「うーん、なんかさ、マサミくん、自分にも相手にも嘘をついてるっていうか」

「………」

「せっかく自分の作品を理解してくれる編集者が現れたのに、その人からの依頼を断っ

ちゃっていいの？」

「おい、ちょっと待てよ」

「え――」

「綾子、なに言ってんの？」

筆を折るのは、綾子のため――いや、俺たち二人の未来のためだ。しかも、そもそも綾子は、ずっと前から、そうなることを望んでいたのではなかったか。

俺は次の言葉を探して、少しのあいだ沈黙してしまった。

すると、先に綾子がしゃべりだした。

「なんか、ごめん」

「え？」

「わたし、ちょっと、もやもやしてるんだよね」

珍しく、綾子の声に湿っぽい自嘲がまとわりついた気がした。

「もやもや？」

「うん」と小さく言った綾子は、少し間を置いてから、言葉を選ぶように続けた。「わたしね、マサミくんに、ずいぶんと気を遣わせちゃってるかなって」

「………」

「あ、べつにね、マサミくんの気遣いが重たいとかそういうワケじゃなくて、それがマサミくんの優しさなんだってことも分かってるんだけど、でも――」

「でも？」

と、俺は先を促した。

「なにかが、少し、違うような気もしてて」

「…………」

なにかって、なんだよ？

俺は津山を問い詰めたように、綾子にも苛立ちの詰問をぶつけそうになった。でも、喉元で俺は黒い言葉を飲み込んだ。

「あとね、これは余計なお世話かも知れないけど」

「…………」

「マサミくんが小説家でいた方が、真衣ちゃんは嬉しいんじゃないかな？　前に自慢のパパだって言われたんでしょ？」

俺は、つい反射的に綾子の言葉を跳ね返していた。

「それは、本当に余計なお世話だな」

「え……」

いまの俺にとって大切なのは、俺が「自慢のパパ」かどうかではない。このまま真衣と会えなくなるかも知れない、という最悪のリスクにたいして、俺がどう動くか、なのだ。

綾子はそのあたりを理解しないまま、軽はずみな言葉を俺にぶつけている。しかも、俺が勝手に決めたこととはいえ、「綾子と真衣のために、筆を折る」という決意にたいして、綾子は全否定していることになるではないか。

「俺のことは、俺が決めるからさ」

声を荒らげないよう心を砕きながら、俺はそう言った。

「そうだよね。なんか、ごめん……」

いまにも消え入りそうな綾子の声を聞いて、俺は、ふと思い出した。つい先日、執筆依頼について、断った方がいいか？　と訊ねたとき、綾子はこう答えていたのだ。

わたしは、マサミくんの好きにすればいいと思うよ——。

あれは、本心だったのか？

いや、まさか、そんなはずはない。綾子の方こそ、俺に気を遣ってそう答えたのだろう。ようするに俺たちは、お互いに気を遣い合っているのだ。

「あ、ごめん、料理が運ばれてきたから」

低めの声で綾子が言った。その言葉が本当かどうかは分からない。単純に、俺との通話を終えたいがためについた嘘なのかも知れない。でも、なにはともあれ、俺は、綾子の話に合わせることにした。

「そうか。じゃあ、また」

「うん、なんか、マサミくん、ごめんね」

「いや。俺の方こそ悪かったよ」

「ううん」

「残業、頑張ってな」

「うん、ありがとう」

最後は、なんとか大人として会話を閉じることができた。

画面が黒くなったスマートフォンを、こたつの上に置いた。

目を閉じ、少し強めにこめかみを揉む。

さっきよりも頭痛がひどくなっていたのだ。

＊＊＊

綾子との電話を切ったあとも、俺はこたつで横になったまままうつらうつらしていたのだが、いつの間にか浅い眠りに落ちていた。

次に目を覚ましたときは、いくらか頭痛がおさまっていた。

なんとなく気分転換をしたくなった俺は、珍しく台所に立った。

味噌汁を作ろうと思ったのだ。

二日酔いのせいであまり食欲はないけれど、多少なりとも胃になにかを入れておいた方が、悪心からは早く解放されるはずだ。

味噌汁の具は、先日、綾子が料理してくれたときに残ったキャベツと豆腐を使うことにした。

俺は鍋に水を張ってコンロにかけ、お湯が沸くまでの間を使ってキャベツを刻みはじめた。

と、そのとき、スマートフォンが鳴り出した。

また、電話か……。

俺は包丁を置き、ガスを止め、こたつの上に放置していたスマートフォンを手にした。そして、台所へと戻りながら画面を確認して、思わず、ごくり、とつばを飲んでいた。

みづきの名前が表示されていたのだ。

通話ボタンをタップし、少し低い声で「もしもし」と電話に出た。

「あっ、パパ！　真衣だよ」

「え――」

思いがけない声に、俺は口を開けたまま一瞬、固まっていた。

「うふふ。急にかけたからびっくりした？」

「真衣か。うん。びっくりしたよ」

　天真爛漫な真衣の声は、まるで魔法だった。暗雲たれ込めていた俺の内側を、一瞬で晴天に変えてくれたのだ。しみったれたこの部屋までも、まるで照明を替えたのかと思うほど明るく見えはじめている。

「で、どうしたんだ、急に」

「あのね、このあいだ、クリスマスのプレゼントをパパからもらうって約束したでしょ？」

「ああ、したね」

「真衣、欲しいものが決まったから」

　それを伝えるための電話だったのか。

「おっ、なにが欲しいんだ？」

「えっとねえ――、パパ、『ミミっち』って知ってる？」

　ミミっち？

「ごめん、知らないよ」

「えー、知らないの？　パンダ模様のウサギだよ」

「パンダ模様の、ウサギ……、何かのキャラクター？」

「そう。いま学校で人気なの」

「ふうん」正直、俺は見たことも聞いたこともなかった。「で、真衣は、そのキャラクターグッズが欲しいってこと？」

「うん。白と黒の『ミミっちカラー』のリュック。長い耳がついてて可愛いの」

「なるほど、リュックか。それ、どこに売ってるんだ？」

「パパとママが会うフードコートがあるでしょ？　あのスーパーの二階で売ってるから、一緒に行こうよ」

「おっ、いいね。近いうちに一緒に買いに行こう」

「うん！」

俺は、しゃべりながら目が無くなりそうになっている自分に気づいていた。プレゼントを買ってあげたときの真衣の笑顔を想像したら、それだけでニヤニヤが止まらなくなってしまったのだ。

「あ、ちなみに、だけど――」

「なあに？」

「そのリュック、いくらぐらいするのかな？」

俺は、念のために訊いた。

「えっとねぇ、多分、三〇〇〇円くらいだったと思うけど」

「そっか」

値段を聞いてホッとしている自分が少し情けなくて、俺はすぐに話題を変えた。

「あ、そういえば真衣、クラスのお友達との件だけど、あれから上手くいってるのか？」

「うーん……、前とあんまり変わらないかな」

真衣の声のトーンが、二段階くらい下がってしまった。

「そうか。誰か大人に――」

相談したのか？　と訊こうとしたら、急に真衣が言葉をかぶせてきた。

「あ、そうだ！　ねえ、パパ、聞いて。わたしね、ピアノ教室に通うことになったんだよ」

「ピアノ教室？」

「うん！」

みづきにそんな余裕があるのか？　と思ったとき、電話の向こうで「ちょっと代わりなさい」「あっ、駄目。まだしゃべりたいの！」というやりとりが聞こえた。みづきと真衣がスマートフォンを奪い合っているのだ。

「もしもし？」

少し棘のある声が俺の耳に刺さった。みづきだった。

「あ、うん、もしもし」

と答えた俺の顔には、もう、さっきまでの笑顔の欠片すら残されていなかった。

「真衣がね、あなたとしたクリスマスプレゼントの約束のことを、どうしても話したいって言うから、ちょこっとスマホを貸したんだけど……」

「いいじゃないか、それくらい」

「よくないわよ。余計なことまで」

「余計なこと？」

「ピアノのこととか」

「ああ。真衣、ピアノ教室に通わせるのか？」

「いいでしょ、別に。本人が行きたがってるんだから」

「そりゃ、いいけど。レッスン代だって――」

馬鹿にならないだろ？　と言いかけたとき、俺はハッとして次の言葉を飲み込んでいた。

「ちょっと、真衣、お部屋に行ってなさい」みづきはスマートフォンを口元から外し、少し強い口調でそう言った。そして、あらためて俺にしゃべりかけてきた。「もしかして、お金のことを心配してくれてる？」

それは養育費を払っていない俺にたいする皮肉に違いなかった。でも、このときの俺は、みづきの皮肉とはまるで別のことで気鬱になりかけていたのだった。

新しいパパ――。

レッスン代を支払ってくれる人の影がチラついた気がしたのだ。

「えっと、みづきさ」

「なに？」

俺には、確認しておくべきことがあった。

「もしも、俺がちゃんと働いて、毎月、養育費を入れるようになったら」

「……………」

「ようするに、義務を果たしたらさ、俺の権利は保障してもらえるんだよな？」

「それ、真衣と会うってこと？」

「もちろん」

そのとき、電話の向こうで音がした。

トン。カチャ……。

ドアが閉まり、その鍵を閉めたような音だった。

おそらく、みづきは、真衣に聞かれないよう自室かトイレにでも入り、鍵をかけたのだろう。

「前に会ったとき、わたし言ったよね？」

みづきの声が、低く、硬質になった。

「俺にはもう、会わせないってやつか？」

「そう」

「でも、その理由は、養育費のことだっただろ？」

「はあ……」みづきは、わざとこちらに聞こえるようなため息をついた。「だーかーらー、養育費だけじゃなくて、真衣の幸せのためなんだってば」

「…………」

「っていうか、あなた、どこかに就職が決まったとか？」

「いや、それは、まだだけど……」

「でしょ？」

「でしょって、なんだよ」

「あのね、こっちには、こっちの新しい生活があって、それに馴染んでいこうと努力しているところなの。だから、本当にお願いだから、真衣のためにも、しばらく身を引いてくれないかな」

真衣のため、と言われると、俺の思考は自動的に停止しかけてしまう。みづきは、そこをよく知っているのだ。でも、ここで負けるわけにはいかない。

「じゃあ訊くけど、その真衣のために、みづきはちゃんと相談に乗ってやったのか？」

「相談って？」

「前に言っただろ、真衣、学校のことで悩みがあるみたいだから、相談に乗ってやってくれって」

「ああ、アレね」

「アレねって――、真衣、まだ解決してないって言ってたぞ」

「大丈夫だから」

「は？」

「いま、ちゃんと相談に乗ってるところだし、彼も真剣に真衣と向き合ってくれてるから」

彼。

いきなり喉元を握られたように、俺は言葉を発せなくなっていた。

なんだよ、もう、そんなところまで入り込んでいるのかよ――。

真衣の悩み相談に乗り、ピアノ教室にも通わせてやれる男……。

その一方で、娘にリュックの値段を訊いて、ホッとしていた自分。

俺は、目を閉じ、台所のシンクに寄りかかった。

ふと、まぶたの裏に、眉尻を下げた津山の顔が浮かんだ。カリスマと呼ばれた東山とくらべて、自らを非力で無能だと言っていたあの編集者よりも、俺の方がずいぶんと情けないではないか。

「ねえ」

みづきの声がした。

「うん？」

「真衣があなたに買ってもらうって言ってるリュック、具体的な商品が分かるように、後で通販サイトのアドレスを送るから」

みづきは急に話題を戻した。

「アドレス？」

「そう。あなたがネットの通販で買って、商品の送り先をうちにしてってこと」

「ちょっ――、待てよ。プレゼントは真衣と一緒に買いにいくって、いま約束してたのを聞いてただろ？」

「聞いてたよ。だけど、ネットで買って送れば、ちゃんと真衣には届くでしょ？」

「あのさ――」

「お、ね、が、い！」

みづきは強い口調で、俺の言葉をさえぎった――と思ったら、今度は、一転して、切実な声で語りはじめたのだ。

「ねえ、マサミくん……お願いだから、うちの生活には首を突っ込まないで欲しいの。

少しだけ大人になって、我慢して欲しいの」

「…………」

「彼ね、本当に、優しくて素敵な人なの。知的で、包容力があって、もちろん経済力も充分にあって、なにより真衣のことをいつも第一に考えてくれて……。いま、わたしも真衣も彼と出会えたことで、将来の幸せと安心をつかむチャンスなの。もし、このチャンスを逃して、また、わたしと真衣が、以前みたいに……」

そこまで言って、みづきは深いため息をこぼした。そして続けた。

「だから、本当に、お願い。わたし、土下座でも何でもするから。お願いします。本当に」

みづきの声は、切実さと真実味に溢れていた。

なにも言えずにいた俺は、ただ、ぼんやりと胸苦しさを味わっていた。心臓のあたりが窮屈で、鼓動がやたらと大きくて、肋骨を内側から乱暴に叩かれるようだった。

将来の幸せと安心をつかむチャンス、か——。

俺は、なんだか急にぐったりとしてしまい、台所の床に腰を下ろし、あぐらをかいた。

そして、大きく息を吸って——、吐く息を穏やかな言葉に変えた。

「そんなに、いい男なのかよ」

った。


「うん。とても」

みづきの声にも棘がなくなっていた。

俺は、次の言葉をどうしても発せられなくて、ただ、ゆっくりと呼吸をするばかりだった。

「わたし、いま、真衣の夕飯を作ってる途中なの」

「あ……」

みづきは少しのあいだ、俺の言葉を待ったようだけれど、でも、俺が何も言えずにいると、静かに「じゃあ」とだけ言って通話を切った。

それから俺は、しばらくのあいだ、台所のシンクの下の扉に背中をあずけたまま、ぼうっとしていた。

そして、自分も夕飯の代わりに味噌汁を作っていたことを思い出し、床からのろのろと腰を上げた。

まな板の上に散らばったキャベツを見下ろして、つぶやいてみた。

「才能、なかったのかな、俺……」

父親という役割をこなす才能について、俺は思いを馳せていたのだ。

でも……、
俺には小説家としての才能がある、と言ってくれる人なら、いる。

おどおどした津山の顔が脳裏に浮かんだ。

俺の好きなようにすればいい、と言ってくれる人も、いる。

綾子の顔も思い出す。

もしも、みづきが言うように「新しいパパ」とやらが「父親の才能」を発揮して真衣を安心させ、幸せにしてくれるのなら、「本物のパパ」である俺は、俺にしかできない方法で真衣を喜ばせ、人生を応援し、ときには救いになってやれるのではないか――。

まな板の上のキャベツをじっと見詰めながら、俺は思案した。

しばらくの間は、会うこともできず、もしかすると電話すらさせてもらえなくなるかも知れない。そんな俺が真衣にとっての「救い」になってやれるとしたら――。

ふと、俺の本に「救われた」と言った津山の台詞を思い出した。

たった一人のために小説を書くということ――。

彼女はそう言っていた。

そうか。かつての俺が、病床の父のために『空色の闇』を書いたように、いまの俺は、真衣だけのために、俺が伝えたいことを内包させた小説を書けばいいのではないか？　もしかすると、それは真衣にとっての「救い」になるのではないか？　いや、「救い」だなんて大袈裟でなくてもいい。せめて「支え」になってくれれば……。百パーセント純粋で、嘘のないメッセージが含まれていて、そして、何歳の真衣が読んでも怖くなんてならない――。

「本物のパパ」から娘への、ラブレターのような小説。

俺は、キャベツから視線をはがした。

そして、手にしていたスマートフォンをタップした。

電話をかけたのだ。

相手をコールしているあいだ、俺は二度、深呼吸をした。

「もしもし……」

津山は、電話に出てくれた。

おどおど、というよりむしろ、怖わごわ、といった声で。

「ああ、ええと、涼元ですけど」

「は、はい」

俺は津山の緊張をほぐしたくて、なるべく平和な声を出そうとした。

「いや、なんか、昼間は、あれこれ言っちゃったけどさ」

「…………」

「やっぱ、書いてもいいかなって」

「…………」

もしかすると、喜んでくれるかな――、と思ったのだが、しかし、津山はしばらく黙り込んでしまった。

やはり怒っているのか、あるいは、いまさらの申し出に呆れているのかも知れない。

「返事くらいできるだろう。キミ、昼間の電話のことで怒ってるの？　もしかして根に持つタイプ？」

馬鹿、その前に謝罪だろ、と俺は胸裏で自分を責めた。

ところが、ふいに津山は笑ったのだ。

「うふふふ」

はじめて耳にした津山の笑い声。

それは、ころころと軽やかで、耳心地のいい音色だった。

「え──、なんで笑うわけ？」

「すみません。ええと、わたし、根に持ってなんていません。ただ、ちょっと──」

「ちょっと、なに？」

そこで津山は、いったん間を置いてから答えた。

「酔っ払ってます」

「は？　飲んでるの？」

「はい。いまさっきまで飲んでました。一人ぼっちで」

あっけらかんと自虐を口にした津山が、なんだか少しおかしくて、俺も軽くからかってやることにした。

「ふうん。それは、淋しい人だね」

「はい。すごく淋しかったです。でも、いまは、なんか……、なんて言うか――」

津山は、言葉を尻切れとんぼにした。

もしかすると、泣いているのかも知れない。

「ええと、津山さんさ」

「はい……」

「キミ、この先、編集部にいても、営業部に行くことになっても、ちゃんと俺の新作は売ってくれよな」

俺は、できるだけ冗談めかして言ったつもりだ。

でも、津山からの返事はなかった。

「え――、津山さん、大丈夫？　そんなに酔ってるの？」

あえて、泣いてるの？　とは聞かなかった。

「もちろん、大丈夫です」

と言って、津山は洟をすすった。

そして、涙声で俺を呼んだ。

「先生」

「ん？」

「雪が、降っています」

「え？　いま？」

「はい」

そう言われてみれば、こたつから出て、台所に立っていた俺の足先が冷たくなっている。

「そうか。どうりで今日は寒いと思った」

「はい」

「津山さん」

「はい」

「どうして俺が書く気になったか、訊かないの？」

もしも訊いてくれたなら――、俺は、この「新しい担当者」にすべてを話してもいいと思っていた。離婚のことも、情けないパパだということも含めて、本当にすべてを。

ところが津山は、酔って泣いているくせに、しらふの俺よりも気の利いた言葉を口にしたのだ。

「それは――、大事なことなので、また、今度、お会いしたときにゆっくり聞かせて下さい。うふふ」

泣いているのに、笑った。

泣き笑いだ。

「だから、なんで笑うわけ？　気持ち悪い人だな」

「ですよね。わたしもそう思います」

明るく泣きながら自虐を口にする、俺の新しい担当者。

俺は、踵を返して台所から出た。そして、こたつのある部屋の窓をそっと開けてみた。

津山の言葉どおり、闇のなかをちらちらと粉雪が舞っていた。

「ねえ、津山さん」

「はい」

そこで俺は、津山には聞こえないよう、そっと深呼吸をした。

「なんか、俺、ずっと失礼な態度を取ってて」

「え？」

「すみませんでした」

舞い落ちる粉雪に向かって、俺は頭を下げた。

「え、そんな」

「俺、本気で頑張るんで」と言いながら、下げていた頭を戻す。「伴走、よろしくお願いします」

一秒、二秒、三秒、その間、津山は洟をすすっていた。

そして、ぐだぐだの涙声を返してくれた。

「こ、こちら、こそ、よろしく。お願い、致しますぅ……」

俺は、つい笑ってしまった。

「あはは。津山さん、さすがに泣きすぎじゃない？」

「だってぇ、先生が、急に……」

真衣のために、綾子のために、そして、俺は——、この涙腺のゆるい担当者のためにもベストを尽くす。

そう決めてから、津山に言った。

「津山さん、俺から電話しといてナンだけど、これから電話をしなくちゃいけないところがあって」

「あ、はい。すみません。ええと、そうしましたら、また、こちらから、あらためてご連絡を」

「うん。ありがとうございます。ご連絡、待ってます」

俺は、津山との通話を終えた。

そして、そのまま綾子のスマートフォンをコールした。

綾子は三コールで出てくれた。

「マサミくん？　どうしたの？」

ついさっき微妙な切り方をしたばかりなのだ。訝しむような出方をするのも当然だと思う。

「ええと、さっきは勝手に苛々して、綾子に当たっちゃって、なんか、ごめん」

「え……、なに？　さっきもあやまったじゃん。もういいよ」

とても照れくさそうに綾子は言った。

「ちなみに、綾子、いま、どこにいるの？」

「いま？」

「うん」

「洋食屋さんを出て、会社に向かって歩いてるけど……」

「粉雪、降ってない？」

「あ、うん、少し降ってる……けど、え？　急に、なに？」

そこで俺は、また、深呼吸をする必要があった。

今度の深呼吸は、今日いちばんの深さだった。

「いきなりだけど——、綾子」

「うん……」

「俺と」

「………………」

「結婚して欲しい」

「え——？」

と言って、綾子は黙ってしまった。

さすがに驚いたのだろう、歩みを止めたようだ。

マサミくん、ふつう電話でプロポーズする？

なんてクレームを言われたら、それはそれで謝ろうと思っていたのだが、でも、綾子の反応はそれとはまったく違った。

「え？」

二度見ならぬ、二度訊きをしてきたのだ。

俺は、つい笑ってしまった。

「あはは。ごめん。もう一度言うよ。ほんと、いきなりだし、電話でだし、そこは申し訳ないと思ってるんだけど——、俺と結婚して欲しいんだ」

「え、ちょっ、それは……、え？」

三度訊き。

「ただ、あと一年だけ待って欲しくて」

「えっ、なに？　一年？」

四度訊きになると、さすがに申し訳なくなってくる。ちゃんと説明してやらないと。

「俺さ、これから死ぬ気で一本の小説を書くことにしたんだ」

「…………」

「だから、婚約指輪も、俺の就職についても、その小説の結果が出てからでいいかな？」

「…………」

綾子は、何も言わなかった。

俺の胸のなかに、じわり、と不安が渦巻いた。

勢いでプロポーズをしてしまったけれど、一年後という条件つきだなんて、さすがにあり得なかったかな……。

「一年待たせるとか、そういうの、やっぱ駄目かな？」

恐るおそる訊いたとき、窓から風が吹き込んできた。

粉雪の粒が、ひとつ、ふたつ、みっつ、部屋のなかへと舞い込んで、床に落ちて消えた。

「うふふ」

電話の向こうから綾子の小さな含み笑いが聞こえた。

「え……なに？」

「一年後にするよ」

「え？」

「わたしの返事も」

「ええと、それって──」

「とりあえず、待ってあげるってこと」

「…………」

「一年間は、小説家のそばにいてあげる」

綾子の声が、かすかに揺れた気がした。潤み声になったのかも知れない。

「綾子……」

俺の脳裏に、綾子と再会してからの二年間の映像が、ひらひらと雪のように舞いはじめた。

「でも」と、綾子。

「ん？」

「わたしを待たせるからには」

「…………」

「最高の作品を書いてよね」

「――もちろん」

「あと、本になる前の原稿、わたしに読ませてくれる？」

「それは、いいけど……」

「やった」綾子はそこで、ふう、とため息をついた。そして、しみじみつぶやくように
「一年、かぁ……」と言った。

一年なんて、あっという間だよ――。

俺は心のなかでそう言った。半分は自分自身に言い聞かせながら。

すると綾子が、「それにしても」と言って、ふっと笑った。

「なに？」

「すっごく変なプロポーズ」

まあ、うん、たしかに変だよな――。

そう思って、俺も小さく笑ってしまった。ついでに、冗談を返した。

「綾子の返事も変だったけどな」

「はあ？　誰のせいで――」

「あはは」

「いま、目の前にマサミくんがいて、ピーナッツがあったら、絶対に投げつけてるね」

「だったら今夜、うちに来いよ。深夜になってもいいからさ」

「え――」

「ピーナッツ、食べずにとっておくから」

また風が吹いて、窓の外から粉雪がちらちらと舞い込んできた。

「なにそれ」綾子は短く笑ったあと、「じゃあ、この雪が積もらなかったらね」と軽やかに言った。

# 第三章　ブックデザイナー　青山哲也

「まだ終わらない？」

事務所に入ってきた妻のしのぶが、俺の背後に立ち、パソコンのモニターを覗き込みながら言った。

「うん、あと少し……かな」

「珍しく、てこずってるみたいね」

先月、還暦を迎えたばかりの妻は、年齢の割にすらりと背が高く姿勢がいい。そのせいか細身のジーンズとグレーのパーカーというシンプルな服装でもさまになってしまう。

「あれこれやってみてるんだけど、どうもピンとこなくてさ」

「てっちゃんが、そんなこと言うのも珍しいじゃない」

「うーん、まあ、そうかもな」

俺たちが最初に出会ったのは、まだ彼女が大学生だった頃のことだ。だから当時から変わらず互いを「しーちゃん」「てっちゃん」と呼び合っている。いい歳した夫婦が「ちゃん」づけかよ、と笑われそうだが、この気軽な呼び方を二人とも気に入っているし、なにより自然だから変えるつもりはない。

「でも、もうすぐ一特が終わるから、そこで俺もひと区切りつけるよ」

一特（＝イチトク）とは、雑誌などの「第一特集」を意味する、いわゆる業界用語だ。

グラフィックデザイナーの俺は、いま大手航空会社の機内誌『ゆめの翼』のデザインをしているところだった。

「なんかさ――、あんまり、てっちゃんぽくないデザインじゃない？」

しーちゃんが、一ミリも悪気のない口調で言う。

「え……、やっぱ、そう思う？」

「うん」

俺はマウスから手を離し、アーロンチェアをくるりと回転させてしーちゃんを見上げた。ゆるいウェーブのかかったショートボブの白髪を黒く染めた妻は、赤いフレームの眼鏡とあいまって、見ようによっては五〇そこそこにも見える。

「どの辺が、俺っぽくない？」

「タイトルまわりのデザインかな。色も書体も、なんか、いつもより女性っぽいというか、スイートな感じがするけど」

「うーん。じつは俺も、そこが気になってたんだよなぁ」

さすが、結婚してから三五年ものあいだ、縁の下から「青山哲也（あおやまてつや）デザイン事務所」を支え続けてくれたパートナーだ。誰よりも俺のデザインを理解してくれている。

「でも、センスのいいデザインだとは思うよ」

「あはは。それは、優しさからくるフォロー？」

「違うよ。本当にそう思ってるの」

だろうな、と思う。

そもそも、しーちゃんは、あまりお世辞を口にしないタイプなのだ。しかも、俺と違って、まじめで、賢くて、数字にめっぽう強い。だから、この事務所の経理と事務全般を担当してもらっている。

「ちなみにさ、しーちゃん的には、こっちのデザインと、こっちのデザイン、どっちがいい？」

俺は、あらかじめデザインしてあった、もうひとつのパターンもモニターに表示させて、ふたつを見比べてもらった。

「絶対にこっち。てっちゃんらしいと思う」

しーちゃんは迷いなくシックな方のデザインを選んだ。

「そっか。よし、じゃあ、こっちでいくか」

「うん。そうして」

しーちゃんは華奢(きゃしゃ)な腕を組んで軽く微笑むことで、俺に「合格」をくれた。

「じゃあ、わたし、お昼の準備をしちゃっていいかな？」

「うん、ありがとう。俺はこれを微調整して仕上げちゃうよ」

そう答えて、俺は、ふたたびモニターに視線を向けた。

と、そのとき、しーちゃんが「あ、ねえ……」と、少しあらたまったように声をかけてきた。

「ん？」

と振り返った俺の目を、しーちゃんは覗き込むように見た。

「てっちゃん、大丈夫？」

「え……、なにが？」

まさか、あのことがバレたのか？

動揺した俺は息を呑み、しーちゃんの鳶色の瞳に見詰められたまま固まっていた。

「たしか『ゆめの翼』の納期って、明日いっぱいじゃなかった？　ちゃんと覚えてる？」

なんだ、そっちの心配か――。

ホッとした俺は、笑いながら親指を立てて見せた。

「それは心配ご無用です。納期が明日だってことは覚えてるし、こちとらベテランですから、きっちり間に合わせますんで」

「そっか。そうだよね。ベテランどころか、もはや大御所だもんね」

「大御所はやめてくれ。なんか『ジジイ』って言われてるみたいで気が滅入るじゃん。

まあ、実際、ジジイだけどさ」

俺は、白髪だらけの頭を掻きながら言った。

「うふふ。わたしもババアだけどね。じゃあ、お昼ご飯作るから、早めに切り上げてきてね」

笑いながら踵を返したしーちゃんが、事務所から出ていった。そして、そのまま廊下を抜けてリビングとキッチンのある俺たちの居住空間へと入っていく。

「大御所、か……」

ふたたびモニターに向かった俺は、ため息のようにつぶやいた。

俺の年齢は「まだ」と言うべきか「もう」と言うべきか、六五歳で、しーちゃんの五つ上になる。そして、たしかに、六〇歳を過ぎたあたりから、業界の大御所だの、御大だの、重鎮だの、そんなたいそうな言葉を当てられるようになっていた。

やれやれ……と思っていたら、どこか遠くからヘリコプターの重低音が聞こえてきた。

俺は、モニターの向こうの窓の外に視線を向けた。

よく晴れたパステルブルーの空のまんなかを、黒っぽい自衛隊のヘリコプターが横切っていく。

眼下に広がる三月の東京は、まどやかな春の光に包まれていて、無数のビルたちも微笑んでいるように見えた。そのまま遠くに視線を移すと、薄靄のかかった富士山が見晴るかせる。

恵まれた人生だったな……。

俺は、小さな富士山に向かって、胸のなかでつぶやいた。

いま俺がいるデザイン事務所兼住居は、原宿の一等地に建つビルの十二階にある。地下駐車場に停めているのはメルセデスのステーションワゴンだ。毎週、金曜日の仕事を終えると、俺としーちゃんはその車で海辺の小さな別荘へと向かう。そして土日の二日間は、窓越しに海を眺めながら、ゆったりとした時間を味わってきた。

もっと言うと、好景気だった時代に、たくさんのいい仕事に恵まれた俺は、稼いだ金を友人のすすめる案件に投資し、資産運用でもまずまずの成功をおさめてきたのだった。タバコもギャンブルもやらないし、子供もできなかった。だから、経済的にはわりと余裕があるし、一応、デザイナーという職業柄もあって、ファッションには少しばかり気を使っている。

とまあ、そんな現状だから、他人から見たら、俺は、業界で成功した「大御所」のように映るのだろう。

でも、そんな「大御所」っぽい男が、まさか六五歳にもなって妻に隠し事をしているなんて――しかも、その隠し事が「医者から余命宣告を受けていること」だなんて、誰も予想できやしないだろう。

「さてと……」

俺は、遠い富士山から視線をはがして、使い慣れたマウスに手をのせた。とにかく、いまは『ゆめの翼』の一特のデザインを早く終わらせることだ。しーちゃんと一緒にランチを食べるという、いつもの「ふつうの時間」を、少しでも長く味わうために。

＊＊＊

この日、しーちゃんが作ってくれたランチは「和風カルボナーラ」だった。

和風だしにたまり醤油の隠し味で仕上げたというパスタは、味も香りも秀逸で、その辺のレストランで出しても人気メニューになるんじゃないかというくらいの出来栄えだった。

「めちゃくちゃ美味しいよ、これ」

直球で褒めたら、しーちゃんは少し目を細めて小首を傾げた。

「そう？　なら、よかった」

淡々とした口調だが、これでも充分に喜んでいるということを俺は知っている。

しーちゃんは、普段からあまり感情を表に出さないし、余計な言葉も口にしない。身体はほっそりして華奢なのに、心の芯は太く、強く、安定していて、だからこそ、いつも冷静な「大人の女性」でいられるのだと思う。その冷静さゆえか、仕事も家事もてきぱきと効率よく片付けてくれるし、生活のなかでほとんど「間違える」ということがない。しかも、出会ってから四〇年近くになるというのに、俺はいまだにしーちゃんが泣いたところを見たことがないのだった。たとえば映画館で感動ものの作品を観たとしても、せいぜい眼鏡の奥の瞳を潤ませる程度で、決して涙は流さないのだ。

心根はとても優しくて、あったかい人なのに。

むしろ、隣にいる俺が、おいおいと恥ずかしいくらいに泣いてしまい、呆れ顔のしーちゃんに「泣き虫てっちゃん」と揶揄(やゆ)されるのが昔からのパターンだった。

「ねえ、てっちゃん」

パスタを食べる手を止めて、しーちゃんがこちらを見た。

「ん?」

「東京の片付けを進めるのもいいけど、龍浦(たつうら)の家の方も、そろそろ荷物を受け入れる準備をしておかないとね」

東京というのは、この事務所兼自宅のことで、龍浦というのは別荘のある土地の名前だ。つまり、俺たちはいま、じわじわと仕事を畳みつつ、別荘での隠居生活に重心を移していくところなのだった。

いつかは、龍浦でのんびり暮らしたいなぁ――。

将来の夢など滅多に口にしないしーちゃんが、ある夜、遠い目をしてぽつりと言った。そして、それを聞いた瞬間から、俺の人生の目標は「龍浦への移住」となったのだった。しかし、残念なことに、その目標は、どうやら俺にとっての「最後の目標」になるらしかった。

「じゃあ、今週末あたりから、少しずつあっちも片付けはじめるか」

「うん。そうしようよ。あとね、引っ越しの荷物、けっこうあると思うの。だから、向こうの庭の隅っこに、小さくてもいいから物置を設置したらどうかなって」

「ああ、なるほど。それもありだね」

こんなふうに二人で「未来の話」をするとき、俺の胸の浅いところでは、ざわざわと漣(さざなみ)が立ち、呼吸が少し浅くなる気がする。

「じゃあ、物置に関しては、あとでネットで調べてみるね」

「うん、頼むよ」

「あと、てっちゃんの連載のお仕事は？」

「え？」

「そろそろ、クライアントさんに言った方がよくない？」

「ああ、俺が仕事を降りるってことか」

「うん」

「まあ、たしかに、なるべく早めに伝えた方がいいよな」

「でしょ」

「ただ、先方が、俺の代わりのデザイナーを見つけるまでは、ちゃんと続けてあげないとね」

「それは、当然だよね」

「飛ぶ鳥跡を濁さず」

「うん。やっぱり最後は、ちゃんときれいにしたいもんね」

しーちゃんの口からこぼれた「最後」という単語が、俺の内側で異物のように引っかかった。

だから俺は、さっさと話題を変えた。

「まあ、とにかくさ、新規の仕事は基本的に受けないことにして、徐々に全体の仕事量を減らしていくよ。とくに引退宣言みたいなことはしないで、すうっと自然にフェードアウトする感じにしたいな」

自分で言ったのに「フェードアウト」という単語までも苦々しく感じてしまう。

「大御所が引退宣言したら、色々と大変そうだもんね」

「だから、大御所はやめなさいって」

俺が突っ込むと、しーちゃんはくすっと笑った。

その顔を見て、俺もにっこりとする。

「俺としては、半年以内には、引っ越しできるようにしたいな」

タイムリミットがあるのだ。少し急がなければならない。

「うん、そうだね」

しーちゃんが、未来を眺めるような目をした。たぶん、その目に映っている世界には俺がいるのだろう。

でも、もしも――、その世界に俺がいないとしたら？

それでもしーちゃんは、住み慣れた東京よりも、海の見える漁師町での静かな暮らしを選ぶ？

田舎でひとりぼっちなんて、淋しくならない？

退屈を持て余したりはしない？

気になることは山ほどある。そういう問題について胸裏で悶々と考えていたら、せっかくの美味しいパスタをいつの間にか食べ終えていた。もっと、ちゃんと味わいたかったのに。

しーちゃんが、耐熱グラスに香りのいいハーブティーを淹れてくれた。そして、そのグラスが俺の前にそっと置かれたとき、窓の外から差し込む春の陽光がグラスを透過して屈折し、テーブルの上に楕円形の光を映し出した。

ひらひらと揺れる琥珀色の光。

それが、なぜだろう、神々しいほど美しく見えて、俺は、ぼんやりと見とれてしまった。

「てっちゃん？」

どうしたの、大丈夫？　という語感のこもったしーちゃんの声に、俺は我に返った。

「ん？」

何食わぬ顔で、彼女を見返した。

「いま、ぼうっとしてたけど……」

「あ、うん。なんか、きれいだなって」

「きれい？」

「うん」

「なにが？」

「これ」

俺は、テーブルの上の楕円形の光を指差した。

しーちゃんは眉をわずかに上げると、「ほんとだね」とつぶやくように言って、軽く口角を上げた。

た。

＊＊＊

食後の皿洗いは、俺の仕事だ。

といっても、二人分の食器と調理器具を洗うだけだから、たいした手間じゃない。

俺は、スポンジにたっぷりの洗剤を染み込ませて、キュッキュと皿をこすりはじめた。

しーちゃんは先に「事務所」に行って、経理に関する仕事をはじめている。

皿を洗いながら、なんとなく俺は自分の身体を憶(おも)った。

いま、こうしてキッチンに立っていても、どこも痛くないし違和感すらもない。それなのに、俺の体内では現在進行形で癌細胞がじわじわと侵食しているらしい。

そもそもは――、ただの風邪のはずだった。

微熱と咳が出たので、かかりつけの医者に診てもらい、そのとき「念のために」と撮影した胸部レントゲン写真に怪しい影が見つかったのだった。医師は、その写真を見ながら眉間(みけん)にシワを寄せ、近くの総合病院での再検査を俺に勧めた。

そして後日、その総合病院で精密な検査をしてもらうと、怪しい影の正体が分かった。肺癌だった。しかも、すでに脳を含め、身体のあちこちに転移しているというではないか。

医師いわく、肺癌には初期症状がないことが多いため、気づいたときには手遅れ、というケースが多いらしい。そして俺も御多分に洩れず、そのケースに含まれていたというわけだ。

六五歳という年齢と、癌のタイプと、転移した場所などを考慮すると、余命は半年から一年くらいだと思われます――。

医師にそう告げられたとき、俺は、まるで他人事のように「はあ、なるほど、そうですか」と答えていた。

あまりにも驚きすぎて、医師の言葉が心にふれないまま素通りしていったのかも知れない。

つまり、俺は、ぽかんとしてしまったのだ。

とはいえ、帰宅して、しーちゃんの顔を見たら、きっと涙腺のゆるい俺はぼろぼろと涙をこぼしてしまうのだろう――、そう思っていたのだが、いざ、総合病院から帰宅して、しーちゃんに「おかえりなさい」と言われてみると、なぜか俺は、いっそうぽかんとしてしまって、いつも通り「ただいま」と答え、そして、そのままなんとなく、ぼうっとした頭で仕事の続きに取り掛かったのだった。

きっと「癌」や「余命」などという重たすぎるモノたちは、いったん黒い石ころみたいな塊（かたまり）に変えて、俺の胸の浅いところに「違和感」として転がしておいたのだと思う。だから、いまだに「死」にたいする実感が湧かないのだ。

ただし、しーちゃんと「未来」について語り合ったり、何かしらの「約束」をしたりするときには、その黒い石ころが胸の浅瀬で、ごろり、と動く。そして、それが、感情の漣を引き起こすのだ。

皿とグラスを洗い終えた俺は、それらをシンクの脇の水切りラックに立てかけた。続けて洗ったフライパンと鍋は、布巾で水気をよく拭き取り、キッチンの引き出しに収納した。

最後にテーブルを拭きながら、俺は考えた。

連載中の仕事から、自分を降ろして下さい――。

クライアントにそう伝えるのは、（とても心苦しいけれど）簡単なことだ。でも、その百万倍も大切なことを、妻であるしーちゃんには言えないでいるなんて。

俺には、まだ「正解」が分からなかった。

いつ、どこで、どんなシーンで、どんな言葉を使って、しーちゃんに伝えるべきなのか？　なるべくしーちゃんを悲しませずに伝えるには、どうしたらいいのか？

テーブルを拭き終えた俺は、濡れた布巾を手にしたまま軽く目を閉じた。そして、「ふう」と、ため息をひとつこぼすと、布巾をシンクでゆっくりと洗い、布巾掛けに干して、キッチンから出た。

廊下を歩き、突き当りにある「事務所」のドアを押し開ける。

デスクに向かっていたしーちゃんが顔を上げた。

「二分くらい前に、白鳥（しらとり）印刷の沼袋（ぬまぶくろ）さんから電話があったから、こちらから折り返しますって伝えておいたよ」

いつものように、しーちゃんが言う。

「オッケー、サンキュ」

俺も、いつものように答えた。


ごろり。


胸の浅いところにある黒い石が、動いた気がした。

なんてことのない、この「いつもの」が、とても愛おしいものであることに気づいてしまったらしい。

俺は、少し慌てて自分の椅子に腰掛けると、スリープ状態だったパソコンを起こした。

胸のなかが、ざわついている。

かまわず俺は、白鳥印刷の沼袋さんのスマートフォンに電話をかけた。

沼袋さんをコールしているあいだ、しーちゃんが俺の横顔をじっと見ている気がした。でも、俺はあえて気づかないふりをし続けた。

「あ、もしもし、どうも——」

沼袋さんが出た。

俺は頭のなかを仕事モードに切り替えて、「青山です。昨日は、ご足労ありがとうございました」と言った。

なるべく張りのある声で、しーちゃんに秘密を悟られないように。

＊＊＊

神楽坂（かぐらざか）の裏通りに「黒木（くろき）」という和食の店がある。

小雨が降る夜の七時、その二階の座敷に、自称「シグナルの会」の三人が集まった。

フリー編集者の赤島（あかしま）さん。

グラフィックデザイナーの青山（つまり俺）。

風景写真家の貴本（きもと）さんの三人だ。

俺たちは、昔から気の合う仕事仲間なのだが、三人の頭文字を並べると、たまたま

「あか・あお・き」となるので、まるで信号機だね——ということで、三〇年も前に「シグナルの会」と命名されたのだった。

そして、いま、その名付け親である着物姿の美人女将(おかみ)、真知子(まちこ)さんが、挨拶(あいさつ)を兼ねて形だけのオーダーを取りにきていた。

「いらっしゃい。今日はね、すごく美味しい牡蠣(かき)を仕入れてあるよ」

真知子さんは、俺たち三人には敬語を使わない。

なぜなら俺たちと真知子さんは、皆そろって同い年の六五歳なうえに、三〇年来の付き合いなのだ。もはや「女将と客」というより、同じ時代を必死に生き抜いてきた「戦友」と言った方がしっくりくる。

「牡蠣か、いいねぇ」

日本酒が好きな貴本さんが相好(そうごう)を崩した。この人は若い頃からハンサムで、世界のどこに行ってもモテる写真家だ。

「あと、皮目(かわめ)を炙(あぶ)った目鯛も板さんのおすすめだけど」

「おお、それも美味(うま)そうだなぁ。じゃあ、つまみは『おまかせ』でいく?」

若い頃からリーダー格の赤島さんが、俺と貴本さんを見て言った。

「いいね」と、俺。

「御意」と、おどける貴本さん。

「じゃあ、飲み物も、いつもどおり生ビールからでいいかしら？」

　小首を傾げた真知子さんに向かって、俺たち三人は「うん」と声をそろえた。

　その様子がおかしかったのか、真知子さんは「うふふ、子供みたい」と笑って、続けた。

「今夜は天気が悪いでしょ。だからお客様が少ないの。あとで美味しい海鮮のお鍋を出すから、三人とも、ゆっくりしていってね」

　真知子さんは、そう言って切れ長の目を細めると、座敷から出て階段を下りていった。

　生ビールとお通しは、すぐに出てきた。

　配膳してくれたのは真知子さんではなく、若い女性の店員だった。昔からせっせとよく動く真知子さんも、俺たち同様「いい歳」なのだ。そうそう何度も階段の上り下りをしていられないのだろう。

「ええと、それでは、今月も無事、三人揃って集まれたことに――、乾杯！」

　いつものように赤島さんが仕切って、俺たちはグラスを、コツン、コツン、とぶつけ合った。

　赤島さんと貴本さんは、大学生の勢いでごくごく喉を鳴らすと、「ぷはぁ」と幸せそうな声を出した。

それを見た俺もグラスに口をつけた。

余命宣告を受けてからは、さすがに痛飲する気にはなれないが、それでも、やっぱりビールは美味い。

喉を潤して落ち着いた俺たちは、いつものように互いの近況を話しはじめた。

先陣を切ったのは、赤島さんだった。

「じつはさ、ここ三年間、ずっと収入のメインにしてた雑誌が、いきなり廃刊になっちゃってさ。いま、その穴埋めとなる愉しそうな仕事はないかって探してるんだよね」

会話の内容は重いはずだが、根っから明るい赤島さんが言うと楽天的な台詞にすら聞こえてくる。

この赤島さんが大手出版社を定年退職してフリーの編集者になったのは、五年前のことだった。その後は、それまで勤めていた会社からこつこつと仕事をもらい、適当に生計を立てている。正直、あまり実入りがよさそうには見えないのだが、この人の素晴らしいところは、どんな仕事であろうとも、必ずどこかに「面白さ」や「興味深さ」を見出して、最後は「楽しかった！」と笑って言い切るところだと思う。

俺の目から見ると、赤島さんは「人生を愉しむ天才」だ。

こういう明るい天才は周囲を飽きさせることがない。だから、きっと、新しい仕事もすぐに見つかるだろう。

一方の貴本さんは、いわば「好奇心の塊」みたいな写真家で、若い頃は、世界の辺境を自由気儘に放浪しては、見たこともないような美しい風景写真を撮りまくっていた。

当時の彼の写真は、国内はもちろん、海外でも評価されて、世界各国で展覧会が催されたほどだった。写真集も十数冊は出しているはずだ。

最近の貴本さんは「第二次・北海道ブーム」の真っ最中だという。

「三〇代の頃にも北海道にハマって、かなり撮りまくったんだけどね、いま、あらためて撮ってみると、以前とはまったく違う北国の表情が撮れるんだよ。それが面白くてさ」

「やっぱり、歳を取ると、見えてくるモノが違ってくるのかもね」

赤島さんが、得心の顔で言う。

「うん。本当にそうだと思う。レンズを向ける対象が変わってる気がするから」

「それにしても、北海道の撮影は、寒そうだなぁ……」

俺が、しょうもないことを口にしたら、貴本さんは目尻にしわを作った。

「寒いどころか、もはや『痛い』って感じだよ。じつは俺、一昨日まで帯広から稚内にかけて撮影してたんだけどさ、カメラを構えてじっとしてると、分厚いダウンジャケットを着てても骨の髄まで凍りそうになるからね」

「でも、いい写真、撮れたんでしょ？　今度、見せてよ」

景気がよかった頃、たくさんの写真集を編集してはヒットさせていた赤島さんが、クリエイターらしい好奇心まる出しの目で貴本さんを見た。

「もちろん。まだネットにはアップしてないからさ、近いうち、うちの事務所で一緒に見ようよ。青山さんもどう？」

急に振られた俺は、少し慌てて「あ、うん、行くよ」と答えた。いつの間にか俺は、二人の生き生きしたやり取りをまぶしく感じながら、ぼんやりと眺めていたらしい。

「敏腕写真家と鬼才デザイナーと俺の三人で、久しぶりにタッグを組んでさ、また最高にカッコイイ写真集を作りたいよなぁ」

赤島さんが、少し遠い目をして言う。

「いいねぇ。三人で侃侃諤諤（かんかんがくがく）やってた頃は、めちゃくちゃ面白かったもんな」

貴本さんが追随する。

「たしかに――、そうだよね。あの頃は、寝る暇が無いくらい忙しかったけど、すごく充実しててさ。なんか、わけもなく楽しい日々だったなぁ……」

俺がそう言ったら、赤島さんが笑い出した。

「あはは。青山さんさぁ、引退した往年のプロ野球選手みたいな言い方しないでよ」

「えっ、俺、そんな言い方してた？」

「うん。思いっきりサウダージしてたよ」

貴本さんも、眉尻を下げて笑う。

「そうか。なんか、ごめん」

「おいおい、謝るのはやめてよ。俺たちが、天下の大御所デザイナーをいじめてるみたいじゃんね」

赤島さんの冗談に、貴本さんが「だよねぇ」と目を細めて、残りのビールを飲み干した。

その様子を見ていて、俺は思った。

大丈夫。この二人は、まだまだ元気だ——。

でも、元気そうな二人の様子を見るほどに、俺は、二人とのあいだに目には見えない溝を感じてしまうのだった。

その溝を少しでも埋めたくて、俺は軽口をたたいた。

「悪いけど『大御所』はやめてくれ。『ジジイ』って言われてるような気分になるんだよな」

「あはは。いいじゃないの、本当にジジイなんだから」楽しそうに言った赤島さんは、お通しのつぶ貝を口に放り込んで続けた。「ちなみに貴本さんだって写真業界じゃ大御所だけどさ、会社を定年退職した俺だけは『駆け出し』のフリーランスに逆戻りなんだから。大御所の二人は大先輩として、俺のこと可愛がってくれよな」

自虐的な台詞を口にしているときも、赤島さんは心から愉快そうだった。きっとこの人は、いわゆる「自己肯定感」が高いのだろう。サラリーマン時代に努力して打ち立てた輝かしい実績の数々が、そのまま丈夫な「心の背骨」となっているに違いない。

俺と貴本さんは、そのことを充分に知っているから、ここで、あえて首を横に振れるのだ。

「それは無理。可愛げがないもん」

貴本さんが、きっぱりと言った。でも、目が笑っている。

「そうそう。後輩なら、まずは先輩を立てないとね」

言いながら、俺もついつい笑ってしまった。

「うわ、二人とも厳しいなぁ。もっと優しいお爺ちゃんになろうよ」

わざと情けない声を出した赤島さんが眉をハの字にしておどけた。そして、それを見た俺と貴本さんが吹き出したとき、二人の若い女性店員が料理の皿を運んできた。

「おお、今日も美味そうだね」

パッと明るい顔になった赤島さんが言った。

菜っ葉のおひたし、生ハム、スモークされたチーズとうずらの卵と鴨肉。その他、色とりどりの前菜と、華やかに盛り付けられた旬の刺身の盛り合わせ。

三人は顔を合わせて、無言のままニカッと笑い合った。

この「仲良し」な空気。

大人になってから出来た、大切な友達との時間。

こういうの、いいよなぁ――、と思った刹那(せつな)、

ごろり。


また、あの黒い石が、胸の浅瀬で転がった。

俺は二人に気づかれないよう、ゆっくりと深く息を吸い、そして、静かに、長く、腐敗しかけた空気を吐き出した。

考えてみれば、月に一度のこの「シグナルの会」に参加できるのも、もしかすると、あと数回くらいかも知れない。

「俺、冷酒にするわ。ねえ、お姉さん、適当に辛口のおすすめをお願いします」

貴本さんが、女性店員に言った。

「あ、じゃあ、俺は二番目におすすめのやつを」赤島さんがそう言って、俺を見た。

「ほら、青山さんも早くビールのグラス空けちゃいなよ」

「あ、うん……」

言われるままに、俺は、少しぬるくなったビールを飲み干した。

「じゃあ、俺は、三番目のおすすめをお願いします」

「はい、かしこまりました。では、冷酒をおまかせで三種類お持ちしますね。女将さんに見立ててもらいますので」

「うん、ありがとう」

意識的に笑顔を作って言いながら、俺は空いたビールのグラスを店員に手渡した。

それから俺たちは、真知子さんおすすめの料理と酒を堪能しつつ会話を楽しんだ。仕事の話。遊びの話。「いい時代」だった頃の武勇伝と笑い話。そして、これから先の話――。

赤島さんも、貴本さんも、しゃべる言葉の半分は冗談という愉しい人たちだけれど、でも、いざ仕事の話となると、目が爛々と光り出し、胸に秘めた情熱を隠し切れなくなるタイプだった。

だから今夜も二人は、少年みたいな熱っぽい口調でこんなことを言うのだ。

「いまのところ百点満点だと思えた作品は、ひとつも創れてないよな」「だよね。一生に一度でいいから、自分の全てを注ぎ込んで、納得できる作品を完成させたいよ」「でもさ、納得できる作品が出来たと思っても、どうせ、もっと上を、もっといいものをって思っちゃうんだろうな」「分かる、それ」

いつもだったら、俺も同じテンションで会話に加わるのだが、今夜は二人のことがやたらとまぶしく見えてしまって、うんうんと頷くだけで精一杯だった。

「青山さん、なんか口数が少ないけど、飲んでる？」

すでに赤ら顔になった貴本さんが俺を見て言った。

「えっ？　飲んでるよ。っていうか、俺たち、いつの間にか六五になっちゃったけどさ、ベテランらしく、いぶし銀の技を駆使して、若い連中をあっと言わせるような仕事をしないとな」

俺は、薄っぺらい言葉を並べ立てて、心の上っ面で同調してみせた。

それなのに、純粋で情熱的な赤島さんは、俺に向かって親指を立てると、「うん、そうだよな」と深く頷いてくれるのだった。「体力が落ちた分は経験でカバーしてさ、これまで以上にいいモノを創ろうぜ」

「だね。俺たちの時代は、これからだってことで」

俺がふたたび薄っぺらいことを言い、

「おう、バリバリやってやろうぜ」

と貴本さんが不敵に笑ってみせる。

そして、三人で冷酒の入ったグラスをぶつけ合い、ぐいっと飲み干したあと、顔を見合わせてちょっぴり照れ臭そうに笑い合った。

ジジイどもの青臭い青春劇だな、こりゃ――。

かなり面映(おもは)ゆいけれど、でも、まあ、こういうのも悪くないよな、と思ったとき、俺のジャケットの胸ポケットでスマートフォンが振動した。

「電話だ。ちょっと出るよ」

俺は二人に断って、電話に出た。

「はい、青山です」

「あ、お忙しいところ申し訳ございません。先ほどお電話致しました、東西文芸社の津(つ)山(やま)と申します」

その名前を聞いた瞬間、俺は思わず「あっ」と言っていた。

「津山さん——、本当に申し訳ない。こっちから電話するって言ってたのに」

じつは夕方、この女性編集者から事務所に連絡をもらったのだが、そのときはどうしても手が離せなかったので、夜の七時くらいにこちらから連絡をすると伝えていたのだ。なのに俺は、そのことを忘れたまま「シグナルの会」で悠々と飲んでいたのだった。

「いいえ、それはお気になさらないで下さい。ちなみに、いまも、ご多用中でしょうか？」

「ううん、ぜんぜん大丈夫。ただ、お店のなかにいるから、少し後ろがうるさいかも知れないけど」

「それは平気です。お声はちゃんと聞こえていますので」

「そっか。で――」

「ええと、じつは、青山さんに、また本の装丁デザインをお願いしたいと思いまして、ご連絡をさせて頂きました」

津山さんとは、過去に二度ほど仕事をしたことがあった。まじめで、素直で、よく働く女性、という印象があるけれど、それ以外にはとくに特徴のない人だったように思う。

「また、小説かな?」

「はい。涼元マサミ先生の新作になります」

涼元マサミ――、たしか、ミステリー作家だったよな。

俺は、酒精でダレかけた脳みそを必死に回転させて答えた。

「涼元さんの本の装丁は、まだ手がけたことはないなぁ」

とりあえず適当な受け答えをしながら、俺は考えた。

どうやって断ろうか、と。

新たな仕事は受けない方向性で行こう、というのが、しーちゃんとの約束だ。

「はい。涼元先生もそうおっしゃっていました。でも、涼元先生もわたしも青山さんのデザインが大好きなのと、今回の作品が、青山さんのテイストにぴったりなんじゃないかと思いまして」

「なるほど」

「なので、ぜひ、また、お引き受け頂ければと」

「小説ねぇ……」

と言いながら、俺は赤島さんと貴本さんを見た。

二人は好奇心丸出しの目でこちらを見ながら、冷酒をちびちびと舐めている。

「今回の作品は、涼元先生の最高傑作なんです。なので、どうしても最高のデザインに仕上げて頂きたくて——。そう考えたら、もう青山さんしかいないって思いました。じつは、涼元先生ご本人も、デザインの打ち合わせに同席したいとおっしゃって下さってるんです」

最高傑作。最高のデザイン。青山さんしかいない……。

「ええと——、ちょっと待ってね」

俺は、津山さんに聞こえないように、軽く深呼吸をした。

そして、気持ちを整え直した。

いつの間にか、俺は、この若い女性編集者の熱意に押し込まれそうになっていたのだ。

津山さんって、こういうタイプだったっけ？

記憶を辿(たど)ってみたけれど、津山さんがこんなに熱っぽく語るシーンは思い出せなかった。

ふいに、俺は、赤島さんと貴本さんの視線が気になった。

ほんのついさっき、俺たちの時代はこれからだとか、バリバリやってやろうなどと青臭い台詞をぶつけ合った二人が、いま、俺をじっと見ているのだ。

この二人の前で仕事のオファーを断るのは気が引けるな——。

そう思った俺は、さりげなく二人から顔をそむけた。

「じゃあ、とりあえず、その原稿を事務所に送ってもらえるかな？」

「はい。すぐにでもお送りします」

「いや、そんなに急がなくてもいいけど——、とりあえず、原稿を読んでみて、イケそうだなって思えたら、デザインさせてもらうんで」

「本当ですか！」

俺は「うん」と嘘をついた。

そもそも、原稿を読むつもりなど毛頭ないのだ。

「ありがとうございます。では、ぜひとも宜(よろ)しくお願い致します。ご多忙中に、本当にありがとうございます」

津山さんは就職試験に受かった大学生みたいなテンションで、二度も感謝の言葉を口にした。

「じゃあ、原稿を読んだら、こちらから連絡します」

「はい。ありがとうございます」

三度目の感謝の言葉を聞いて、通話を終えた。

スマートフォンを胸ポケットに戻すと、赤島さんがニヤニヤしながら言った。

「青山さん、相変わらず売れっ子だねぇ」

「なんだよ、やめてよ、そういうの」

「ふーん、原稿を読んでから決めるんだ」

貴本さんも、ニヤニヤしながら絡んでくる。

「よっ、さすが大御所デザイナー。でも、さっきも言ったけど、駆け出しの編集者には優しくしてあげなよ。とくに女性にはね」

津山さんの声が洩れ聞こえていたのだろう、赤島さんは笑いながら言うと、冷酒の入ったグラスをこちらに掲げた。

それに、貴本さんも追随した。

仕方なく俺は、二人が掲げたグラスに自分のグラスをぶつけて、今日、何度目かの乾杯をした。

本当は、優しくしてあげたいよ、俺だってさ——。

胸裏でつぶやいた俺を見ながら、赤島さんが言う。

「よし、俺も貴本さんも、大御所に負けず頑張らないとな」

「おう、頑張ろうぜ、駆け出しクン」

「なんか、他人に言われると腹が立つな」

「あははは。気にするなって、駆け出しクン」

しょうもない掛け合いをしている二人をまぶしく眺めながら、俺は必死に口角を上げ続けていた。

いつかは――、
この二人にも、真知子さんにも、伝えなければならない時がくるのだ。


ごろり。


黒い石が動き、俺の脳裏にしーちゃんの顔が浮かんだ。

いちばん伝えなくてはいけないのに、いちばん伝えたくない人の顔――。

「ふう……」

軽くため息をこぼしたら、すかさず貴本さんが悪戯(いたずら)っぽくニッと笑った。

「そんなため息をついてたら、幸せが逃げちゃうよ」

幸せなんて、いくら逃げても構わないよ。

命さえあれば、そんなもの、いつだって取り戻せるんだから。

反射的に、俺は、そう思っていた。

でも、口から出た台詞は、心とはまったく無関係なものだった。

「おっと、吐いた息を吸い込まないと」

俺は、大げさに息を吸い込むフリをしておどけてみせた。

そして、そのとき、ふと気づいたのだ。

今夜、この店に来てからの俺は、ずっと、ずっと、自分の心と裏腹な言葉ばかりを口にしているな、と。

もしかすると――、俺にとっての「幸せ」は、ため息をついた瞬間ではなく、余命宣告を受けたときに、すでに霧散してしまったのかも知れない。

そんなことを考えながらも、俺は二人に気づかれないよう、しつこく、必死に、笑顔を浮かべ続けるのだった。

＊＊＊

翌日の昼下がり――。

俺はひとりパソコンのモニターに向かってつぶやいた。

「よし、間に合ったぁ……」

昨日の宣言どおり『ゆめの翼』のデザインをすべて終えて、クライアントにデータを送信し終えたのだ。これで急ぎの案件からは解放された。しばらくは、ゆったりと仕事ができる。

俺は椅子に座ったまま伸びをした。そして、窓の外を見た。三月の空は障子紙でも貼ったような薄曇りだった。それでも遥か遠くには、淡く霞んだ富士山のシルエットが見える。

デスクの上のカップを手に取り、ひとくち飲む。

コーヒーはとっくに冷めていたけれど、渇いていた喉には沁みたようで、俺は「ふう」とため息をこぼしていた。

デスクにカップを戻したとき、コツ、と乾いた音がした。

その音は、事務所の天井にまで響いた。

一人きりの事務所は静かすぎて、なんとなく落ち着かないな、と思う。

今日、しーちゃんは昼前に出かけていた。大型文具店で事務所の備品をあれこれ買い揃え、その足でクライアントを往訪し、担当者に色校を届ける。そこから、久しぶりに従姉妹（いとこ）を訪ねて近くのカフェでランチ。さらに、帰りがけにスーパーで食材の買い物をしてくる。それが、本日のしーちゃんのスケジュールらしい。

この半日がかりのプランも、しーちゃんいわく「外出の予定を一日にまとめることで、仕事を効率化させた結果」なのだそうだ。おそらく、しーちゃんの頭のなかでは、各所間の距離と、移動に使うバスと地下鉄の路線図、そして時間配分までが、きれいに整理されているのだろう。なにしろ、いつだって無駄がなくて、効率的で、失敗のない人だから。

ちなみに、カフェで一緒にランチをする従姉妹というのは、俺も何度か会ったことのある牧子(まきこ)さんという人だ。とても控えめな人で、たしか年齢は俺のひとつ下だったと思う。牧子さんは、数年前に夫を亡くし、それ以来、都内のアパートで一人暮らしをしている。しーちゃんは、このひとりぼっちの従姉妹を普段から気にかけていて、今日も出がけに「牧子さん、元気だといいな」と言っていた。そして、「そうだね」と答えたときの俺は、少し表情が固かったかも知れない。

とにかく、今日、しーちゃんが帰ってくるのは、夕方以降になるだろう。

手持ち無沙汰になった俺は、とりあえずキッチンでコーヒーを淹れなおして、パソコンの前に戻ってきた。そして、久しぶりにネットで映画でも観ようと思ったら――、デスクの隅に置いてあるスマートフォンが振動した。

端末を見ると、赤島さんからのメッセージだった。

『昨夜はお疲れさま。俺、二日酔いで頭が重いわ（笑）　それはそうと、青山さん、昨夜はちょっと元気がなさそうに見えたけど、大丈夫かな？　貴本さんも心配してたよ』

メッセージを読んだ俺は、二人の人懐っこい笑顔を思い出した。

優しい人たちだよな、ほんと……。

スマートフォンの画面に並んだ文字列を眺めながら、俺は頰を緩めた。

もう、この人たちには嘘をつきたくない。

でも、いちばん最初に伝えるべき人は、別にいる。

そう思った俺は、正直なレスを返すことにした。

『やっぱりバレてた？（笑）　じつは、ちょっと色々あってね。でも、大丈夫。そのうち二人には話すから。心配してくれて、ありがとう』

入力を終えて、送信ボタンをタップ――と同時に、今度は事務所のインターフォンが鳴った。

「はいはい、いま出るよ……」

ひとりごとを言いながら玄関に向かい、扉を開けると、顔馴染みのバイク便のお兄ちゃんが立っていて、いつもの爽やかな笑顔で「こんにちは。お荷物をお届けに上がりました」と言った。

「はい、いつもお疲れさま」

俺は、ねぎらいながら封筒を受け取った。

封筒は、ずしりと重たかった。なにやら書類のようだ。

送り状にサインをしつつ、送り主をチェックすると、東西文芸社の津山奈緒の名前が書かれていた。

あっ、そうか……。

思い出した。これは涼元マサミの原稿だ。

バイク便のお兄ちゃんに「ありがとう」と言ってドアを閉め、俺はデスクに戻った。

原稿を読むつもりはないが、さすがに津山さんからの手紙（もしくは表書き）くらいは目を通しておかないと失礼だろう。

そう思った俺は、さっそくハサミで開封した。

封筒のなかには、ビニール袋で丁寧に梱包された原稿の束があった。そのいちばん上に一筆箋が添付されていた。そこに書かれていたのは、ごく一般的な挨拶と仕事の依頼の短文だったが、文末近くに「この原稿は、必ず涼元先生の代表作になると自負しております」と書かれていた。

昨日の電話といい、今回の津山さんは強気だった。余程の自信があるのだろう。

俺は、なんとなく原稿の束を見下ろした。

一枚目には、タイトルと涼元の名前だけが書かれていた。

『さよならドグマ』　涼元マサミ

あれ、ドグマって、なんだっけ——？

原稿を読むつもりはないが、なんとなく単語の意味が気になった俺は、ネットで検索してみた。

結果、ドグマとは「教義・教条」を意味する単語で、つまり教会が公認している教えのことだと分かった。また、もうひとつの意味として、「独断的な説」というものもあった。こちらは否定的な意味で使われることが多いらしい。

ちなみに「教条主義＝ドグマティズム」という使われ方になると、「事実や現実を無視して、原理原則を杓子定規に押しつけようとする態度」となるそうだ。

「なるほどね……」

俺はパソコンのモニターに向かってつぶやいた。

ようするに、この小説のタイトルは、独断的だったり杓子定規だったりするものに「さよなら」するということを意味しているのだ。ということは、たとえば、「見えない鎖を解き放って自由になる」とか、そんな感じの物語なのだろうか？

俺は、あらためて原稿の束を見下ろした。

すると、理由は分からないけれど――そのタイトルが、いや、原稿の束そのものが醸し出す雰囲気が、なんとなく俺に「何か」を訴えかけてくるような気がするのだった。

つまるところ、俺は、この原稿が気になっているのだ。

ふと、昨夜の津山さんの熱っぽい電話の声を思い出した。

最高傑作。最高のデザイン。青山さんしかいない――。

俺は、いま、急ぎの案件からは解放されている。

時間の余裕は、ある。

「じゃあ、まあ、出だしだけ……」

自分に言い訳するようにつぶやいた俺は、コーヒーをひとくち飲んでから『さよならドグマ』と書かれた原稿の一枚目をめくった。

本文を読みはじめて数分後、俺は、まずいな……、と思っていた。

さっそく物語の先が気になっているのだ。

そこからさらに数枚の紙をめくった頃には、もはや諸手を挙げて降参していた。やられた。

俺は、完全に、この物語に引き込まれてしまったのだ。

どうせ、時間はあるんだし――。

胸裏であらためて自分に言い訳をして、続きをぐいぐいと読み進めていく。

心をまるごと物語の世界に没入させ、時間の観念すら手放していくときの心地よさ。

原稿を読み、時折コーヒーに口をつけ、原稿を読み、トイレに行き、原稿を読み、ふと富士山を眺め、そしてまた原稿を読み……。

文章のリズムがいいのと、物語の展開が速いせいだろう、俺の視線は文字列に張り付いて離れたがらなかった。もっと先を、さらに先を、もどかしさすら覚えながら読み進めていった。

物語の主人公は少女で、名前は真衣といった。

真衣は、数奇な人生に翻弄されながらも、常に凜として自分の道を必死に歩んで行こうとする、とても魅力的な女子高生だった。

世の中で「常識」とされている不明瞭な道理、大人たちからの理不尽な圧力、強者の理論、権力者の横暴、善人の沈黙——そういった不条理にたいして、真衣はその「知性」と「優しさ」と「遊び心」と「友情」と「飛び抜けた行動力」を武器に立ち向かっていく。そして、自分らしい未来をつかみ取ろうともがくのだ。

正直、六五歳の俺ですら、胸が高鳴るような物語だった。原稿の残りが少なくなってくると、読み終えるのがもったいないとさえ思った。

巷では「結局、人は、一人で生まれ、一人で死んでいくものだ」などと言われるが、この小説の立場は違った。

むしろ、その行間からは、「いつでも、何があっても、君は一人じゃない。たとえ、大切な人と会えなくなる日が来たとしても、心はちゃんと寄り添っているし、『想い』は君とつながっている」という、あたたかなメッセージがにじみ出ているのだ。

いや、それだけではない。泥臭いほどにピュアな真衣の言動は、さらに多くのことを読者に伝えようとしていた。

命とは時間のことであり、誰しもが、毎秒、少しずつ残された命を削り取られている。つまり、いつかは必ず大切な人との離別のときがくるのだ。そして、その際に味わう悲しみが大きければ大きいほど、その人の人生は美しかったと言える。なぜなら、その人は、他者と心を深く通わせ、幸せに生きたからこそ、別れがいっそう悲しくなったのだから。どうせ生きるのなら、別れがいっそう悲しくなるように、いま目の前にいる人との時間を慈（いつく）しむべきだ。そして、そのことが理解できたなら、君はドグマにさよならを言えるだろう――。

俺は、真衣の言動から、そんなメッセージを受け取っていた。

おそらく、この小説は、読者への純粋なラブレターなのだ。

だからこそ、作者の「想い」は、深くて、痛くて、苦しいほどに胸を揺さぶるし、同時にそれらを含めたすべてが愛で満たされているようにも感じられるに違いない。

やがて、最後の一行を読み終えてしまった。

俺はひとり心を震わせながら窓の外を見た。

見慣れた世界は、鮮やかなパイナップル色の夕空で彩られていた。

「やられたなぁ……」

無意識にそうつぶやいた俺は、原稿の束を元どおりに整えると、デスクの上にそっと置いた。

そして、傍のティッシュを二枚引き抜き、丸めて、それを両目に押し当てた。

そう、俺は涙腺がゆるいのだ。

しばらくは、心の震えも収まりそうにない。

「はあ……」

と潤んだため息を洩らしたとき、玄関の扉が開く音がした。

しーちゃんが帰ってきたのだ。

俺は慌てて、さらにティッシュを二枚抜き出すと、涙で濡れた顔を拭きまくった。

「ただいま」

しーちゃんが事務所の扉を開けて入ってきた。

「おかえり」

背中を向けたまま答えた俺に、しーちゃんが訝しげな声をかけてきた。

「どう――したの？」

「え？」と、とぼけた俺は、ゆっくり振り返ると、丸めたティッシュをゴミ箱に捨てた。「いま、ゴミが目に入っちゃってさ」

思いつきで口にした嘘は、少し潤み声になってしまった。

「大丈夫？」

「うん。平気。あくびをして涙と一緒に流せたから」

「………」

しーちゃんは、少しのあいだ、何かを言いたそうな顔をしていたけれど、結局は、黙ったまま買い物袋をそっと床に置いた。

俺は話を逸らしたくて、自分から話しかけた。

「牧子さん、元気だった？」

すると、ようやくしーちゃんに表情が戻ってきた。

「うん。わりと元気だったよ。ちょっぴり淋しそうだったけどね」

「そっか。なら、まあ、よかった……」

そう答えた俺は、しかし、その先の言葉をすでに見失っていた。

ひとりぼっちになった人は、やっぱり淋しいのだ。

しーちゃんは、買ってきた事務用品をてきぱきと棚にしまいはじめた。少しのあいだ、その横顔を眺めていた俺は、「手伝うよ」と言って、しーちゃんの隣にしゃがみ込んだ。

「ありがとう」

しーちゃんが顔をこちらに向けたとき、黒く染めたボブの髪が揺れて、かすかにシャンプーの匂いがした。

しーちゃんの匂いだ。

俺は小説の余韻がぶり返さないよう、事務用品をきっちり丁寧にしまうことに心を砕いた。

＊＊＊

その週末——。

俺たちは龍浦の別荘には行かず、海を見晴らす静かな墓地を訪れていた。

しーちゃんのご両親、つまり俺にとっての義父母が眠っている「大山(おおやま)家の墓」に来たのだ。

べつに今日が、ご両親のどちらかの命日というわけではない。ただ、なんとなく、しーちゃんが「久しぶりにお墓参りをしたい気分だなぁ」と言い出したので、俺たちは車を二時間半ほど飛ばしてやってきたのだった。

命日以外でも、気になったときに墓参する——、それが、しーちゃんの流儀だった。もちろん、俺の先祖が眠っている「青山家の墓」にも同様に訪れている。

「お父さん、お母さん、いま綺麗にしてあげるからね」

たわしを手にしたしーちゃんは、小声で墓石に話しかけながら、ごしごしと丁寧に苔や汚れを落としていく。

俺は、雑草を抜いたり、ゴミを掃いたりする係だ。

この墓に来ると、俺は、決まって、しーちゃんのお母さんが亡くなったときの葬儀のシーンを思い出してしまう。

あれは、まだ、俺たちが結婚して五年目のことだった。

ちらちらと粉雪が舞い散る灰色の日に、その葬儀は執り行われていた。しーちゃんのお父さんと妹さんは、終始ハンカチを手放せないほどに涙をこぼし続けていた。親戚や友人たちも遺影を見てはさめざめと泣き、涙腺のゆるい俺は、当然のようにもらい泣きをしていた。

しかし、しーちゃんは違った。喪服を凜と着こなし、口元を引き締め、一滴の涙さえ流さなかったのだ。お父さんと妹さんの丸まった背中を何度も撫でながら、ひとり、葬儀が滞りなく進むよう、気を配っているように見えた。

しーちゃんが泣かなかった理由は、俺には分かっていた。

悲しくなかったわけではない。しーちゃんはいつだって利他的で、不器用なほどに優しいのだ。だから、心が崩れそうになっている人がそばにいると、自分が泣くよりも、まず「相手を支える」ことを優先してしまうのだ。

本当なら、俺がしーちゃんの背中を撫でてやるべきだったのだろう。でも、ピンと弓のように伸びたあの時のしーちゃんの背中は、それをさせなかった。「気丈に振る舞う」という言葉が、あれほどまでに当てはまるシーンを、俺は後にも先にも見たことがない気がする。

もしも、あるとすれば、それは、その葬儀から十年後の、しーちゃんのお父さんの葬儀のシーンになるだろう。そのときもまた、しーちゃんは、泣き崩れそうになっている妹さんの背中を、ひたすら撫で続けていたのだ。

強いし、優しいし、けなげだし、幽婉(ゆうえん)にすら見えるけれど、でも、その役回りは、あまりにも悲しすぎるよ——。

あのとき、しーちゃんに言えなかった言葉は、タトゥーのように俺の胸に刻み付けられていた。だから、この墓地を訪れると必ず、あの葬儀のシーンがフラッシュバックするのだと思う。

あれからずいぶんと時が流れて、しーちゃんは歳をとった。家族の背中を優しく撫でていた手の甲には、シワとシミができた。そして、いま、しーちゃんは、同じその手で使い古しのたわしを握り、ごしごしと墓石を磨いているのだった。

しばらくして、俺は、箒（ほうき）を握った手を止めた。

抜いた雑草も、落ち葉も、ゴミも、掃き終えたのだ。

そろそろ、こっちは終わりでいいかな――、と思ったとき、やわらかな風が俺の背中に触れた。なんとなく振り返ると、坂の下に広がる群青色（ぐんじょういろ）の海原が視界に飛び込んできた。

目を細めた俺は、深呼吸をして肺を洗った。

木漏れ日の坂道を駆け上がってくる透明な潮風は、少しひんやりとしているけれど、耳心地のいい潮騒を連れてきてくれた。

ぴーひょろろ――。

頭上からは、鳶（とび）の歌が音符になって降ってくる。

その歌に釣られて見上げた三月の空は、雲ひとつない蒼（あお）の広がりだった。

高い空。ゆっくりと旋回する鳶のシルエット。

「今日、気持ちいいよね」

ふいに、しーちゃんの声がした。

「うん。墓参り日和だ」

と答えながら、俺は墓石の方を振り向いた。

「どう？　綺麗になったでしょ？」

墓石にそっと手を置いたしーちゃんが微笑んだ。

「うん、なった」

それから俺たちは、花と線香を供えると、墓石に向かって目を閉じ、そっと両手を合わせた。

しーちゃんは、そのまま一分近くも祈り続けていた。

やがて目を開いたしーちゃんは、「なんか、すっきりした」と言って俺を見ると、どこかホッとしたような顔をした。

「俺も、すっきりしたよ」

「本当なら――」

「え？」

「龍浦で引っ越しの準備をしなくちゃいけないのに……、付き合わせちゃってごめんね」

「いいって、そんな」

たまには「効率」と無関係なことをしてもいいんだよ。

胸の内でそう思いながら、俺は首を軽く横に振ってみせた。そして、ふと思い出したことを口にした。

「あ、そういえばさ」

「ん？」

「俺、最後にもうひとつだけ、小説の装丁を引き受けたいんだけど。いいかな？」

海風が吹き抜けて、墓地の周辺の樹々がざわめいた。

「もちろん」

と頷いたしーちゃんの黒染めした髪も、さらさらとなびく。

「そっか。じゃあ、やるよ」

「頑張ってね」

しーちゃんは理由も訊かずにそう言うと、きれいになった墓石の前で小さく微笑んだ。その姿が、なぜだろう、やけに儚いもののように見えて、俺は一瞬だけ呼吸を忘れてしまった。


いくつになっても、一輪の花みたいな人だな――。

そんなことを思いながら「うん」と頷いたら、うっかり鼻の奥がツンと熱を持ちはじめてしまったので、俺はなるべく明るめの声で「よし。じゃあ、いつもの海鮮丼を食べて帰ろう」と言って、ふたたび群青色の広がりを見下ろすのだった。

だ。

＊＊＊

人生の「潮目」というやつは、いつだって思いがけないタイミングでやってくるものだ。

その日、俺は、大手化粧品会社の広告ポスターの色校に立ち会うため、昼前に事務所を出て、都心の外れにある印刷工場に張り付いていた。クライアントの担当者と、印刷会社のプリンティングディレクターと一緒に、ポスターの色味の調整をするのだ。

三時間ほどかけて、ようやく納得のいく色で刷り上がった校正紙を確認すると、俺は本番の印刷に「ゴー」を出した。これで色校の立ち会いは終了だ。

工場からの帰りがけ、クライアントの担当者に誘われて、打ち合わせがてら軽く飯を喰った。そのせいで、原宿の事務所に戻った頃には、空がパイナップル色に染まっていた。

「ただいま」

と声をかけながら、俺は、いつものように事務所のドアを開けてなかに入った。しかし、「おかえりなさい」と振り向いたしーちゃんのデスクのパソコンの画面が、なぜか真っ暗だった。

「ん？　今日はもう、終わり？」

　仕事を早仕舞いするなんて珍しいな、と思いつつ、俺はしーちゃんの横を通り抜け、窓辺にある自分のデスクへと向かった。

　すると、しーちゃんは、質問に答えないまま、

「ねえ、てっちゃん」

　と、俺を呼んだ。

「なに？」

　俺は振り返らずに答えて、立ったまま自分のパソコンの電源ボタンを押した。そして、肩にかけていたカバンを床に置き、着ていたジャケットを脱いで傍のハンガーにかけた。

「てっちゃん」

　また、しーちゃんが俺を呼んだ。

「え？」

　ここで、ようやく俺は、しーちゃんの声がいつもより硬いことに気づいて、振り向いたのだった。

「あのね」

「うん」

「違ってたら、ごめん」

「…………」

「もしも、なんだけど……」

しーちゃんにしては珍しい、回りくどい物言いだった。

嫌な予感が、俺の胸をよぎった。

「うん」

「てっちゃん、わたしに隠し事があったりするのかなって」

隠し事――。

俺は思わず、ごくり、と唾を飲み込んだ。しかし、そのまま何食わぬ顔をして返事をした。

「え、隠し事って、たとえば、どんな？」

「…………」

しーちゃんは何も言わず、ただ椅子に座ったまま、まっすぐに俺を見上げていた。だから俺は、言葉を続けた。

「仕事のこととか？」

しーちゃんは、無言で首を横に振った。

正直、このあたりで俺は、もはや「蛇に睨まれた蛙」だった。変な緊張で身体がこわばっていた。

「ちょっと、質問の意味が分からないけど……」

「この間――、てっちゃん、病院に検査に行ったよね」

心拍が、ひとつスキップした気がした。

「え？　あ、うん」

「かかりつけの病院と、総合病院に」

「………」

今度は俺が黙る番だった。

「そのときの領収書、わたし、まだもらってないよ」

「あ、そうだっけ。ごめん」

俺は、慌ててカバンから長財布を取り出して、なかから病院の領収書を抜き出した。

「あった。これだな。はい」

作り笑いをしながら、俺は、しーちゃんに領収書を差し出した。

ところが、しーちゃんはそれを受け取ろうとはしなかった。両手を揃えて太ももの上に置いたまま、じっと俺を見上げていたのだ。

「てっちゃん」

「はい……」

「検査の結果は、とくに何もなかった、健康体だったって、わたしに言ったよね？」

「言った、けど……」

俺は、しーちゃんに差し出していた領収書をそっとひっこめた。

「それは、本当？」

少し首を傾げたしーちゃんの目に、不安の色が浮かんでいた。

「…………」

俺は、イエスともノーとも言えず、ただ、ゆっくり息を吸い、そして吐いた。

「やっぱり……」

不自然な俺の様子ですべてを悟ったのだろう。

しーちゃんは眉をハの字にしてため息をこぼした。

「ごめん……」

俺は、観念した。

「謝らなくていいから、すべて話して」


ごろり。

俺の胸の浅瀬で、あの黒い石ころが動いた。

そして、その動きが、これまでないほどに強い違和感を生じさせて、俺は両手で胸を押さえたくなっていた。でも、しーちゃんの手前、なんとかそれはこらえた。

「えっと――、肺癌があるって」俺は結論から話すことにした。「余命は、半年から一年くらいって言われた」

それまで引き結んでいたしーちゃんの唇が、かすかに開かれた。

でも、その唇から言葉は出てこなかった。

「すでに脳も含めて、あちこちに転移してるから、手術をしても駄目だって」

「…………」

しーちゃんは、まるで目の前で人が死んでいくのを見ているかのような表情で俺を見ていた。そして、そのまま、ゆっくりとうつむいてしまった。太ももの上に置いていた両手が、ぎゅっと握りしめられている。

閉じてしまった、小さな花――。

いたたまれなくなった俺は、無意識のうちに、もう一度「ごめん」と言っていた。

それから少しして、しーちゃんは、うつむいたまま小さな声を出した。

「そんな気がしたの」

「…………」

「嫌な予感っていうか……」

「どうして――」俺は気になって訊ねた。「そんな予感を抱いたわけ?」

するとしーちゃんは、ゆっくりと顔を上げた。そして、「それ」と言って、事務所の真ん中に置いてある作業テーブルの上を指差した。

そこには、封筒に入ったままの原稿の束が無造作に置かれていた。『さよならドグマ』の原稿だった。

「読んだの、わたし」

「え……、いつ?」

「今日。てっちゃんがいない間に、読了しちゃった」

しーちゃんの視線が俺から離れて、原稿に向けられた。そして、そのまま、しーちゃんは続けた。

「もう仕事は受けないって言ってたてっちゃんを、心変わりさせた小説って、どんなものかなって思って、読んでみたら……」

「そっか」

そういうことか、と俺は胸裏で得心していた。

「それにね」しーちゃんの視線が、こちらに戻ってきた。「このところ、てっちゃんの様子がちょっと変だなって、わたし思ってたから」

正直、俺も少しだけ、そんな気がしていた。

観察力と分析力に優れたしーちゃんには、見透かされているのではないかと。

「やっぱ俺、演技、下手くそなんだなぁ」

俺は、苦笑しながらそう言った。

「…………」

でも、しーちゃんは、笑ってくれなかった。

「まさか、小説の内容でバレるなんて思いもしなかったよ。しーちゃんは読解力と想像力がありすぎだ」

二人のあいだの重たい空気を、少しでも霧散させたくて、俺は冗談めかして言った。

でも、しーちゃんは、真顔のまま首を振った。

「誰でも分かるよ」

「え？」

「だって、あれは、そういう小説だから」

そういう小説、か——。

たしかに、その通りで、俺は小さく二度、頷いていた。

「ごめん、ほんと……」

ついさっき「謝らなくていいから」と言われたのに、俺はまた謝ってしまった。

でも、とにかく、もう、これで隠し事はなくなったのだ。

こうなったら、俺がずっとしーちゃんに訊きたかったことを訊いてしまおうか？

なかば開き直りながら、俺がそう思った刹那――、

「龍浦への引っ越しのことだけど」

しーちゃんが少しかすれた声でしゃべり出した。しかも、いま、まさに俺が訊こうと思ったことを。

「てっちゃん、本当は、どうするつもりだったの？」

「それは、もちろん、予定どおり――」

「予定どおり？」

「まあ、色々と上手く行けば、だけど……」

「…………」

しーちゃんは、眉をハの字にしたまま何も言わなかった。

沈黙が重苦しくて、俺は言葉を続けた。

「正直、引っ越しがうまく行かないっていうイメージは、俺のなかには全く無くてさ。むしろ、引っ越した後のことが――、ちょっと、やっぱり、気になってはいたけど」

「…………」

「しーちゃん」

「ん？」

「あらためて訊くけど――」

「うん」

「この現状をふまえて、引っ越しについて、どうしたいと思う？」

俺は直球で質問をした。

すると、しーちゃんは、両手で胸の辺りを押さえた。そして、気持ちを落ち着かせようとしたのだろう、ゆっくりと深呼吸をした。

「大丈夫？」

と声をかけたら、しーちゃんはおもむろに椅子から立ち上がった。そして、二秒ほど俺を見てから、いきなりくるりと踵を返したのだった。

「え――」

「わたし、ちょっと、一人で考えてくる」

しーちゃんは、そう言って、事務所の出入り口の扉に向かって歩き出した。

「えっ？　ちょっ……、しーちゃん」

俺の声は、あの弓のように美しい背中に弾かれた。

事務所を出たしーちゃんは、そのまま玄関で靴を履くと、外に出ていってしまった。

ひとり事務所に取り残された俺は、手にしていた病院の領収書をズボンのポケットに押し込んだ。そして、自分のデスクに戻った。アーロンチェアに腰を下ろして、目を閉じ、天井を仰ぐ。
チ、チ、チ、チ……。
壁にかけた時計の秒針の音が、やけに大きく聞こえる。

ひとりぼっちって、こういうことだよな――。

俺は、ちりちりと焦げるように痛む胸を右手で押さえた。その浅瀬に転がっている黒い石ころは、以前よりもずいぶんと大きく育っている気がした。

救いが欲しくて、窓の外を見た。

「死にたく――ねえなぁ……」

誰にともなく、俺はつぶやいていた。

ついさっきまでパイナップル色だった空が、いつのまにか、くすんだ紫色に変わっていた。

＊＊＊

しーちゃんが事務所の扉を開けて、なかに入ってきたのは、飛び出してから十五分ほど経った頃のことだった。

正直、予想していたよりも、ずいぶんと早い帰宅だった。

俺は、アーロンチェアをくるりと回して、「ただいま」も言わないしーちゃんをじっと見ていた。

するとしーちゃんは、こちらにすたすたと近づいてくると、開口一番、こう言った。

「外、すごく寒かった」

「え……」

「上着を忘れて出ていっちゃったから」

一秒、二秒、三秒——。

そして、俺は、小さく吹き出した。

「寒いから、すぐに戻ってきちゃったの？」

しーちゃんは、黙ったまま、こくりと頷いた。

「いつも冷静なしーちゃんにしては、珍しいな」

「それもそうだけど、でも、ちょっと違うよ」

「え？」

「外で冷静になれたから、早く戻ってこられたんだよ」

「というと？」

「だって、わたしが風邪なんて引いちゃったら、てっちゃんと一緒にいられないでしよ？」

「え……」

俺は笑みを消して、しーちゃんを見上げた。

「風邪、うつせない。だから、さっさと帰ってきたの。それと、引っ越しのことだけど――」

「うん」

「中止でいいと思う。わたし、これまで通り、ふつうに生活をしていたいから」

「本当に、いいの？」

あんなに龍浦への引っ越しを愉しみにしていたのに？

「うん」

「なんで？」

俺は、どうしても、その理由だけは聞いておきたかった。

「なんでって――、てっちゃんといられる時間を、できるだけ長く、濃密にするためだけど」

「ええと、それって、どういうこと？」

俺が首を傾げると、しーちゃんは、その理由を淡々と、しかも理路整然と話してくれた。

いわく、なにより俺が通うべき病院が近くにある方がいいし、ちゃんと病院に通うことで余命を一秒でも延ばして欲しいから。それに、わざわざ引っ越さなくても龍浦には通えるし、仕事を無くせば、ずっと向こうにいることもできる。しかも、俺が車を運転できなくなったとしても、しーちゃんが運転すればいいし、引っ越しの準備をしない分だけ、二人の時間を思い通りに使えるから——、とのことだった。

「でもさ」しーちゃんの説明を聞いたあと、俺は、あらためて訊き直した。「それだと、いままで通りで、何も変わらないけど。それでいいの？」

するとしーちゃんは、少し表情を緩めてくれた。

「いいの。いままでの『ふつう』が、すごく幸せだったから。これからも『ふつう』でいたい」

「…………」

「だから、引っ越しなんて余計なことはしないで、一秒でも早くてっちゃんと一緒に龍浦に行って、一秒でも長く穏やかな時間を過ごしたいの。その方が、残された時間の使い方としては——」

そこで俺は、しーちゃんの言葉にかぶせた。

「効率がいい、だろ？」

するとしーちゃんは、少し面映ゆそうな顔で「うん」と言った。

たしかに、そうだよな、と思う。

「で、それを、外の寒さのなか、十五分くらいで考えてきたんだ？」

「まあ、そうだけど」

何か？　という顔をしたので、俺はくすっと笑ってしまった。

やっぱり、しーちゃんの考えることは、いつも正しくて、効率的だ。そして、その効率の良さはいつだって、誰かにたいする愛情や優しさの裏返しなのだ。

「しーちゃんの判断って、ほんと、いつも正しいよな」

少し肩の荷を下ろせた気分でそう言ったのに、しーちゃんは、あっさり首を横に振るのだった。

「いつも正しくはないよ」

「そっか。いつもってわけじゃないか。さっきだって上着を忘れて出て行ったしね」

「それは、そうだけど——」

「ん？」

「純粋に、正しくないこともあったから」

このとき、俺は、ようやく気づいた。

しーちゃんの表情が、じわじわと曇ってきていることに。

「えっと、正しくないって、何が？」

「気づかなかったこと」

「…………」

「てっちゃんの身体に、異変があるってこと……」

「え――」

「わたし、ずっと隣にいたのに……」

しーちゃんは最後まで言えず、唇をゆがめた。

「ちょっ……、しーちゃん、それは違うよ。医者が言ってたけどさ、肺癌って病気は、たいてい無症状で、本人ですら気づかないまま――」

そこで俺は、言葉を失った。

しかも、呼吸の仕方すら忘れたようになっていた。

「しー、ちゃん……？」

俺は、はじめて目にしていたのだ。

泣いているしーちゃんを。

赤いフレームの眼鏡の奥から、ぽろぽろとこぼれ落ちる透明なしずく。しーちゃんは、まるで年端もいかない少女のように肩を落とし、うつむきながら泣いていた。

俺は、知らぬ間に椅子から立ち上がっていた。

「し……」

名前を呼ぼうとしたとき、しーちゃんはうつむいたまま首を横に振った。

「……だよぉ……」

「え……」

「嫌だよぉ……」

しーちゃんが、喉の奥から震える声をしぼりだしていた。

俺は、一歩、二歩と、しーちゃんに向かって歩み寄った。

そして、そのまま抱きしめた。

すると、腕のなかのしーちゃんが、ふるふると震え出し――、そのまま堰を切ったように声を上げて泣きはじめた。

「しーちゃん……」

俺も、しーちゃんも、大丈夫だから――。

そんな根拠のない嘘を言っても、知的なしーちゃんには意味がないってことを俺はよく知っている。だから俺は、何も言わず、ただ、じっと、しーちゃんを抱きしめていた。

でも、しーちゃんが、しゃくり上げながら、

「てっちゃんの、いない、世界、なんて――、嫌だよぉ……」

と言ったとき――、

ごろり。

俺の内側のあの黒い石が、いままでにない場所へと動いた気がした。そして、それは、俺のなかでふさがっていた感情の出口が開いた瞬間でもあった。

「俺だって――、嫌、だよ……」

しーちゃんのいない世界なんて。

しーちゃんを残して、ひとり消えていくなんて。

「めちゃくちゃ、嫌だよ……」

気づけば、俺も頬を濡らしていた。

せめて泣き声だけは押さえ込もうとしたけれど、駄目だった。腕のなかのしーちゃんのか細さと、生々しい体温が、あまりにも「生きている」ことを俺に訴えかけてきて、嗚咽を止められなくなってしまったのだ。

思えば、これは――涙腺のゆるい俺が、余命宣告を受けてからはじめて流す、悲しみの涙だった。

「てっちゃんと、ずっと……、一緒に、いたいよぉ……」

はじめて俺に駄々をこねてくれたしーちゃんの声。

「俺もだよ。だけど……、ごめん」

俺は全身で泣きながら、悔しさに打ち震えていた。

でも――、素直に泣いて心を解放するほどに、胸のなかの黒い石ころが少しずつ溶けていくような気もしていた。しかも、その溶けた成分が俺たちの胸にふたたび沁み込んで、それが涙となって頰を伝い落ちていくのだ。

ご両親の葬儀ですら、泣かずにこらえたしーちゃん。

悲しむ人の背中をそっと撫で続けていた、あの凜として優しい女性の背中に、いま、俺の手が回されていた。


やっと、俺が――。


歳を取っても美しく弓のように伸びた哀しい背中を、俺はゆっくりと撫でた。

俺の背中に回されたしーちゃんの両手は、シャツをぎゅっと摑んだままだった。

それでいいよ。

たまには、そういう役回りで、いいんだよ。

心でそう語りかけながら、俺はしーちゃんの背中を撫で続けた。

そして、なぜだろう、撫でれば撫でるほど、漣立っていた俺の心までもが、少しずつ凪いでいくような気がしたのだった。

もしかすると――、
いま、この瞬間、俺としーちゃんは、目に見えない「ドグマ」とさよならしているのではないか。

これは、そのための儀式なのではないか。

ぼんやりとそんなことを考えながら、俺は、腕のなかで震えて咲く「小さな花」の存在を慈しみ続けていた。

＊＊＊

金曜日の夕方――。

あの小説を書いた涼元マサミを連れて、編集者の津山さんが事務所にやってきた。

「どうも、いらっしゃい」

俺としーちゃんは玄関先まで出迎えて、二人のスリッパを用意した。

「ご無沙汰しております。今回もよろしくお願いします」

津山さんは相変わらず、きっちりとして愛想がいいのだが、初対面の涼元は違った。

「どうも、涼元です……」

と口のなかでぼそぼそ言うと、事務所のなかを気ぜわしく見回しはじめたのだ。見た目はわりと小洒落た感じの優男なのだが、性格は、あの情緒的な作品からイメージしていた人物とはだいぶ違っているようで、それはそれで興味深い。しかも、人見知りなのだろう、津山さん以外とは、あまり目を合わせることがない男だった。

まあ、作家に多いセンシティブなタイプなのだろう。長年この仕事をしてきた俺もしーちゃんも、こういう人間には慣れているので、とくに苦手だとも思わない。

「こちらへ、どうぞ」

しーちゃんが事務所の真ん中にある作業テーブルまで二人を案内した。そのテーブルを四人で囲むように座った。

今日は、デザインコンセプトを打ち合わせるのだ。

しーちゃんが、人数分のコーヒーを淹れてきてくれた。

打ち合わせがはじまる前に、俺は言った。

「今回は、彼女に、ぼくのアシスタントとして入ってもらいますんで」

俺は、しーちゃんを見て言った。

「宜しくお願いします」

しーちゃんは、津山さんと涼元の方に向かって、折り目正しいお辞儀をした。

「こちらこそ、宜しくお願いします」

返事をしてくれたのは、もちろん津山さんだった。

涼元は、まだ落ち着かないようで、相変わらず事務所のなかをきょろきょろと見回している。

「涼元さん」

俺は、その小説家に声をかけた。

「え？　あ、はい」

涼元は驚いたように俺を見たけれど、すぐにその視線を下にずらしてしまった。構わず、俺は続けた。

「作品、読みましたけど、すごく良かったです。主人公の真衣ちゃんがとにかく躍動的で、本当に愛すべきキャラクターですね。妻も一気読みだったそうです」

俺は直球で褒めた。嘘は一ミリもついていない。

すると涼元は、思いがけず人懐っこいような笑みを浮かべて、「そうですか。ありがとうございます」と後頭部を掻いた。

「うふふ。先生、めちゃくちゃ嬉しいですね」

まるで自分が褒められたかのように相好を崩した津山さんが、涼元の代わりにしゃべり出した。

「この作品は、ミステリーが多かった先生にとって、久しぶりの感動系の作品なんです。きっと先生の代表作になると思います——っていうか、必ずそうします。ね、先生？」

津山さんが親しげに話しかけると、涼元は眉間にしわを寄せて、わざと不機嫌そうな声を出した。

「あのね、ぼくはもう『書く』っていう仕事を終えたんだから、あとはキミ次第だってば」

「はい。それは、もちろん分かってます」

作家に不機嫌な態度を取られても、津山さんはむしろ明るい声で答えていた。

なんだか、この二人、ちょっと面白い関係性でつながっているようだ。

俺は、逆に愉快な気分になりつつ、編集者に訊ねた。

「で、今回、津山さんとしては、どんなデザインにしたいの？」

この俺のひとことが、打ち合わせスタートの合図となった。

俺の人生において最初で最後となる、しーちゃんとコンビを組んだデザイン仕事が、いま、はじまったのだ。

今回の津山さんは、これまでとは別人のようによくしゃべった。

頭のなかに、装丁のイメージや、コンセプト、本の宣伝から売り方まで、たくさんのアイデアが詰め込まれているに違いなかった。つまり、作品への愛着が強いのだ。

こういう熱量で仕事をし続ける編集者は、将来的に「実力者」へと成長していくものだ。この仕事を何十年も続けていると、そういうことが手に取るように分かる。

打ち合わせ中の涼元は、言葉少なではあるけれど、ときどきその才能の片鱗をキラリと光らせるようなアイデアを口にした。しかも、その言い方がまた、津山さんに突っかかったようなものだったりするのが面白い。

しーちゃんは、ほとんど口を出さないけれど、みんなの意見を聞きながら、それを丁寧にノートに書き込んでいた。おそらく頭のなかでは、様々な角度からの分析がはじまっていることだろう。

俺は、誰かのアイデアが出るたびに、コピー用紙の裏に鉛筆でラフデザインを描き、津山さんと涼元に仕上がりをイメージさせた。

やがて、おおまかなデザインの方向性が決まると、イラストレーターの選出に取り掛かった。

「とりあえず、この五人のなかの誰かがいいかなと思ってピックアップしておいたんだけど、どうかな？」

言いながら俺は、ノート型パソコンの画面に、五人のイラストレーターのホームページを表示させた。津山さんと涼元としーちゃんは、俺の後ろに集まってきて、一緒にモニターを覗き込む。

「まずは、この人なんだけど。コントラストの強い絵を描くから、わりと書店に並べたときに目立つんだよね。こういうタッチとか、こういうのもありだと思うよ」

俺はパソコンを操作して、次々と絵を表示していく。

俺の後ろで、津山さんと涼元が、ああでもない、こうでもない、と言い合いをしているのがおかしい。

「じゃあ、次の人に行くよ。この人は、風景の色使いが抜群に綺麗だよね。もし、この人に主人公を描いてもらうとしたら、後ろ姿がいいかなって思うけど。顔を出さない方が、小説にたいする先入観を読者に与えないからね」

俺の意見に、涼元が賛成してくれた。

「うん。たしかに、顔は出したくないな」

それから俺は、三人目、四人目のイラストレーターの作品をモニターに次々と映し出した。津山さんも、涼元も、どのイラストレーターの、どの絵のタッチがいいか、なかなか決めかねているようだった。

「で、いよいよ、これが最後の五人目なんだけど――」

じつは、俺としーちゃんのなかでは、この人こそが本命だった。荒々しい筆使いのなかに、不思議な静けさと優しさを潜ませた絵が、まさに『さよならドグマ』の世界観にぴったりなのだ。

「この絵描きさんは若い女性で、まだ、さほど実績はないんだけど、才能を買ってるんだよね」

　俺はそう言いながら、一枚一枚、作品をモニターに表示させていった。

「本当ですね。なんて言うか、絵が訴えかけてくるような……」

　津山さんが、食い入るようにモニターを見て言った。

「そうなんだよ。こういう絵って、書店で並べたときに目を引くんだよね。しかも、どこか品格があるでしょ？」

「たしかに、悪くないな、この人の絵……」

　ぼそっと言った涼元も、モニターを凝視している。

「青山さん、こういう原石みたいな人って、どうやって見つけてくるんですか？」

　津山さんが、俺を見て言った。

「この人とは偶然に出会えたんだよ」

「えっ、たまたま本人と出会ったんですか？」

「うん。とある小さな岬の先端にね、俺と嫁さんがよく行く喫茶店があるんだけど、その店内にこの絵描きさんの作品が飾られていたんだよ。で、俺たちが『いい絵だなぁ』って話してたら、なんと、すぐ後ろのカウンターに作者本人がいたんだよね」

「この、みどりさんっていう絵描きさんが、ですか？」

「そう」

「そんなことがあるなんて」

津山さんが、目を丸くした。

すると、久しぶりにしーちゃんが口を開いた。

「このみどりちゃん、すごく可愛らしい人で、まだ『女の子』って言いたくなるような風貌なの。ね？」

最後の「ね？」は、俺に向けられていた。

「うん。最初は大学生かと思ったくらいだもんな。で、せっかくだから名刺をもらって、後でホームページを見てみて、これは本物だなって確信したわけ」

「すごい。奇跡のような出会いですね」

言いながら津山さんがモニターから顔を上げた。心はもう決まった、という表情をしている。

「涼元先生は、どの絵描きさんがよかったですか？」

津山さんが訊くと、小説家は、当たり前のことを訊くなよ、とでも言いたげな顔で返事をした。

「そりゃ、この人しかないでしょ」

「うん。じゃあ、みどりちゃんで決定ね。まずは俺から連絡してみるよ。小説の装画を描く気があるか、スケジュールは空いてるか、その辺を確認してみるね。で、オッケーだったら津山さんとつなぐから」

「はい。お願いします」

ぺこりと頭を下げた津山さんの横で、涼元も軽く頷くようなお辞儀をしていた。その表情には、間違いなく「満足」と書いてあった。

＊＊＊

打ち合わせを終えて津山さんと涼元が帰ると、事務所のなかは、一気に静かになった。

「なんだか、面白い二人だったね」

しーちゃんが、くすっと思い出し笑いをしながら言った。

「うん。作家が偉そうに突っかかってたけど、じつは、あの二人――」

「すごく仲がいい」

「それそれ」

「あの夫婦(めおと)漫才みたいな関係、きっと二人とも気に入ってるんだろうね」

「間違いないでしょ」

俺たちは、そんな話をしながら、今日の仕事を終えようとしていた。しーちゃんは、空いた四人分のコーヒーカップをキッチンに運び、俺は絵描きのみどりちゃんにメールを書きはじめた。

あの岬の喫茶店で会ったとき、俺がデザイナーだと知ったみどりちゃんは、「お仕事、欲しいです！　わたし、何でも描きます！」と言っていたから、多分、この仕事も喜んで受けてくれるだろう。

そういう確信を持って、俺はメールの送信ボタンをクリックした。

ちょうどそのとき、カップを洗い終えたしーちゃんが戻ってきた。そして、「すぐに、行く？」と小首を傾げた。

「うん、行こう。いま俺、けっこう腹が減ってるからさ、高速のサービスエリアで何か食べない？」

「わたし、ラーメン食べたいな」

「おお、ラーメンもいいなぁ……。っていうか、泊まりの荷物、まとめてあったっけ？」

「うん。お昼休みに車に積んでおいたよ」

「いつの間に――。さすが、都合のいい、じゃなくて、効率のいいオンナ」

「なに、それ」

俺たちは、くすくす笑い合いながら、事務所と自宅の電気をすべてオフにして玄関を出た。そして、エレベーターに乗って地下駐車場へと降りていく。

「今日は、どっちが運転する？」

メルセデスに向かって歩きながら、しーちゃんが言った。

「俺がするよ。ピンピンしている間は、運転も楽しみたいからさ」

「じゃあ、お願い」

俺たちは愛車に乗り込んだ。

「それでは、金曜日の仕事終わりの恒例行事、はじめます」

俺はエンジンをかけて、冗談っぽく言った。

「はい。安全運転で、ぶっ飛ばして下さい」

しーちゃんが、冗談にのってきた。

俺はくすっと笑って、静かにアクセルを踏み込んだ。

地下駐車場を出て、夕暮れの原宿を走り出す。

「なんか、いい装丁になりそうだね」

助手席のしーちゃんが、見慣れた街並みを眺めながら言った。

「なるよ――っていうか、そうしよう」

絶対に、そうするのだ。

なにしろ『さよならドグマ』は、記念すべき俺としーちゃんの最初で最後のコンビ作品となるのだから。

「うん、そうだね」

「頼むぜ、新人アシスタント」

そう言って俺は、アクセルをぐっと踏み込んだ。

愛車はエンジンを唸らせて龍浦の別荘へと加速しはじめた。

信号は青だった。

その先の信号も、さらにその先も、青になった。

「てっちゃん、安全運転ね」

「大丈夫。無理はしないから」

「ほんと？」

「だって俺、まだ死にたくないもん」

そう言って俺は、助手席を見た。

しーちゃんと目が合ったので、ニヤリと笑ってやった。

「ほんと、男の人って、いくつになっても子供だよね」

「まあね。否定はしないよ」

また、先の信号が青になった。

よし。ツイてる。

俺は決めた。

龍浦から帰ってきたら、シグナルの会の二人にも打ち明けよう。

そして、言うのだ。

『さよならドグマ』という本が出たら、ぜひ読んでくれ。

あの小説のなかにも、装丁にも、俺がいるから。

そして、ときどきでいいから、しーちゃんの様子を見てやって欲しい、と。

「ねえ、てっちゃん……」

助手席から声がした。

「ん？」

俺は、あえて前を向いたまま返事をした。

「大丈夫？」

「なにが？」

「だって……」

泣いてるから――。

しーちゃんは、そこまでは言わなかった。ただ助手席から、俺の横顔をじっと見詰めているだけだ。

「大丈夫、と言ったら、嘘になるかな」

「てっちゃん……」

しーちゃんが、心配そうな声を出す。

「あのさ」

「………」

「ひとつ、しーちゃんに、泣きごとを言っていいかな」

「え？　いい、けど……」

「俺さ――、やっぱり」そこで俺はいったん言葉を止めて、ひとつ息を吸い込んだ。そして、その息を吐きながら言った。「まだ、死にたくないし、死ぬのが怖くて」

「うん……」

青信号が黄色に変わる前に、アクセルを踏み込む。

見慣れた街が、後ろへと流れていく。

現在が、過去になっていく。

「だから、ときどき、いい歳して『死にたくねえよぉ』なんて、駄々をこねたりするかも」

「うん……」

「みっともない姿をさらすかも――」

「いいよ。ぜんぶ、いいよ」

しーちゃんの声が、潤み声になった。

その声のせいで、涙もろい俺は、いっそう視界をにじませた。

まばたきをするたびに、しずくが頬を伝う。

「はあ……」俺は、深くため息をついて、続けた。「ほんと、幸せだわ、俺」

心からそう思う。だから、過去形では言わなかった。

正面に高速の入り口が見えてきた。

「わたしもだよ」

しーちゃんも過去形は使わない。

過去は忘れて、未来は天に任せて、いまこの瞬間だけを全力で味わえばいい。

あの小説には、そう書いてあった。しーちゃんもきっと、その言葉を覚えているのだと思う。

メルセデスが高速に乗った。

俺はステアリングを軽く動かして左車線をキープした。

ちゃんと安全運転で行こうと思ったのだ。すると、

「はい、どうぞ」

助手席から手が伸びてきた。その手には、ハンカチがのっていた。

「サンキュ」

俺は、ハンカチを受け取って、目元から頬にかけてを拭いた。

ハンカチからは、しーちゃんの匂いがした。

小さな花の匂いだな。

そう思ってハンカチを返すと――、

「てっちゃん」

しーちゃんが、俺を呼んだ。

「ん?」

「やっぱり、ぶっ飛ばしてもいいよ」

しーちゃんを見た。

目に涙をためて、悪戯っぽい顔で笑っていた。

俺も釣られてくすっと笑った。

二人して、泣き笑いだ。

「じゃあ、若い頃を思い出して、遠慮なくぶっ飛ばすか」

そう言った俺は、そのまま大きく息を吸って――、

「ぶおおおん!」

と口で言いながら、アクセルは踏み込まなかった。

「よし、てっちゃん、行けーっ!」

俺の小さな花は、正面に広がる未来を指差して、明るい笑い声を上げてくれた。

# 第四章　書店員　白川心美

ランチに「激辛」のレトルトカレーを食べたら、額に汗が滲んだ。

「ふう、ごちそうさまでした……」

ひりひりする舌でひとりつぶやいたわたしは、住み慣れたワンルームのアパートの窓を開け放ち、顔を外に出した。

少し風に当たりたくなったのだ。

二階にあるこの部屋の窓からは、眼下の小さな公園の大部分が視野に入る。いつもはたくさんの子供たちで賑わうこの公園も、雨上がりのいまは人っ子一人いなかった。でも、広場のちょうど真ん中あたりには、少しいびつなハート形の水たまりがあって、それが青空を映してひらひら揺れていた。

雨が降るといつも、まるでご褒美のように姿を現わすこのいびつな水のハートは、わたしがこの部屋に入居した三年前から形も大きさもほとんど変わっていない。子供たちがどんなに公園内を駆け回っても、なぜか形を崩すことがないのだ。

わたしは、空を映した青いハートを見下ろしたまま、汗ばんだおでこをそよと撫でる五月の風を感じていた。

生ぬるくて、かすかに甘くて、水と土の匂いが混じり合っていて、なんだか心をざわつかせる風だな——と思ったとき、ふいにわたしの内側をふるさとの風が吹き抜けた気がした。

わたしは、ごくり、と唾を飲み込んでいた。

とても、似ていたのだ。

雨上がりの公園を吹く風と、ふるさとの川面(かわも)を渡る川風の匂いや感触が。

駄目だ……。

いったん落ち着こう。

そう思って、わたしは両手で胸のあたりを押さえ、深呼吸をした。それなのに、わたしの脳裏のスクリーンには、地元の風景がみるみる広がってくる。

てっぺんが丸い深緑色の山々。その山々のあいだを、カーブを描きながら流れる澄んだ川。そして、その川の水をすべて受け入れ、水平線まで広がっていく紺碧(こんぺき)の海原(うなばら)。風に揺れる田んぼの稲穂。野焼きの煙の匂い。こぢんまりした川沿いの集落。錆の浮いた港町に吹く潮風。夕焼け。トンボ。入道雲。蛍。星空……。

遠い、遠い、田舎町。

そこに住む人たちから向けられた無遠慮な視線。

幼かったわたしの心を蹂躙(じゅうりん)し、狭苦しい精神の牢獄に幽閉した善人たち。

自業自得、という言葉の重さ――。

あの頃のわたしは、一秒でも早くそこから逃げ出したくて、大学進学という口実を作り、ひとり都会へと飛び出したのだった。

あれから三年と少しの時が流れ、わたしは、いま、大学四年生の初夏を迎えている。

そして、一人暮らしの部屋でのんきに激辛カレーを食べ、身体を火照らせているのだ。

遠くから、救急車のサイレンが聞こえてきた。

大丈夫。大丈夫。

あの場所は、遠いんだから……。

わたしは呪文のように何度も「大丈夫」と胸裏でつぶやきながら、ハート形の青い水たまりから視線を剝がし、そのままゆっくりと空を見上げた。

雨上がりの空は濁りがなく、まるでパステルカラーのような明るいブルーの広がりだった。

大丈夫。大丈夫。

ざわつく胸をなだめたくて、わたしはまた深呼吸をした。

そして、窓を閉めた。救急車のサイレンと、あの美しい川の匂いがピタリと消えた。

安物のベッドに寝転がり、少しのあいだ天井を見つめた。

でも、すぐに気分転換をしたくなって、枕元に置いてあったスマートフォンを手にした。寝転んだまま画面を操作し、唐田健太郎くんのＳＮＳのページを開いた。

勝手に「くん」付けにしているけれど、わたしと健太郎くんは知り合いではない。でも、面識はある――、と言っても、いいかな……と思う。

じつは、わたしのアルバイト先の書店に、健太郎くんはときどきお客さんとして姿を見せるのだ。一人でふらりと来店することが多いけれど、同世代の友人たちと一緒に来ることもある。

いらっしゃいませ。カバーはおかけ致しますか？

お願いします。

二〇〇〇円お預かり致します。お返しは、二四〇円になります。

どうも……。

お買い上げありがとうございました。またお越し下さいませ。

これまでに健太郎くんと交わした会話といえば、正直、この程度だ。向こうはきっとわたしの顔をちゃんとは覚えていないだろう。でも、何度か視線が合ったことは、ある。だから面識ゼロというわけではない、と思いたい。

わたしが彼の名前を知ったのは偶然だった。

彼と一緒に来店していた男性が、「おい、からた」と呼びかけたのを、レジでたまま耳にしたのだ。しかも、その男性が着ていたジャージの背中に、有名な美大の名前がプリントされていることに気づいた。

そして、その日の夜、バイトから帰宅したわたしは、さっそく「からた」という呼び名と、美大の名前を併せてネットで検索してみた。すると、どんぴしゃり。まさにその美大に通っている「唐田健太郎」という学生のSNSアカウントがヒットしたのだった。

見つけた……。

わたしは、じわじわ込み上げてくる興奮を抑えながら、念のため、いくつか顔が写っている画像をチェックした。

うん、間違いない。彼だ——。

気持ちが高ぶったわたしは、何の躊躇もなく「フォローする」というボタンを押していた。

健太郎くんのページには、これまでに彼が描いてきた数々の絵がアップされていた。それはデッサンだったり、水彩画だったりするときもあるけれど、メインは油絵だった。

彼が描く油絵は、筆使いも色使いもどこか荒々しくて、ときに大胆ですらある。しかし、じっと眺めていると、絵の奥のほうから繊細さや儚さや優しさが滲み出てきて、それがこちらの心にすうっと真水のように浸透してくるのだ。この感覚は、わたしが今までに味わったことのない、とても不思議なものだった。

とりわけ、わたしは、健太郎くんが描く、海、川、池、雨、田んぼといった「水」のある風景画に強く惹かれていた。どの作品もため息が出るほど瑞々しくて、思わず触れてみたくなる。

はじめて彼の描く「水」と出会ったとき、わたしは脊髄反射みたいにつるつると頬に涙を伝わせた。もともと涙腺がゆるいのもあるけれど、あのときのわたしは、この世界すべてから存在を赦されたような――、とても根源的な安堵を味わっていた気がする。で、それからはもう、健太郎くんの描く絵の虜になってしまったのだった。

そして、今日も、新作がアップされていた。

わたしはスマートフォンを両手で持ち、嬉々として彼の絵に見入った。全体を眺めたり、拡大して細部をじっくり鑑賞したりする。

今回の作品は、夕暮れ時の海をモチーフに描かれていた。

空は石榴のように赤く、凪いだ海にもその赤が溶け広がっている。画面中央から沖に向かって真っ直ぐに延びる白い防波堤は、どこか神々しいような明度で描かれ、そして、その防波堤の上を、若い男女が並んで歩いている。

やっぱり、いい――。

わたしは無意識のうちに嘆息していた。

夕空に塗り込められた濃密な悲しみ。その悲しみをきらきらと弾き返す海原。天国にまで続きそうな防波堤の荘厳。薄暮の空気感には、やわらかさがあるけれど、でも、じっと見詰めていると息苦しいほどの圧力を感じさせもする。

この絵に付けられた健太郎くんのコメントによれば、『これは、まだ未完成です』とのことだった。

「このままでも充分に素敵だけど……」

わたしは誰にともなくつぶやいて、いつものように「いいね」ボタンをタップした。まだコメントを書く勇気はないけれど、せめて応援の意思表示はしたい。ちなみに、わたしは、SNSでの自分のアイコンはイラストにしているし、名前も「cocomin」というハンドルネームを使っているから、健太郎くんには絶対にバレないはずだ（というか、そもそも、リアルなわたしを認識していない可能性が高いけれど）。

わたしは、また、絵を眺めた。

スマートフォンの小さな画面でさえ胸に迫るのだ。もしも実際の絵と対峙できたなら、わたしは、いったい、どんな気分になるのだろう……。

ベッドに寝転んだまま、そっと目を閉じた。

きれいに額装され、大きな壁に飾られた健太郎くんの作品と対峙した自分を妄想して、うっとりしてみる。そして、思わずため息をつきそうになった、その瞬間——、電子音がわたしを現実へと引き戻した。

ピンポーン。

呼び鈴だ。

そういえば今日は、大学で同じゼミの友人、史乃（ふみの）が遊びに来ることになっていたのだった。

「はーい」

返事をしながら起き上がったわたしは、スマートフォンをテーブルの上にそっと置いて、玄関に向かった。

ドアの鍵を外し、押し開けると、いつもどおり子猫を思わせるキュートな笑みを浮かべた親友がこちらを見ていた。

右手をおでこにピタリと付け、敬礼のポーズをとっている。

「お待たせしたでござる」

アニメ、漫画、深海の生物、アングラ系カルチャーなどが好きな、いわゆるオタク系の史乃は、そもそも控えめな性格なので、こういうおどけたノリを見せる相手は、多分、大学ではわたしだけだと思う。そして、それが、ちょっぴり嬉しくもある。

「お待たせどころか、約束の時間より早いじゃん」

「むむむ。たしかに」

おどけた声のまま、史乃は腕時計を見た。

「っていうか、史乃、買い物してきてくれたの？」

「ここに来る途中にスーパーがあるから、ついでにね。はい、ちょっと持ってて」

史乃は左手にぶらさげていたスーパーのレジ袋をこちらに押し付けると、編み上げのブーツを脱ぎにかかった。

今夜は、嬉しいことに、料理が得意な史乃が夕食を作ってくれることになっている。

「ちなみに、何の材料を買ってきたの？」

「ええとね、ラザニアと、カリカリガーリックをかけたサラダの具材――などなどかな」

ブーツを脱ぎ終えた史乃は、勝手知ったるわたしの部屋に上がり込みながら、さらりと言った。

「心美さ」

「ん？」

「おぬし、泣いたな？」

子猫みたいなくりっとした目で、史乃はわたしを見た。

「え……、なに、急に」

「だって、目が腫れてるもん。ほとんど埴輪だよ」

「埴輪って……」

「心美の埴輪顔も、見方によっては可愛いけどね」

「…………」

「否定しないってことは、やっぱり泣いたね？」

史乃はそう言ったと思ったら、ころりと話題を変えた。

「買ってきた食材、貸して。冷蔵庫にしまうから」

「え？　あ、うん」

わたしはスーパーの袋を史乃に返した。すると史乃は、まるで自分の家かのようにキッチンに入り、せっせと食材を冷蔵庫にしまいはじめた。そして、しまいながら話題を戻した。

「もしかして、いとしの健太郎くんにフラれちゃったとか？」

「あのね、彼は、わたしにとって恋愛対象じゃないって何度も言ってるでしょ。っていうか、まだ、まともにしゃべったこともないんだから」

「ふむふむ。じゃあ、まともにしゃべるチャンスがあったら？」

「だから、違うってば。わたしは彼の絵のファンなの」

わたしは「絵の」というところを強調して言った。

「うふふ。ムキになる心美も可愛いぞ」

冷蔵庫の前にしゃがんでいる史乃が、後ろにいるわたしの方を振り向いて、悪戯っぽく微笑んだ。

可愛いのは、あんただよ——、まったく。

わたしは、ため息をつきながら史乃を見下ろしていた。

つやつやした長い黒髪。前髪は眉毛の上でパッツン。色白の童顔。小柄で細くて華奢(きゃしゃ)な身体にフェミニンな服装。そんな容姿のせいで、史乃は同じゼミの学生(とりわけ男子)たちから「姫」と呼ばれ、マスコットのように愛されているのだった。

正直、史乃もわたしも、他人にたいしてあまり自己主張をしない、いわゆる「陰(いん)キャ」に属するはずだけれど、二人の存在感は明確に違っていた。ざっくり言えば、わたしは単純に「陰」で、史乃は「陰のなかの陽」とも言える存在なのだ。

わたしだって昔は——小学三年生の、あのときまでは——「陽キャ」に属していたのだけれど……。

「ねえ心美、ほら、これ」

史乃が、邪気のない笑みで、わたしを見た。

「ん?」

「スーパーにね、めっちゃ可愛い瓶に入ったジンジャーエールがあったから買ってきたの。心美も飲むでしょ?」

言いながら冷蔵庫の扉を閉めた史乃が立ち上がった。右手に薄茶色をしたジンジャーエールの瓶を持っている。

「うん、飲む」

わたしは二人分のグラスと栓抜きを用意して、史乃といっしょに小さなテーブルの前に座った。そして、ジンジャーエールをグラスに注ぎ、お酒でも飲むみたいに乾杯をしたあと、喉を鳴らした。

「んー、生姜(しょうが)がフレッシュな感じで、めっちゃ美味(おい)しい」

わたしが言うと、史乃も「うん、これは当たりだね」と頷き、子猫みたいな目を細めた——と思ったら、また話題を引き戻した。

「で、心美、泣いてた理由は？」

「また、そこに戻るか」わたしは大げさに嘆息したフリをして言った。「午前中に読んだ小説に感動して、泣いたんだよ」

「ほんと、それだけ？」

「史乃に嘘をついてどうする？」

わたしは苦笑した。

「なるほど、読書で号泣ですか。さすが、涙腺ゆるゆるな肉体労働者だねぇ」

「その肉体労働の世界にわたしを引きずり込んだのは誰だっけ？」

「てへ、どうもすみません」

てへぺろ。こういうベタな仕草も、史乃がやると少しも嫌味にならないのがいい。というか、ちょっぴり羨ましい。

「史乃のせいで、わたしの二の腕、絶対に筋肉で太くなった気がするんだけど」

「あはは。それはウケる」

「こら、加害者が笑うな。わたしは清楚でおしとやかな文化系女子を目指してたのに」

わたしたちは同じ文学部・国文学科の四年生で、当然ながら本が大好きな人種だ。で、その好きな本を売る仕事（書店でのアルバイト）を先にはじめていたのは、じつは史乃だった。ところが史乃は三ヵ月と持たずに音を上げた。書店員の仕事は肉体労働が多いから、史乃の華奢な身体が参ってしまったのだ。そして、ちょうどそんなときに、わたしはうっかり史乃にこんなことを言ったのだった。

「本に囲まれた書店のアルバイト、楽しそうでいいなぁ……」

これを聞いた史乃は、まさに「渡りに船」とばかり、わたしを勤め先の書店へと連れていき、代役として押し込むことで、自分はひと月後にすんなり円満に退職したのである。

当時は、「この裏切り者め」と史乃に（冗談で）悪態をつきまくっていたけれど、いまとなっては感謝しかない。書店員という仕事は、わたしの性に合っているし、そのおかげで健太郎くんにも出会えたのだから。

「あ、そういえば史乃、近代文学史のレポート書けた？」

ジンジャーエールのお代わりをグラスに注ぎながら、わたしは訊いた。すると史乃は、くりくりの目をいっそう見開いた。

「うん。わたし、途中まで書いたんだけど、後半で行き詰まってるんだよね」

「近代文学史？」

「えっと、えっと、えっと――」

急にあわあわしはじめたと思ったら、史乃はムンクの「叫び」みたいに両手で自分の顔を挟んだ。

「わ、わたくし、レポートがあることすら忘れておりました」

「はっ？　なにそれ。嘘でしょ？」

「いいえ。わたくし、人生で一度も嘘をついたことがありません」

史乃はしれっと嘘をついて舌を出した。

「提出日、明後日（あさって）だよ」

「やっぱーい。心美、お願い、レポート写させて。途中まででもいいから」

「えー、わたしは史乃を頼りにしてたのに」

そうしてバタバタしはじめたわたしたちは、その夜、徹夜で一緒にレポートを仕上げよう、ということになったのだった。

＊＊＊

料理上手な史乃が作ってくれたラザニアとサラダは、わたしの予想の三倍くらい美味しかった。

満腹になったわたしたちは、順番にシャワーを浴びて、それぞれわたしの部屋着に着替えると、小さなテーブルに向かい合って座った。そして、共同戦線を張ってレポート作成に取り掛かった。

「ねえ、導入のところだけ、心美の文章をパクっていい？」

さっそく史乃が、史乃らしいことを言いはじめた。

「駄目に決まってるでしょ」

「えー、大丈夫だよ。あの教授、いつもぼうっとしてるし。語尾はちゃんと変えるからさ」

「そういうのを『ちゃんと』って言わないんですけど。内容は似ててもいいけど、絶対にバレないようにしてよ」

「ちぇっ。鬼め。いつか退治してくれよう」

「オタクな桃太郎か」

くだらない会話を交わして笑い合いながら、わたしたちはこつこつと言葉を連ねていった。わたしはパソコンで。史乃はスマホに入力している。

ひとりで書いていた昨日までは、なんて退屈な課題だろう、と思っていたのに、史乃と一緒に、ああだ、こうだ、と言い合いながらやっていると、これはこれでひとつの「小さな幸せ」なのではないか、とさえ思えてくる。

「うーん、バレないようにパクるっていうのも、なかなか難しいもんじゃのう……」

鼻に上唇をくっつけた「変顔」でスマホの画面を見下ろした史乃。そんな彼女を眺めながら、わたしは、ちょっと感慨深いような、穏やかな気持ちになっていた。

あらためて史乃の存在の大きさを噛み締めていたのだ。

小・中学生の頃、意外にも、史乃はクラスでいじめにあっていたという。「心美にしか話せないけど……」と、泣きながら告白してくれた灰色の過去は、聞けば聞くほど残酷かつハードなものだった。

これまで史乃は、傷ついて、傷ついて、傷つきまくって、いまの優しい史乃になったのだ。そして、史乃はいま、わたしの心の絆創膏になってくれている。しかも、それは鎮痛効果まで兼ね備えた、とてもハイスペックな絆創膏だ。

「ねえ、心美」

ふいに、史乃が顔を上げた。

「ん？」

「文豪たちが書いた作品ってさ、やっぱりそれぞれの生い立ちによる影響が大きいんだねぇ」

わたしの書いたレポートと関連資料を読んで、しみじみそう思ったらしい。

「まあ、そうみたいだね」

「なんか、人ってさ、それぞれ生まれたときから恵まれていたり、逆に不幸だったりもするけど、でも、その環境があったからこそ作家になって、しかも、その生い立ちが作品に色濃く反映されたりもするわけじゃん？」

「うん……」

史乃は、いったい何を言いたいのだろう？

なんとなく、わたしがそう思っていると、くりくりの目が、まっすぐにわたしを捉えた。

「心美ってさ」

「ん？」

「家族とか地元のこととか、あんまり話さないよね」

「…………」

そうきたか。ふいの言葉に、わたしの心臓は一瞬だけ軽くキュッと握られたようになった。

「わたしが聞いたのは……たしか、海と山がある田舎から出てきて、実家は老舗（しにせ）の温泉旅館で、でも、遠いからほとんど帰省はしなくて――」

「うん」

「一人っ子なんだよね？」

「まあ」少しためらいがあったけれど、わたしは「うん」と頷いた。嘘では、ない。

「ご両親から、旅館を手伝ってくれとか、後を継いでくれとかって言われないの？」

「そういうのは、ないかな」

事実、後継ぎになれと言われた記憶はない。でも、いつかは母のような「女将（おかみ）」になるのかな、と思っていたことはあった。小学三年生のある時期までは、だけど。

まっすぐな史乃の視線。

それが、少し痛かったから、わたしは言った。

「なんか、喉が渇いたから、紅茶淹れるね。史乃も飲むでしょ？」

言いながら立ち上がった。

「あ、うん、飲む。わたしのは、お砂糖入れてね」

「オッケー」

これで会話の流れは変えられたかな、と思ったのだけれど、史乃の好奇心はしっかり持続していた。

「ねえ、心美のご両親って、どんな人？」

キッチンに立ったわたしに、史乃は質問を投げてきた。

「どんなって、まあ、ふつうの人だよ」

「ふつう？」

「うん。ふつうの田舎もんってこと」

わたしは史乃から視線を外し、紅茶を淹れる準備をしながら、適当な感じで返事をした。

「あんまり連絡を取り合ったりしないの？」

「うちは、しない方かな」

「どうして？」

連絡を取り合わない理由——。

史乃に嘘をつくのは、なんだか嫌だったので、わたしはなるべく表情を変えず、紅茶を淹れながら淡々と答えた。

「わたし、両親と、あんまり仲良くできなくてさ」

「…………」

急に、史乃が黙ったので、わたしは顔を上げて言い足した。

「あ、でも、絶縁状態とかじゃないから。ただ、なんて言うかな……いまいち反りが合わないっていうか、そんな感じ。だから、いまみたいに少し距離をとって暮らしている方が、お互いに気がラクだと思うんだよね」

「ふむふむ、なるほど」

と二度頷いた史乃は、少し心配そうな目でこちらを見た。

史乃は、わたしの人生ではじめて出来た「親友」だ。それでも、いま、わたしが話せるのは、ここまでだった。

ふいに、二人のあいだに小さな沈黙が降りた。

わたしは、黙ってカップに紅茶を注いだ。

注ぎ終えたとき、史乃は、ひとりごとみたいに言った。

「人生いろいろってやつですな」

優しい史乃は、察してくれたようだった。

その優しさに甘えたわたしは、何も答えないまま二人分の紅茶をテーブルまで運んだ。

「はい、お待たせ」

「わあ、いい匂い。わたし、アールグレイ大好き」

紅茶の香りをかいだ史乃が目を細めた。

「わたしも、好きだよ」

それからしばらくのあいだ、わたしたちは課題のレポートから離れて、紅茶と軽めの会話を楽しんでいた。

するると、ふいに史乃がハッとした顔をした。

「なに、どうしたの？」と、わたし。

「忘れてた。っていうか、思い出した」

「だから、何を？」

「ええと、じつはですね」

と言いながら、史乃は手にしていた紅茶のカップをテーブルに置いて、あらたまったようにわたしを見た。

「わたくし、ようやく――」

今度は、わたしがハッとする番だった。

「えっ、もしかして、もらったの？」

「はい。なんとか頂くことが出来ました。夢にまで見た『内々定』というやつを」

「わあ、よかったじゃん。おめでとう」

わたしは心からの祝意を込めて、そう言った。でも、言いながら、自分の胸の奥の方に、小さな灰色の靄がうずまきはじめていることにも気づいていた。

「どこの会社？」

「えっと、例の、面接官がキモかった住宅メーカー」

「ああ……」

セクハラじみた質問をしてくる面接官がいたと、以前、史乃が言っていたのを思い出した。

「本当は、あんまり行きたくない会社だけど」

「でも、落ちるよりずっといいじゃん」

「まあ、そうだね。とりあえず、少しホッとしたし。でも、わたしもまだまだこれからだから、心美も一緒に頑張ろうぜ」

「だよね。わたしも引き続き頑張らないと。はあ……」

自分を鼓舞するつもりが、うっかり小さなため息をこぼしてしまった。

わたしたち四年生が企業から内々定をもらえるのは、六月がもっとも多いとされている。しかし、周りをよく見てみると、五月の現時点ですでに内々定をもらっている同級生がけっこういるのだ。

颯爽(さっそう)とスーツを着こなして、二次、三次、四次、そして役員面接へと駆け上がっていくライバルたちの背中。一方のわたしはというと、いまのところ一次面接であっさり弾かれるという「大敗」がほとんどだった。正直、二次に行けたらそれだけで御(おん)の字(じ)といったレベルだ。

わたしが通っている大学は、一流とはいかずとも、二流には数えられるだろうし、学内でのわたしの成績は、トップの二〇パーセントには入っている。もちろんスーツを着るときは清潔感を意識しているし、周囲と比べてとくに遜色があるとは思っていない(美人ってワケじゃないけど)。

ということは、つまり、企業側は、わたしの知性ではなく、人間性に問題があると判断して不合格にしているのだろう。そう思うと、なんだか落ち込みそうになってくる。

というか、すでに落ち込んでいるのかも知れないけれど……。

「ねえ、ちょっと、そんなに暗い顔しないでよ」

史乃に言われて、ハッとした。

「え？ あ、ごめん」

「大丈夫だって。心美は優秀なんだから、最後はきっと行きたい会社に受かるよ」

史乃がにっこり笑って、また絆創膏になってくれた。

「うん……」

正直いえば、わたしは、行きたい会社でなくても構わないと思っている。どこかに引っかかってくれれば、それでいいのだ。とにかく、都内で就職先を見つけて、「田舎に帰る」という選択肢を潰すこと。それが最優先。両親と一つ屋根の下で暮らすのが息苦しくて、あの町のすべてが重圧そのもので、そこからやっとのことで逃げ出せて、そして、いま、ようやく心穏やかでいられる日々を手に入れたのだから。

「ああ、早く内々定、欲しいなぁ……」

心の底からあふれ出した本音を、わたしは無意識につぶやいていた。

そういえば、半年ほど前に、実家の母から電話がかかってきたとき、わたしは正直に伝えたのだった。「都内で就職するつもりだから」と。すると母は、いつもの淡白な口調で「ふうん、いいんじゃない？」と言った。このとき、わたしは聞き逃さなかった。母の声のなかに安堵の響きがあることを。つまり母は、今後もわたしと離れて暮らせることにホッとしているのだ。電話の相手が父だったとしても、きっと、母と同じ反応をしたに違いない。

「ねえ心美」

「ん？」

「まだ五月なんだから、そんなに深刻な顔をしないの」

元気づけるように言って、史乃は苦笑した。

「わたし、そんなに深刻な顔してた？」

「してたから言ったんでしょ？」

「そっか……」

「ほら、また」

「あはは。とにかく、わたし、もっと面接のイメトレをやるわ」

「心美は、あんまり面接が得意そうじゃないもんね」

「めっちゃ苦手だよ。相手に品定めされてるなって思うと、ガチガチに緊張しちゃうし」

考えてみれば、わたしが面接を苦手とするのは当然なのだ。なにしろ、ほんの三年ほど前まで、人の少ない田舎の片隅で、ほぼ引きこもり状態で暮らしていたのだから。

「誰だって緊張はするけどね」

「史乃も、緊張する？」

「しますよ、そりゃ。毎回、心臓バクバクですよ」

「そっかぁ」

「でも、とにかく笑顔だけは忘れないようにしてるかな。人ってさ、笑顔を浮かべているだけで、多少なりとも緊張がほぐれるんだって。あと、笑顔ってさ、相手に伝染するらしいんだよね。だから、まずは自分が笑顔を浮かべて、相手も笑顔にさせて、笑顔の人を相手に面接を受けるわけ。相手がニコニコしてれば、こっちの緊張もほぐれるじゃん？」

「それ、めちゃくちゃいい話だと思うけど」

「けど？」

「前にも聞いた」

聞いたからこそ、わたしは毎朝こっそり鏡の前で「笑顔の練習」をしているのだ。我ながら、つくづくけなげで哀しくなってくるけれど。

「ひゃー。すでに言ってたか、このネタ」

「うん。しかも、今回で三度目」

「わたし、健忘症なのか？」

「あはは。そうかもね。でも——」

「………」

「ありがと。何度も言ってくれて嬉しいよ。それと、本当におめでとう」

あらためて、気持ちをまっすぐ言葉にしてみたら、なんだか目の奥がじんと熱を持ちはじめた。わたしは涙腺がゆるすぎる。

「なんで、いきなり心美がうるうるしてるわけ？　ちょっと、やめてよ」

「あはは。なんでだろう。自分でもわからないや」

本当に、わからない。わからないけど、涙が滲む。

自分の感情を自分で理解できないというのは、二十歳をすぎてもふつうにあるらしい。

目頭を指でぬぐったわたしを見て、史乃は冗談めかして言った。

「おぬし、ただの埴輪からスーパー埴輪に変身したいんか？」

「埴輪はいいけど、スーパーまでいくのはイヤ……」

泣き笑いみたいに言ったわたしは、おもむろに立ち上がると、出窓に置いておいた本を手に取り、それを史乃に差し出した。

「はい、これ」

「え、なに？」

「わたしを埴輪にした小説」

「おお、これが。っていうか、プルーフじゃん。懐かしいなぁ」

「でしょ？」

プルーフとは、出版社が本を正式に出版する前に、営業ツールとして少部数だけつくる「簡易版」の本のことだ。カバーも帯もついていないし、表紙の印刷も本番とは違う場合が多い。出版社は、このプルーフをめぼしい書店に配り、書店員に発売前に読んでもらう。そして、読んだ書店員が、感動したり、売れると判断したりしたら、本番が発売になったときに、その書店の棚で大きく展開される、というわけだ。

「タイトルは『さよならドグマ』っていうんだね」

「うん」

「しかし、心美を泣かせるとは、罪な本じゃのう」

史乃は、わかりやすいほど「興味あり」の目をしてパラパラとページをめくった。

「プルーフでよければ貸すけど？」

「ううん。心美が泣くほどいい本なら、本が出たときに自分で買って読むよ」

「もう出てるよ。数日前から棚に並んでる」

「あ、そうなんだ」

「わたしも一冊買って、バイト先に置いてあるの」

「なんでバイト先に？」

「明日、この本の著者が来店してくれるんだよ」

「えーっ、すごい。サイン本を作りに？」

「うん、そう」

「おお、テンション上がるね」

「でしょ」

「あ、でもさ、あの店、いわゆる大型店じゃないし、文芸書の売り場が広いわけでもないのに、わざわざ著者が来るなんて珍しいよね」

「ああ、それ、わたしも思ったんだけど——、なんかね、この本の担当編集者にとって、うちが『思い出の店』なんだって。店長が言ってた」

「思い出の、店？」

と史乃が小首を傾げる。

「うん。著者と編集者が意気投合した記念がどうとか言ってたけど……」

「ふうん」

「まあ、詳しいことまでは聞いてないんだけど、とにかく――、せっかく著者が来店するなら、わたしの分もサインしてもらおうかなと思って、一冊だけ取り置きしておいたんだよね。よかったら史乃の分もサインもらっておこうか?」

「うん、もらう!」

「オッケー」

「やった。でもさ、埴輪になるほど感動した小説の著者と会えるなんて、心美、よかったね。創作秘話とか、いろいろ訊けちゃうじゃん」

「うん。まあ、でも、緊張しちゃいそうだけど」

「だから、そういうときこそ」

「笑顔、ですね」

「正解。よく出来ました。うふふ」

史乃は、まさにわたしのお手本となるような、愛嬌たっぷりの笑みを浮かべると、カップの底に残っていた紅茶を幸せそうに飲み干した。

＊＊＊

明け方までかかって、わたしたちは何とかレポートを書き終えることができた。

徹夜が苦手な史乃は、「終わったぁ……」と、魂の抜けたような声を出すと、そのままパタンと床に寝そべった——と思ったら、それから十秒もせずに寝息を立てはじめた。

わたしは二つ折りにした座布団を史乃の頭の下にそっと押し込み、掛け布団をかけてやった。

「さてと」

と、つぶやいたわたしは、歯を磨き、簡単なスキンケアをして、ベッドに潜り込んだ。

リモコンで部屋の照明を落とす。

長時間、頭を使いすぎたせいか、まだ目が冴えているので、スマートフォンを手にした。最初に開いたのは、もちろん健太郎くんのＳＮＳのページだ。さすがに、まだ「絵」の更新はなかったけれど、短文だけの投稿がアップされていた。

すぐに、その短文を目で追った。

と、次の刹那(せつな)——、

え、嘘……。

胸の内でつぶやいたわたしは、その短文を、三回、読み返した。

やっぱ俺、絵描きにはなれない？

人の夢って書いて「儚い」なんだってさ……。

投稿欄には、その二行だけが書かれていた。

わたしは投稿時間をチェックした。

四時三七分、とある。

現在の時刻は、午前四時三八分。

ほんの一分前の投稿だ。

健太郎くんは、いま、きっと起きている。

このSNSを見てる。

わたしは想いを馳せた。二行の文章を見詰めながら。

いま、彼は、きっと一人ぼっちで未来を想い、鬱々とした気持ちと闘っているのだろう。

薄暗い部屋のなかで膝を抱えている健太郎くんの姿が、勝手にわたしの脳裏に浮かび上がってくる。

何か、わたしにしてあげられることは無いかな？

考えてみても、何も思い浮かばない。

そもそも彼にとって、わたしは「他人」なのだ。

書店員と、お客さん。

レジ台の向こうとこっちの距離は、近いようで遠い。

SNSでも、わたしはただのフォロワーでしかない。まさか、この投稿に「いいね」を押すわけにもいかない。

わたしはスマートフォンを枕元に置くと、真っ暗な天井を見上げたまま、しばらくあれこれ考えていた。

やがて、目を閉じた。

すると、まぶたの裏に、健太郎くんの絵がチラつきはじめた。

石榴みたいに赤い空と海。神々しく輝く防波堤。その上を歩く若い男女の背中。

すう……、すう……、と史乃の寝息が部屋の暗闇を漂う。

わたしは、まんじりともせず、寝返りを繰り返した。

そして、窓の外からスズメのさえずりが聞こえてきた頃、ようやく背中からずぶずぶと布団に飲み込まれ、意識もろとも眠りの世界へと沈んでいった。

＊＊＊

今日は昼過ぎからバイトに入ったのだが、雨が降り出したせいか、お客さんの入りが少なかった。

こんなときこそ――と、わたしは、気になっていた文芸書の棚の整理をしつつ、店長に頼まれた品出しにもいそしんでいた。

すると、後ろから肩をチョンと突かれた。

「白川さん、いま、涼元先生がいらしたって」

「え――」

振り返ると、パートの大先輩のおばさんがバックヤードの入り口を指差していた。

「あ、はい。すぐに行きます」

わたしはくるりと踵を返すと、足早にバックヤードへと向かった。

この書店のバックヤードは、事務所と倉庫が入り混じったような乱雑な場所だけれど、それでも来客用の小さな応接室がひとつだけある。

その応接室の前に立ったわたしは、手ぐしで髪を整え、ブラウスとエプロンの裾を引っ張ってシワを伸ばし、ひとつ咳払いをした。そして、ドアを軽くノックした。

「はーい」

なかから、店長の与田さんの太い声が聞こえたので、そっとドアを押し開けた。

「失礼します」

と言いながらなかに入ると、にこやかな若い女性と無精髭の中年男がテーブルに着いて店長と雑談をしていた。

「あの、はじめまして。文芸書の担当をしております、白川です」

わたしが挨拶をするのとほぼ同時に、若い女性が立ち上がって、名刺を差し出してくれた。慌ててわたしもエプロンのポケットから名刺を取り出し、交換させて頂いた。

東西文芸社　出版部　第一編集部　津山奈緒
名刺にはそう書かれていた。

「涼元先生の担当の津山です。宜しくお願いします」

「は、はい。宜しくお願いします」

津山さんに会釈をして、すぐに無精髭の中年男の方を見た。

すると、わたしよりも先に、男が口を開いた。

「ども」

あまりにも短い挨拶に不意を衝かれたわたしは、

「え？　あ、どうも、宜しくお願い致します」

と、しどろもどろになってしまった。

この人が、あの『さよならドグマ』を書いた涼元マサミ先生なのか……。

人間味あふれる作品のテイストとは、ずいぶんとイメージが違う気がするけれど、でも、よく見ると服装もスタイリッシュだし、目尻のシワは優しげでもあるし、小説家っぽいオーラを感じる――ような気もするけれど、気のせいだろうか。

「じつは、この白川さんがプルーフを読んで、先生の作品にとても感動したそうなんです。で、ドーンと平積みにして売りたいって、私にごり押ししてきたんですよ」

店長が涼元先生に向かってそう言った。

たしかに、わたしはプルーフを読んだし、感動もした。店長に「きっと売れると思います」とは言ったけれど、ごり押しをしたことなど決してない。

店長って、けっこう話を盛る人だったんだ――。

意外な店長の一面に小さな驚きを感じていたら、少し目を細めた涼元先生がわたしを見た。

「プルーフ、読んでくれたんだ」

「あ、はい」

「ちなみに、どんな感想を持ってくれたの？」

本物の小説家が、わたしに話しかけている。しかも、めちゃくちゃ気さくな感じで感想を訊いてきた……。

幼少期からずっと読書が好きだったわたしにとって、小説家などという人種は、それこそ雲の上の人だったし、本当に存在するのかな、なんて考えたこともあるくらいだ。

「え、ええと――」

完全にのぼせていたわたしは、声が震えないよう心を砕きながら答えた。

「主人公の真衣ちゃんの、まっすぐで勇気ある行動に、何度も鳥肌が立ちました」

「うん」

「しかも、冒頭からピンチに陥っていたので、読みはじめてすぐに目が離せなくなって、それから最後まで、何度も泣きながら真衣ちゃんを応援していました」

言いたいことの一パーセントも言えていないけれど、それでも、とにかく著者に直接、感想を伝えることができた。

「主人公を応援してくれたのは嬉しいなぁ」涼元先生は、そう言って腕を組んだ。

「で、読了したときの気分は、どんな感じだった?」

「最高でした。読み終えて本を閉じたとき、思わずその本を胸に当ててため息をつきました。なんだか、わたしも少し未来に希望を持てるような気がして、もっとチャレンジしていいかもって、そう思いました」

変にハイになっていたわたしが言うと、今度は津山さんが口を開いた。

「先生、よかったですね。さすが、書店員の白川さんは最高の読み手ですね」

「うん」と頷く涼元先生。

「いや、そんな……、わたしなんて」

照れ臭さと恐縮が入り混じって、わたしは首をすくめた。そして、ふと、大事なことを思い出した。

「あ、あの――、わたしと友人が購入させて頂いた本に、それぞれ為書(ためが)き入りのサインを頂いても……」

わたしの分と、史乃の分だ。

「もちろんですよ」

津山さんがサクッと答えてくれた。

すると、津山さんの隣に座っている涼元先生が、眉をハの字にして言った。

「なんで、キミが答えるわけ？」

「だって、先生が嫌だって言うはずないじゃないですか」

「あのねぇ……」と涼元先生は、苦笑しながら小さく嘆息した。そして「そりゃ、もちろん書くけどさ。で、本は、どこ？」と小首を傾げた。

わたしは、あらかじめこの応接室の隅っこに置いておいた二冊の本を手にして、先生の前にそっと置いた。そして、その本の横に、わたしと史乃のフルネームを書いた紙を添えた。

「白川心美と松田史乃です。下の名前まで、いいでしょうか？」

「うん、いいよ」

涼元先生はカバーのついた表紙をめくると、見返し紙にわたしたちの名前とサイン、そして今日の日付も入れてくれた。

「はい。ありがとう」

サインをしたページを開いたまま、涼元先生が本を差し出してくれた。

「こちらこそ、ありがとうございます」

わたしはサイン本をもらえた嬉しさに昂揚して、思わず口を開いていた。

「じつは、わたし、この本の装丁も大好きで。イラストも、デザインも、すごくお洒落で素敵なので、自宅の本棚に面出しで飾ろうと思っています」

すると、涼元先生と津山さんが顔を見合わせて破顔した。

そして、津山さんが言った。

「先生、これは青山さんに伝えなきゃ、ですね」

「うん。なるべく早く伝えておいてよ」

「はい」

「青山さん？」

と、わたしは首を傾げた。

「この本の装丁デザインをして下さった方です」

津山さんがそう言うと、続きを店長が口にした。

「この業界では有名な、大御所デザイナーさんだよ」

「そうなんですか。すごく綺麗なカバーですよね」

そう言ったとき、ふと、わたしは気づいた。

いま、わたし、あんまり緊張してない――。

きっと、涼元先生と津山さんが微笑みながら話してくれるから、心がリラックスしはじめているのだろう。

昨夜の史乃の言葉を思い出した。

笑顔の効果――。

わたしは、自分の口角を意識してキュッと上げた。

毎朝、鏡の前で練習している、理想的な笑みを浮かべてみたのだ。

そして、言った。

「ヒロインの真衣ちゃんのモデルって、実在するんですか？」

すると、涼元先生は「まあね」と、なぜか少し照れ臭そうな顔をした。

「ちなみに、その方というのは？」

「あはは。それは内緒だよ」

「えー、気になりますけど、でも、そうですよね」

わたしは口角を上げたまま、心から残念がった。そして、さらに思い切って質問を続けてみた。

「あの、先生」

「ん？」

「どうやったら、あんなに感動的な物語を書けるんですか？」

「いきなり難しいことを訊くね……」

涼元先生は、笑顔のまま眉をハの字にした。

すると、なぜか津山さんが代わりに答えてくれるのだった。

「以前、涼元先生がおっしゃっていたのは、誰の心にもあるもやもやした感情とか、胸が痛くなるほどの悲しみとか、そういう本来は受け入れたくない感情を、素直に『自分のなかに、ある』って認めて、味わって、それをまっすぐ物語に落とし込んでいくことが大事だって。ね、先生？」

「だからさぁ、白川さんは俺に質問してくれたのに、なんでキミが長々と答えるわけ？」

「えへへ。すみません」

叱られたはずの津山さんは、ぺろりと舌を出して笑った。

この二人、なんだか夫婦漫才のコンビみたいだ。小説家と担当編集者というのは、ここまで近しい関係になるものなのか？　あるいは、この二人が特別なのだろうか？

ちょっと羨ましく思いながら、わたしはエプロンのポケットに用意しておいた手帳を開いて、さらに続けた。

「物語の終盤で真衣ちゃんが言っていた、『わたしの人生は、雨宿りをする場所じゃない。土砂降りのなかに飛び込んで、ずぶ濡れを楽しみながら、思い切り遊ぶ場所なんだよ。あなただって、本当は、そうしたいんでしょ？』っていう台詞、鳥肌を立てながら、この手帳にメモしちゃいました」

いま、読み返しても、この台詞には鳥肌が立つ。まるで、わたしに向かって言われたような、そんな気分になるのだ。

「嬉しいね。その台詞は、俺も気に入ってるんだよ」

言いながら涼元先生が、わたしの方に拳を伸ばしてきた。

え――、と一瞬、困惑したけれど、わたしは口角をいっそう上げて、その拳に、わたしの拳をチョンとくっつけた。

それは、「書き手」と「売り手」が仲間になれた証しのグータッチのようで、わたしの胸の内側に、ふわっと炎が灯された気がした。

「じゃあ、白川さん、そろそろいいかな？」

店長が、わたしを見て言った。

「え？　あ、はい。すみません。ちょっとしゃべりすぎちゃいました」

「いえいえ。素敵な感想をもらえて、元気が出ました」

津山さんがそう言って、予想通り涼元先生が、

「だから、なんでキミが答えるかね」

と、苦笑する。

やっぱり、いいコンビだ。

それからは、流れ作業で先生のサイン入れがはじまった。

冊数は、二〇冊。

まず、津山さんが本の表紙を開いて先生に手渡し、先生がサインを書いて店長に渡す。店長は、インクが移らないよう、間紙(あいし)を挟んでわたしに手渡す。わたしは、受け取った本を積み上げていく。

一冊、また一冊と、涼元先生の心のこもったサイン本が仕上がっていく。わたしはその様子を眺めながら『さよならドグマ』の内容を反芻(はんすう)していた。

この小説を読んでいるとき、わたしは自分とふるさとの関係を重ね合わせていた。実家で「雨宿り」をするのではなく、みずから都会へ飛び出したわたしを、この小説は肯

定してくれている――、そんな気がしていたのだ。しかし、よくよく考えると、その逆もまた然(しか)りで、実家から逃げ出したいまの生活こそが「雨宿り」だと捉えると、わたしにとってのこの小説の意味合いは、一瞬にして真逆になってしまう。『さよならドグマ』は、読み手によって様々な感じ方、捉え方ができる小説なのだ。しかも、どんな読み方をしたとしても、結果的には、不変かつ普遍的なメッセージが、心の核(コア)にまで沁み入ってくる。

あなたは、つながっているから大丈夫。だから安心して、思い切って、あなたらしく生きてね――。

そんな寛容さであふれたメッセージだ。
涼元先生がこの本に込めた想いは、きっと多くの人の心に刺さる。わたしはただのアルバイト店員だけど、ヒットの予感にときめいてすらいた。いや、予感というより、それは確信に近いものだと思う。

＊＊＊

サイン本作りが終わり、涼元先生と津山さんが帰った。

二人を店の外まで見送ったわたしと店長は、いったん応接室へと戻った。テーブルの上には、いま書いてもらったばかりのサイン本が山になっている。

「なんだか、今日の白川さん、イケイケだったね」

店長が、わたしを見て言った。

「えっ、そうでしたか？」

そうだったことは、自分がいちばん分かっているのだけれど、わたしは照れ隠しでそう答えた。

「うん、すごくいいと思うよ。ずっとニコニコしててさ。涼元先生にも、すっかり気に入られたね」

「いやぁ、そんな……」

「白川さんの感想を聴きながら、先生、めちゃくちゃ嬉しそうな顔をしてたし」

「だったら、よかったです。でも、なんか、しゃべりすぎちゃったかなって、少し反省していたので」

「あはは。それは平気だよ。で、この二〇冊だけどさ」

店長は、テーブルの上に積まれているサイン本を見た。

「あ、はい」

「入り口右手の新刊の平台に十冊、残りは、国内文芸の棚の面出しと平積みでいこうか」

「はい。わたし、やっておきます」

「うん。頼むよ」

「あっ、あと、店長」

「ん？」

「津山さんから頂いたパネルの他に、わたしがＰＯＰを作ってもいいですか？」

「おお、やる気があるね。もちろんいいよ」

「ありがとうございます」

「じゃあ、あとはよろしく」

「はい」

店長が応接室から出ていった。

サインが入った二〇冊の『さよならドグマ』の山を見た。

わたしは「ふうっ」と決意の息を吐いた。

とにかく、素敵なＰＯＰを作らなくちゃ。

美しく、そして、センスよく。

なにしろ、この本と出会って欲しい人は、才能の塊（かたまり）みたいな美大生なのだ。ダサい

ＰＯＰでは、気づいてもらえないか、気づいてもスルーされてしまうかも知れない。

「他人」のわたしでも、してあげられること――。

やっと、見つけた。

＊＊＊

水曜日は、朝から大荒れで、横殴りの雨が世界を叩いていた。

そんななか、わたしは一限だけの授業のために、律儀にも大学へと行き、お昼前に帰宅した。

「もう、どんだけ降るの……」

玄関でびしょ濡れになった靴を脱ぎながら、わたしはひとりごちた。折りたたみ傘が守ってくれたのは腰から上だけで、下半身は絞れば水がしたたりそうなほどだった。

薄暗い部屋に上がり、照明を点けた。

濡れた服が肌に張り付いて気持ちが悪いので、さっさと部屋着に着替える。

出窓の遮光カーテンを開けると、目の前のガラスが、ザザザザァ、と音を立てた。

暴力的な雨が打ち付けてきたのだ。

これはもう「嵐」だよね――。

そう思ったとき、インターフォンが鳴った。

「はい」

「こんにちは。宅配便です」

この荒天のなか、本当に大変な仕事だなぁ、と思いつつ、わたしはひと抱えほどある段ボール箱を受け取った。

伝票の依頼主の欄を見ると、父の名前が書かれていた。でも、筆跡は母のものだった。

段ボール箱はびしょ濡れで、玄関から部屋へと運ぶあいだに、ぽたぽたとしずくがこぼれた。

やれやれ、と思いつつ、わたしは濡れた床と段ボール箱をタオルで拭いた。

箱の中身は、だいたい予想がついている。

それでも一応、ガムテープを剝がして、なかを確認した。

レトルトや缶詰などの食べ物。とくに美味しくもない地元の銘菓。ビタミン剤や健康食品の類(たぐい)。そして、実家の温泉宿で土産物(みやげもの)として売られている「温泉の素」がどっさり。

まさに予想通りの中身だった。毎度、このパターンなのだ。多すぎる「温泉の素」は、お風呂が好きな史乃に分けてあげようと思う。

そういえば、無口で堅物の父は、昔から口癖のようにこう言っていた。

「うちの温泉は万病に効くし、毎日ゆっくり浸かれば病気にならない」

それを受けた母も、したり顔でこう言うのだ。

「そうよ。ちゃんと成分を調べてもらってるんだから」

しかし、残念ながら、当の父は昔から気管支が弱くて喘息ぎみだし、胃潰瘍で入院したこともある。母もまた高血圧なうえに疲れやすく、よく風邪をひく。子宮筋腫の手術をしたこともあるのだ。

温泉宿の主人と女将がそれじゃ、説得力がないよ――。

わたしは、そう思っていたけれど、反駁してもめるのは面倒だから、いつも「ふうん」と適当に流してきたのだった。

よくテレビドラマなどでは、実家から一人暮らしの息子にずっしりと重たい段ボール箱が送られてきて、開けてみると実家の畑で採れた野菜やら手編みのマフラーやらが入っていて、しかも、土のついた母からの手紙があって、それを読んだらホームシックで泣いちゃって――なんていうシーンがあるけれど、うちにはそういう感覚がまったくない。むしろ、開けた段ボール箱のなかからは、淡白で、よそよそしい匂いが漂ってくるくらいだ。

狭い田舎で生きているわたしの両親は、ことさら世間体を大事にする人たちだ。だから『私たちは、ちゃんと娘のことを心配しているんですよ』という、ある種の対外的なポーズとして、時々わたしに色々な品を送っているのではないか、と思うことがある。そして、そんなふうに思ってしまう自分が哀れであるという自覚も、わたしには、ある。

もしも、家族に愛されて育った史乃にそんなことを言ったなら、きっと「それは、ひねくれた考え方だよ」とたしなめられるだろう。でも、事実として、うちにはそういうところがあるのだから仕方がないのだ。

それと、身も蓋もない本音を言ってしまうと、一人暮らしをしている身としては、わたしの生活をまったく知らない母が適当に見繕った物よりも、むしろ現金を振り込んでくれた方がずっとずっと有用で助かるし、ありがたい。とはいえ、ちゃんと荷物を受け取ったことと、お礼くらいは伝えなければならない——、ということも、わたしは知っている。

だから、渋々ながらではあるけれど、わたしはスマートフォンを手にしたのだった。

そして、部屋の真ん中にぺたんとお尻をついて座り、二回、深呼吸をしたあと、母の番号をコールした。

一コール、二コール、三コール……。このまま出なくてもいいよ。留守電にお礼だけ録音しておくから。胸の内でそう思っていると、

「はい、もしもし」

五コール目で、母の声がした。

「あ、わたし。心美だけど」

「ああ」

低い声で、ああ――、ってなに？

この突き放されたような受け答えはいつものことなのに、毎回、わたしの内側は鈍く痛む。

「えっと、さっき色々と入った段ボール箱が届いたから、お礼を言わなくちゃと思って電話したんだけど」

「べつに……、わざわざ、いいのに」

だよね。わたしの声なんて聞きたくないよね。

「うん、でも、ありがとうございます」

「はいはい」

ふいに生じた短い沈黙。

「あ、ええと――」わたしは、慌てて口を開いた。「お父さんにも、ありがとうって伝えておいてね」

「はい。伝えておくよ」

「えっと……」わたしには、もう、そこから先の言葉が見つからなかった。「じゃあ、とにかく、そういうことで」

「はい、またね。健康には気をつけるんだよ」

「うん。お母さんとお父さんも」

「はいはい」

「じゃあ」

それで、通話を終えた。

わたしは「ふう」と、重たい息を吐いた。

スマートフォンをそっとテーブルに置く。

いまの電話で、三日分くらい心が磨り減った気がした。

＊＊＊

夕方からは書店のバイトだった。

昼間と比べて雨足は変わらなかったけれど、風がずいぶんと収まったので、さほど濡れずに職場まで来られたのは助かった。

でも、さっきの母との電話以来、心がぐったりとしたままで、いまいち仕事に集中できなかった。レジに立っていても不用意なミスをするし、雑誌に付録を挟んで輪ゴムで止めるという単純作業をしていたときも、うっかり指を滑らせて、何度もパチンと輪ゴムで自分の手を打ってしまう。もっと痛かったのは、梱包された本を取り出そうとしたときに紙のへりで指先を切ってしまったことだった。

「痛たっ」

と言った数秒後には、指先にぷっくりと血が盛り上がってきて、赤黒いてんとう虫が止まったようになった。

ちょうど近くを通りかかったパートのおばさんが、「ああ、それ、やっちゃうよねぇ。紙で切ると痛いんだよ」と言いながら、救急箱から絆創膏を取り出して、指に巻いてくれた。

「すみません。ありがとうございます」

ほっこりしながらお礼を言ったとき、わたしは、ふと、電話で母に言った「ありがとう」を思い出した。

同じお礼の言葉を口にしても、心に緊張があるのと無いのとでは、こんなにも胸のあったかさに差が出るものなんだな――。

パートのおばさんがいなくなってから、わたしはひとり絆創膏に滲んだ血の色をじっと見詰めた。

バックヤードでの仕事を終えると、気を取り直してレジに立った。

レジのある場所からは、わたしが担当している文芸書の棚が見える。つまり、先日、わたしが丹精込めて（徹夜で）作った『さよならドグマ』のＰＯＰも、少しだけ見えるのだ。

そして、いま、まさに、そのＰＯＰの前に女性客が立っている——と思ったら、おもむろに本を一冊手に取り、こちらに向かって歩いてきた。

やった！　わたしは内心で、ガッツポーズをしていた。

さあ、こちらにいらっしゃい。

本を手にして近づいてくる女性を見ながら、口角を上げていたとき——、
思わず、わたしは声を上げそうになった。

文芸書の棚の奥に、チラリと人影が通り過ぎた気がしたのだ。

わたしは、その人影の進行方向を注視した。

すると、予想通り、姿を現したのだ。

健太郎くんが。

しかも、彼を見たとき、わたしの心臓はぎゅっと締め付けられたようになり、呼吸が苦しくなりかけた。

今日の健太郎くんは、髪を切ったせいで、とても童顔に見えたのだ。

そして、童顔になったからこそ――。

「あの、会計、お願いしたいんですけど」

近くで女性の声がした。

「あっ、はい、す、すみません」

さっきの『さよならドグマ』を手にした女性が、よそ見をしていたわたしの前に立っていたのだ。

わたしは慌ててレジを打った。

「お待たせしてすみませんでした。ありがとうございました」

怪訝(けげん)そうな顔をしたその女性客がいなくなると、わたしはふたたび健太郎くんの姿を探した。

そういえば、今日は水曜日だった。健太郎くんが来店する確率がいちばん高い日じゃないか。

さっき、健太郎くんは、店の左奥にいて、そこから右へと歩いていったから――。

心のなかでつぶやきながら、目だけをきょろきょろさせていたら、ふたたびわたしの心臓が存在を主張した。

近くの棚の陰から、健太郎くんが姿を現したのだ。

着古した感じのモスグリーンのパーカーに、ダメージの入ったジーンズ。大きめの革鞄は斜めがけにしている。

健太郎くんはのんびりとした感じで平台を見下ろしたり、棚を眺めたりしながら、ゆっくりとわたしの前を通り過ぎ、そして、そのまま文芸書の棚がある通路へと入っていった。

わたしが作ったPOPに、彼がじりじりと近づいていく。

気づいて。お願い。

その『さよならドグマ』は、すごく素敵な小説なんだよ。

いまのあなたにこそ読んで欲しいの。

髪を切って童顔になった健太郎くんの横顔を見詰めながら、わたしは心で話しかけていた。

そして、次の瞬間——、わたしは小さなため息をこぼしていた。

健太郎くんは、POPの前を素通りして、そのまま店から出てしまったのだ。

しばらくして、アルバイトの時間が終わった。

帰りがけ、わたしは自分で作ったPOPの前に立ち、『さよならドグマ』を手にすると、そのままレジに持っていった。レジには、さっき絆創膏を巻いてくれたパートのおばさんが、わたしと入れ替わりで立っていた。

「あら、白川さん、これ買うの？」

パートのおばさんは不思議そうな顔をした。

この人は、わたしがプルーフを読んでPOPを作ったことも、涼元先生に為書き入りのサインをもらったことも知っているのだ。

「はい。読書が好きな知人にプレゼントしようと思って」

わたしは、さらっと嘘をついていた。

そして、同時に、思ったのだ。

そうだよ。本当に、誰かにプレゼントすればいいじゃん。

「いいわよねぇ、本のプレゼントって」パートのおばさんは一ミリも疑わずに微笑むと、慣れた手つきでレジを打ってくれた。「もしかして、彼氏に？」

「違います。わたし、彼氏いないんで」

「うふふ。そっか。カバーは、かける？」

「えっと、そのままで大丈夫です」

代金を支払い、わたしは本を受け取った。そして、「お先に失礼します」と言って踵を返した。

書店の出口に向かって、歩き出す。

プルーフ、サイン本、そして三冊目となる、これ……。

理由は分からないけれど、この三冊目の『さよならドグマ』こそが、いちばん可哀想で、とても愛すべき一冊のように思えた。歩きながら、わたしは、血の滲んだ絆創膏で、そっと本のタイトルのあたりを撫でていた。

＊＊＊

奇跡というべき瞬間がやってきたのは、その週の土曜日のことだった。

店長に頼まれて棚に本の補充をしているとき、背後から声をかけられたのだ。

「あの、ちょっと、いいですか？」

若い男性の声だった。

「はい」

と振り向いた刹那、わたしは内心で「ひっ」と悲鳴を上げた。なんと、童顔になった健太郎くんが、わたしのすぐ目の前に立っていたのだ。

「えっと、はい、どうされましたか？」

わたしは無意識に一歩、後ずさりして返事をした。そして、後ずさりをしたことで、健太郎くんと手をつないでいる幼い女の子の存在に気がついた。

「この子なんですけど、どうも、お母さんとはぐれちゃったみたいで」

「あ、迷子ですか？」

女の子の顔を見ると、なるほど、頬に涙が伝ったあとがある。わたしは床に両膝をついて、女の子と目線を合わせた。

「ママ、どこにいるか、分かる？」

しかし、女の子は何も言わず、ただ悲しげな顔をして首を横に振った。

少し浅黒い肌に、一重のまぶた。髪はおかっぱで、前髪が目にかかるほど伸びていた。着ている服はどこか貧相で、裾が短く、いわゆるつんつるてんというやつだった。

「俺、さっき、この子に聞いたんですけど――」

背の高い健太郎くんが、しゃがんだわたしを見下ろしながらしゃべりはじめた。

「お母さんに『ここで絵本を読んでなさい』って言われたみたいなんです。で、この子を置いて、お母さんは買い物に行ったんだけど、それっきり戻ってこないって。ね？」

語尾の「ね？」は、女の子に向けられたものだった。

女の子は、わたしと健太郎くんを交互に見て「うん」と小さな声を出した。

子供を置いて買い物――って、いったいどういう神経をしているのだろう。この書店は大型商業施設のなかにあるわけではない。駅から一分ほどのところにある二階建ての一軒屋なのだ。そこに、こんな小さな子を置いていくなんて……。

「そっか。でも、もう心配しなくて大丈夫だよ。お名前は？」

わたしは、女の子の頭を軽く撫でながら訊いた。

「チサ……」

かさかさに乾いて白くなった小さな唇が、ぽつり、とつぶやいた。

「チサちゃんか。可愛い名前だね。いくつ？」

「よんさい……」

チサちゃんは小さな右手の親指を折って「四」を作り、わたしに見せた。

「ママがいなくなってから、どれくらい経つかな？」

わたしは、さらに訊いた。でも、質問が難しかったのか、チサちゃんは小首を傾げて困った顔をしてしまった。

「俺が来たときには、もう居たから、最低でも十五分はひとりぼっちだったと思います」

健太郎くんが言うと、わたしは反射的に答えていた。

「えっ、そんなに前から来てたんですか？」

うっかり、変な言葉を返してしまった。十五分ものあいだ健太郎くんに気づかなかった自分が意外で、つい——。

「え？　俺が、ですか？」

健太郎くんは自分の鼻を指差して不思議そうな顔をした。

「え？　あ、いいえ」

「この子が、ですよね？」

「そうです。もちろん」

あたふたするわたしを見下ろしながら、一瞬、怪訝そうな顔をした健太郎くんは、そのましゃがんでチサちゃんと目線を合わせた。つまり、わたしとも顔が近くなった。

やっぱり、この顔。見れば、見るほど……。

「チサちゃん、ほら、チョコレートあげるよ」

健太郎くんは、斜めがけにしていた鞄のなかに手を突っ込むと、様々な色にコーティングされたカラフルなチョコレートの箱を取り出して、チサちゃんに見せた。

「何色がいい？」

健太郎くんが、にっこり微笑んだ。

「んーと、黄色」

「他には？」

「赤」

「オッケー。黄色と赤は、あるかなぁ……、おっ、あったぞ。はい、どうぞ」

健太郎くんの長い指でつままれた黄色と赤のチョコレートが、チサちゃんの小さな手の上にのせられた。

「ありがと」

しっかりお礼を言うと、チサちゃんは、パクリ、パクリ、と続けて口に入れた――と思ったら、ふいに健太郎くんがハッとした顔でわたしを見た。

「あっ、すみません。店内では飲食禁止ですよね？」

「え？　ああ、まあ。でも、これは内緒ってことで」

「よかったぁ」

健太郎くんが、わたしとチサちゃんに、順番に微笑みかけた。そして、さらに続けた。

「ん？　これ、気になる？」

健太郎くんは、自分の鞄についている勾玉（まがたま）の形をしたキーホルダーをつまんで言った。

こくり、とチサちゃんが頷いた。すると健太郎くんはそのキーホルダーを鞄から外して、チサちゃんに手渡した。

「虹色に光ってて、きれいでしょ？」

「うん」

「これはアワビっていう貝の貝殻を削って作られたんだよ」

「へえ」

と声にしたのは、わたしだった。

チサちゃんは、虹色に光るキーホルダーを手にして、興味深そうに眺めていた。

「よかったら、それ、あげるよ」

「え？」

「え？」

今度は、わたしとチサちゃんの声が重なった。

「そのキーホルダーね、お兄ちゃんが小さい頃、お母さんからもらったものなんだよね。だから、それを持ってれば、きっとチサちゃんのお母さんも戻ってくるよ」

そう言って優しげに目を細めた健太郎くんが、すっと立ち上がった。

そして、上からわたしに言った。

「じゃあ、あとはお任せしても」

いいですよね？　という意味だ。

わたしも立ち上がった。

「あ、はい。なんか、すみません。お手数をおかけしました」

「いいえ。全然です」

健太郎くんはチサちゃんの頭にそっと手を置いて、「じゃあね。ばいばい」と言った。チサちゃんも「ばいばい」と答えた。いままでで、いちばんはっきりとした声で。

「じゃあ、俺は、これで」

「本当に、ありがとうございました」

健太郎くんは、踵を返すと、そのまま大股で店の外に向かって歩き出した。その背中を、わたしとチサちゃんは並んで見送った。

さて、この子をどうしたものか。

店長かパートの誰かに託すか。いや、その前に、いったん絵本のコーナーに連れて行こう。もしかすると、そこにお母さんが戻ってきているかも知れない。

そう思ったわたしは、チサちゃんの手を引いて、店の奥の方にある児童書のコーナーへと歩いていった。

「チサちゃんは、どんな絵本を読んでたの？」

「ミミっちの絵本」

「ああ、パンダウサギのミミっちか。あのキャラ、可愛いよね。お姉さんも好きだよ」

わたしがそう言ったとき、少し離れたところから大人の女性の声が聞こえた。

「こら、チサ。あんた、どこ行ってたの？」

女性にしては低く、ハスキーな声だった。

「あ、ママ……」

つぶやいたチサちゃんは、母親の方に駆け寄るでもなく、わたしの手を握ったままだった。

娘にはつんつるてんな服を着させておきながら、この母親は、ずいぶんと派手に着飾っている。

「この子が何か、ご迷惑をかけました？」

挨拶もなしに、母親は、わたしに向かってそう言った。

「あ、いいえ。迷惑というわけでは。ただ――」

そこまで言いかけたわたしに、母親は目で何かを訴えかけてきた。というか、無言で圧力をかけてきたのだ。

「ええと、チサちゃんが、一人で泣いているところを見つけたお客様が、さっき、わたしのところに連れてきてくれたんです」

目力にひるみながらも、なんとかそこまでは言えた。

「ちょこっと買い物してきただけなのに？」眉間(みけん)にシワを寄せた母親が、低い命令口調で続けた。「チサ、おいで」

わたしの手を離したチサちゃんは、恐るおそるといった感じで母親の横に並んだ。きっと叱られると思っているのだろう。

わたしは、気づかれないよう、こっそりため息をついた。これが世に言う毒親というものかと、もはや怒りを通り越して呆れてしまったのだ。

胸裏で、やれやれ、とつぶやいていたら、ふいにチサちゃんが近づいてきて、わたしのエプロンをチョンとつまんだ。そして、つんつるてんの上着のポケットから何かを取り出すと、それをわたしに差し出した。

「これ、お兄ちゃんにあげたい」

お兄ちゃん――。

その言葉に、わたしは、一瞬、息を呑んで固まった。

「えっと、これは、なに？」

チサちゃんに訊ねながら、受け取った。

「金メダル」

「ああ――」なるほど、たしかにそれは、折り紙で作られた金メダルだった。「チサちゃんが作ったの？」

「うん」

「上手だねぇ」

と、わたしがチサちゃんに微笑みかけたとき、

「お兄ちゃんって、誰なの？」

怪訝そうな顔をした母親が横から割り込んできた。

わたしは何も答えなかった。それが、わたしからのせめてもの抵抗だ。

「これをくれたお兄ちゃん……」

チサちゃんは、貝殻のキーホルダーを母親に見せた。

「つたく、あんたは、そんなものをもらって。この人に返しなさい」

母親は、チサちゃんの手から貝殻のキーホルダーをむしり取ると、こちらに差し出した。

「これも一緒に、そのお兄さんって人に渡して下さい」

「え、でも、それは、チサちゃんに」

「いいんです」

強い口調でかぶされて、キーホルダーを胸の辺りに突きつけられた。わたしは受け取るしかなかった。

「ほら、もう行くよ」

母親は、いまにも泣きそうになっているチサちゃんの手首を少し乱暴に握ると、そのまま店の出口へと向かって歩きだした。引きずられるような格好になったチサちゃんが、半泣きの顔でこちらを振り向いた。そして、けなげにバイバイと手を振ってくれた。

遠ざかっていく母娘を見ながら、わたしも軽く手を振り返した。でも、チサちゃんのために浮かべた笑顔が引きつっているのは、自分でもよく分かった。

すぐに二人は棚の角を曲がって見えなくなった。

わたしは「はあ」と大きく息を吐き出した。かなり緊張していたのだろう、知らず識らず呼吸を止めていたらしい。

わたしは軽い放心状態で、自分の右手を見た。

折り紙の金メダルと、貝殻のキーホルダー。

どちらも天井の照明を受けて、なんだか哀しげに光っていた。

＊＊＊

チサちゃんと会ったあの日から、わたしの仕事用エプロンのポケットには折り紙で作られた金メダルが入っていた。もちろん、いつ健太郎くんが来店しても手渡せるように。

でも、期待していた次の水曜日、健太郎くんは来店しなかった。

彼がふらりと現れたのは、珍しく木曜日の夜のことだった。

書棚を物色している健太郎くんの姿を目にしたわたしは、走り出したいのを我慢しつつ、スタスタと足早に近づいていき、そして驚かさないよう小さな声で「こんばんは」

と話しかけた。
　それでも軽く驚いた健太郎くんは、「えっ？」と引き気味にわたしを見たあと、「あ
あ、このあいだの」と言いながら、丸くしていた目を少し細めてくれた。
「先日は、ありがとうございました。いま、ちょうど仕事を終えて、バックヤードに戻
ろうと思っていたところでお見かけしたので」
「それは、どうも」
「えっと、じつは、このあいだのチサちゃんから、あずかっているものがありまして」
　わたしは言いながらエプロンのポケットに手を突っ込み、折り紙で作られた金メダル
を取り出した。
「チサちゃんが、これを健――、お兄ちゃんにって」
　危ない。あやうく彼の名前を口にするところだった。しかも、その後に、「お兄ちゃ
ん」と言ってしまったから、金メダルを差し出した手は震えそうになっていた。
「え？　これを、俺に？」
「はい。お礼をしたかったんだと思います」
「へえ。何だろ、これ」片手で受け取った健太郎くんは、「金メダルかな？」と小首を
傾げた。
「はい。金メダルだって言ってました。チサちゃんが作ったそうですよ」

「そっかぁ。なんか、照れ臭いけど、嬉しいですね、こういうの」

後頭部に手を当てながら、おおいに照れている健太郎くんを見ていたら、こちらまで照れ臭くなってしまった。

本当ならここで、あの虹色に光る貝殻のキーホルダーも返さないといけないんだけど——。

そう思いつつも、わたしは口に出せなかった。

いま、あのキーホルダーは、わたしの財布のなかにある。なんとなく、わたしにとっての特別な「お守り」のような感じがして、手放したくなかったのだ。

そんなことはつゆ知らずの健太郎くんは、折り紙の金メダルを鞄のポケットに大事そうにしまった。

そして、目が合った。いままでにない至近距離で。

でも、わたしたちは書店員とお客さんなのだ。

もう、とくに話すことも無い。

「えっと、じゃあ、ありがとうございました」

健太郎くんは過去形で言った。だからわたしも、思い切り後ろ髪を引かれながら
「あ、はい。どうも」と、軽く会釈を返した。そして、ゆっくり踵を返すと、キーホルダーを着服した罪悪感に胸をチリチリと焦がしながら、バックヤードへと戻ったのだっ

た。

「ふう……」

とにかく金メダルを渡せたのだから、よしとしよう。

そう自分に言い聞かせながらエプロンを脱ぎ、私服に着替えた。そして、周囲に「お疲れ様でしたぁ」と挨拶しつつ、一人でぶらぶらと帰途に就いた。

店から駅へと向かう道は、仕事帰りの疲れたサラリーマンたちで溢れていた。わたしは軽い放心状態を味わいながら、その人波に流されていった。

やがて駅からすぐのところにあるセルフサービスの喫茶店の前を通りかかり、わたしは何の気無しにチラリとガラス越しに店内を見た。

と、その瞬間、わたしの足がピタリと止まった。

健太郎くん――。

胸裏で声を上げたら、背中にドスンと衝撃が走った。

急に足を止めたわたしに、後ろにいた中年のサラリーマンがぶつかってきたのだ。

「チッ……、あぶねえなぁ」

よろけたわたしを睨んだそのサラリーマンは、全力で舌打ちして追い抜いていった。

「す、すみません」

とりあえず、そのサラリーマンの背中に小声で謝ったけれど、わたしの視線はすぐに喫茶店のなかへと引き戻された。そして、人の流れに逆らいながら喫茶店の入り口へと戻り、そのまま店のなかへと入っていった。

健太郎くんは一人で本を読んでいた。

わたしは急いでレジに並び、アイスコーヒーを手にすると、彼が本から顔を上げたとき視界に入りやすい二人用のテーブル席を選んで座った。不自然なほどに近くはなく、気づかれないほど遠くもない、斜め前に位置する席だった。

気づいて。わたし、ここにいるよ。

念を送りながら、じっと彼のことを見ていたら、まるでその念が届いたかのように健太郎くんが顔を上げて、わたしをまっすぐに見た。そして、「あれ？」という顔をしたのだった。

この目の合い方は、ちょっとまずかったかも知れない。どう考えても、わたしが彼を気にしていたことがバレバレだ。

でも、健太郎くんは、とても自然な感じで笑みを浮かべると、軽く会釈をしてくれた。わたしも反射的にぺこりと頭を下げた。

顔を上げたとき、自分の顔が火照っているのが分かった。きっと耳まで真っ赤になっているだろう。いますぐ顔をうちわで扇ぎたいよ、と思っていると、鞄と本とカップを手にして健太郎くんが立ち上がった。そして、ゆっくりこちらに近づいてきた。

「あの――」

と健太郎くんが口を開きかけたとき、わたしは、思わず言葉をかぶせていた。

「なんか、偶然ですね」

「え？　あ、そうですね。いま、ちょうど本を読み終えて、顔を上げたら」

「たまたま、わたしと目が合った」

「そうです。ええと、ここ――」

健太郎くんが、わたしの向かいの席を指差した。

「はい、もちろんです」

わたしは自分が赤面していることを確信しているのに、格好つけて余裕あるフリをしながら頷いていた。

目の前に健太郎くんが座って、こっちを見た。

「白川さん、ですよね？」

「えっ？」いきなり名前を口にされたわたしは、さらにどぎまぎしてしまった。「はい。そうです、けど……」

「このあいだ、エプロンについていた名札を見たときに、ああ、知り合いと同じ苗字だなぁって思ったんで、たまたま覚えてたんです」

「ああ、なるほど」

たまたま、か——。

「俺は、唐田健太郎っていいます」

「唐田、健太郎——さん」

当然、わたしは知らなかったフリをした。けれど、心の内側には言葉が溢れてくる。わたしは知ってるよ。ずいぶん前からね。SNSでフォローしているし、何度も「いいね」をしているんだから。

「俺、大学と家がここから近いんで、よく学校帰りに白川さんの書店に寄らせてもらってて」

「そうでしたか。えっと、健……、唐田さんは、この喫茶店、よく来るんですか？」

うっかり下の名前で呼びそうになったわたしを見て、健太郎くんは小さく笑った。

「この店には、よく来ます。っていうか、俺、高校までは健太郎って呼ばれることの方が多かったんで、唐田って呼びづらかったら下の名前で呼んでもらって大丈夫ですよ」

えっ、いいの？　本当にいいの？

「えっと、はい、じゃあ」

単純なわたしは胸を躍らせすぎて、にやつきそうになり、口元をひくつかせてしまった。しかも、調子にのってこんなことを言ってみた。

「わたしは、下の名前、心美っていうんですけど……」

「ココミさん。心に美しいって書くんですか？」

「はい」

「いい名前ですね。じゃあ、俺も下の名前で呼ばせてもらっていいですか？」

「は、はい」

うわ、なにこれ。お互いの呼び方を決めるなんて、はじめてのデートみたいじゃん。

わたしは自分に「中学生か」と突っ込みたくなるほど、どぎまぎしていたけれど、でも、会話を交わし続けているうちに、少しずつ落ち着くことができた。というのも、健太郎くんがずっと自然体で話してくれたおかげで、わたしの肩の力も抜けていったのだ。

健太郎くんは、一年浪人して美大に入学して、現在は三年生とのことだった。つまり、ストレートで入学した四年生のわたしと同い年。お互い地方出身者で、一人暮らしをしていて、趣味が「読書」というのも同じ。猫よりは犬派で、山よりは海派。野球よりはサッカーを観るのが好きだけど、自分自身が高校時代にやっていた部活はバスケットボール。しかも、どちらも副部長をやらされていたという経歴まで一緒だった。

あまりに共通点が多いので、途中、健太郎くんは笑いながら言った。

「さすがに副部長は、嘘でしょ？」

「え、嘘なんてつかないですよ」

「マジか――。じゃあ、血液型は？」

「わたしは、ＡＢ型です」

「うっそ。俺もだけど」

「えーっ。ＡＢ型って少ないのに！」

「だよね」

「まさか、誕生日は違いますよね？」

「それは、さすがに違うでしょ。ちなみに、いつ？」

「わたしは、四月九日ですけど」

「うわ、惜しい」

「えっ？」

「俺、五月九日だから」

「九日は一緒だ！」

「なんか、すごいな」

共通点探しで盛り上がったわたしたちは、そのまま一気に打ち解けていった。煩わしくなった敬語は取っ払い、お互いのことを「健太郎くん」「心美ちゃん」と呼び合うことになった。

そこからさらに、それぞれの大学生活や、仲のいい友達、好きな食べ物や旅行の思い出などの話題を楽しんだ。わたしは、あえて『さよならドグマ』にだけは触れずにいたけれど、とにかく言葉を交わしているあいだ、二人はひたすら笑顔を向け合っていたのだった。

まさか、こんなに素敵な日が来るなんて——。

わたしは雲の上にでもいるかのような夢心地を味わっていて、目の前のアイスコーヒーを飲むことさえ忘れていた。

でも、チサちゃんと毒親の話題をきっかけに、わたしの両親や実家の温泉宿の話になったとき、ちょっぴり風向きが変わるのを感じた。簡単に言えば、わたしの言葉の歯切れが悪くなったのだ。

それと、やっぱり、わたしたちの年代だからこそ、就職活動の話題も避けては通れなかった。

わたしは、いまだに内々定すらもらえていないという現実を正直に話した。なぜなら、健太郎くんが、いま、まさに、画家になる夢をあきらめかけているということを知っていたから。自分だけこっそり相手のことを知っているのは、なんだか不公平で申し訳ないような気がしたのだ。

「心美ちゃんは、どんな会社を受けてるの？」

「うーん……、業界にはこだわらないで、受かりそうなところを片っ端から受けてる」

「そっか。やりたい仕事とか、ないんだ？」

「うん。とくには……。こっちで就職できれば、どこでもいいやって感じかも」

「それって、実家に戻りたくないってこと？」

健太郎くんが、直球を投げてきた。でも、わたしはそのボールだけは受け止めたくなくて、話題をそらした。

「まあ、そうかもねえ。そんなことより、健太郎くんの地元って、どの辺りなの？」

「ああ、うちはね――」

健太郎くんは察してくれたようで、その後は、もう、わたしの実家が話題になることはなかった。もちろん、わたしも、健太郎くんの将来については触れないよう注意していた。わたしたちは、ただただ二人が微笑んでいられる話題だけを注意深く選んでキャッチボールし続けたのだ。

しばらくして、喫茶店に「蛍の光」が流れはじめた。

わたしたちは顔を見合わせて、一瞬、きょとんとしてしまった。

「えっ、もう閉店？」と、わたし。

「いま何時だ？」と言いながら、健太郎くんが腕時計を見た。そして、目を丸くして顔を上げた。「十時四五分だって……」

「嘘でしょ。もうそんな時間？」

どうやら、わたしたちは、この店で三時間以上もしゃべっていたらしい。もしや、と思って周囲を見渡すと、予想通り、客席にいるのは、わたしたちだけだった。

まだ、全然、話し足りないのに——。

そう思いつつも、さすがに追い出されるまで粘るわけにもいかないので、わたしたちはそそくさと店を出た。そして、並んで駅の改札まで歩くと、別れ際にお互いの連絡先を交換し合った。

「じゃあ、また」

健太郎くんが顔の横で軽く手を振った。

わたしも同じ仕草で答えた。

「うん、またね」

また次、があるらしい。

わたしは健太郎くんと仲良くなれた喜びと、別れの淋しさを一度に噛み締めながら改札のなかへと入っていった。

少し歩いてから、後ろを振り返ろうとして——、やめた。

そこに健太郎くんの姿がなかったら、いまのこの気分が台無しになってしまうから。

階段を登って、ホームに立ち、見慣れた街並みを眺めた。

ふわっとした五月の生ぬるい夜風が、わたしの襟元を撫でていく。

電車は、まだ、しばらくは来そうにない。

わたしは鞄のなかから財布を取り出し、なかから七色に光る貝殻のキーホルダーをつまみ上げた。

やっぱり、返せなかったな、これ……。

と胸裏でつぶやいたとき、チサちゃんの声が耳の奥で響いた気がした。

お兄ちゃん――。

そして、その声を丸ごと飲み込むように、わたしの地元を流れる川の音が立ちのぼってきた。

「ふう……」

少し息苦しくなったわたしは、キーホルダーを財布に戻した。

＊＊＊

翌週、金曜日の午後二時すぎ――。

自宅でのんびり読書をしていたわたしのもとに、またひとつ「不合格」の通知が届いた。

そこは自分としては「滑り止め」のつもりで受けた会社だったから、正直、精神的なダメージもかなり大きかった。

　こういうときこそ史乃とご飯でも食べて、元気を分けてもらおう。わたしがそう思ったそのとき、まさに史乃からメッセージが届いたのだった。

『第一志望の会社、ついに役員面接まで辿り着いたよ。なんか行けそうな気がしてきたぜ。むふふ♪』

　史乃からのメッセージを読んだとき、わたしは湿っぽいため息をついてしまった。

比べても意味がないって、分かっているのに――。

　どうやらわたしは、いい歳をして、自分の心を少しもコントロール出来ないらしい。

　まあ、ある程度は知っていたけど……。

『すごい！　よかったね。おめでとう。史乃なら役員面接もきっと受かるよ。わたしも頑張らなくちゃ！』

　心の一部が冷めたまま返事を入力して、史乃に返信した。そして、わたしは、続けざまに別の人に宛てたメッセージを入力しはじめた。

『こんにちは、心美です。そういえば、このあいだ健太郎くんに渡し忘れたモノがあるんですけど、近々、時間取れませんか？』

　祈るような気持ちで送信すると、すぐに既読がついて、レスも来た。

『今日の夕方から暇なんだけど、さすがに無理かな？』

『大丈夫です。わたしも、ちょうど暇なので』

語尾に『！』をつけたいのを我慢して、すぐにレスをした。

そして、いま――、

わたしはパイナップル色の夕日に照らされた公園のベンチに座っている。隣には、待ち合わせ時間ちょうどにやってきた健太郎くんが座ったところだった。

「ごめん心美ちゃん、待った？」

「ううん。わたしもいま来たところ」

いかにもデートのはじまりっぽい会話を交わしたけれど、さすがに今日は先週みたいなテンションの上がり方はしなかった。

「そっか、ならよかった」

「うん」

この公園は、わたしのアルバイト先の書店から、駅を挟んで反対側にあって、たくさんの市民が訪れる憩いの場だった。健太郎くんの家からは、徒歩で三分ほどらしい。

「で、俺に渡し忘れた物って？」

健太郎くんは、いきなり本題に入った。

「あ、うん。ええと、これなんだけど」

わたしは鞄のなかから財布を取り出し、さらにそのなかから例の貝殻のキーホルダーをつまみ上げた。

「えっ……、どうして、それを？」

健太郎くんは、眉毛を上げてわたしを見た。

「あの後、チサちゃんのお母さんがね、お兄さんに返しなさいって、チサちゃんからこれを取り上げて――。で、わたしに押し付けたの」

「うわ、マジか……」

健太郎くんは、チサちゃんの気持ちを憶（おも）ったのだろう、眉間にシワを寄せると、小さく嘆息した。

「わたし、この間、返しそびれちゃってて。ごめんね」

言いながら、キーホルダーを差し出した。

本当は、返しそびれたのではなくて、意図的に返さなかったのだし、しかも、わたしは、どうしても健太郎くんと会いたくて、その口実にキーホルダーを利用したのだ。

わたしは嘘つきで腹黒い女だと思う。百戦錬磨の面接官たちは、そのことをあっさり見抜いているのかも知れない。

「心美ちゃんが謝らないでよ」

そう言って受け取った健太郎くんは、「なんだかなぁ……」とつぶやくと、もと通り、自分の鞄に付け直した。そして、キーホルダーを眺めながら、淡々としゃべり出したのだった。

「この勾玉の形をした貝なんだけどさ」

「うん」

「じつは、俺の母さんが削り出して作ったんだよね」

「え、そうなんだ。器用なお母さんだね」

「アクセサリーとかを手作りするのが趣味だったんだよね。まあ、いまは、あっちにいるんだけど」

健太郎くんは、パイナップル色に染まった空を指差した。

「え……、なんか」

「あ、いいの、いいの、気にしないで。亡くなったのは、俺が小六の頃で、もうだいぶ前だし」

「…………」

「でさ、このキーホルダー、俺が小学校で嫌なことがあって、めっちゃ落ち込んでたときに、母さんがくれたんだよね。もらったとき、貝殻がきらきら虹色に光ってて、めっちゃ綺麗だなぁって思って、それで、ちょっと元気が出たっていうか」

「うん……」

「チサちゃんと会ったとき、俺、ふと、そのときのことを思い出してさ、それで、チサちゃんにあげようと思ったんだよね」

「そうだったんだ」

ため息みたいに、わたしは言った。そして、ますます自己嫌悪に陥りそうになっていた。

亡くなったお母さんからもらった大切な形見を、迷子の女の子のためにプレゼントした彼と、それをたまたま手にしたのをいいことに、こっそり着服していたわたし――。

この両者のあいだに横たわるモノは、書店のレジカウンターどころではない。とにかく、大きな大きな何かだと思う。

「健太郎くん」

「ん？」

「わたし、もうひとつ、渡したいものがあるんだけど」

「え、なに？」

健太郎くんが首を傾げたとき、わたしたちが座っているベンチの前を、ちょうど小学六年生くらいの男の子たち数人が、はしゃぎながら駆け抜けていった。

健太郎くんは、まさにあの子達くらいのときにお母さんを亡くしたんだ――。

そう思うと、余計にこれをプレゼントしたくなる。

「小説なんだけど」

わたしは鞄のなかから、一冊の本を取り出した。

いちばん可哀想で、とても愛すべき、三冊目の『さよならドグマ』だ。

「えー、嬉しいな。ありがとう」

健太郎くんは、受け取った本の表紙をじっと眺め下ろした。と思ったら、どこか含みがあるような顔でわたしを見た。

「心美ちゃんさ」

「ん？」

「ちょっと、突っ込んだ話をしてもいい？」

「え？　あ、うん……」

急に、何だろう？

わたしはいくらか緊張しながら、健太郎くんの視線を受け止めた。

「このあいだ、喫茶店で長話をしたじゃん？」

「うん」

「そのとき、心美ちゃんから実家の話を少し聞いてさ、でも、心美ちゃん、途中で話題を変えたよね？」

「…………」

予想外の展開に、わたしは呼吸を忘れそうになっていた。

「その様子を見てて、俺、何となく思ったんだよね。もしかすると心美ちゃんは、いま

『雨宿り』をしてるんじゃないかって」

「え――」

どうして、そのことを？

「もしも、そうだったら、心美ちゃんが実家に帰るってことが、ずぶ濡れの人生を楽しみながら遊びきる、ってことになるのかなって。なんか、俺、そう思ったんだよね」

わたしの頭は棒で殴られたようになって、思考を放棄していた。

でも、いま、じわじわと確信が込み上げてきたのだった。

「健太郎くん、もしかして、その本……」

「うん。心美ちゃんと喫茶店でバッタリ会ったときに、ちょうど読了したのが、この本だったんだ」

「嘘――」

「あはは。嘘じゃないよ。あのとき、まさに読了した直後だったからさ、俺、勇気を出して、『雨宿り』をしないで、心美ちゃんに話しかけられたんだよね」

「そう……だったんだ」

「だから、いま、この本をプレゼントされて、正直、ちょっとびっくりした。好みの本まで同じなんだなぁって」

それから数秒間、わたしたちは何も言わず、ただお互いの瞳のなかを見詰めていた気がする。

沈黙を破ったのは、わたしの唇だった。

「ねえ、健太郎くんがその本を買ったのって――」

「もちろん、心美ちゃんの店だよ」

「いつ？」

「ええと、いつだっけな……。心美ちゃんと喫茶店で会う、少し前だったとは思うけど」

ということは、つまり、わたしが非番だった日に買ってくれたのだ。

「買うとき、ＰＯＰは見た？」

思わず訊いてしまった。

「ＰＯＰ？」

「うん……」

「見たよ。っていうか、あのＰＯＰに目が止まったから、あらすじも読まないでジャケ買いしたんだよね」

そうだったんだぁ……。

わたしは、感慨深さのあまり、声を飲み込んでいた。

「なんでそんなこと聞くの？」

「えっと……、あのＰＯＰを作ったのって、わたしなの」

「えっ、マジで？」

「うん」

「凄いじゃん。あれ、キャッチコピーもデザインも最高だなって思ったよ」

「ほんと？」

「もちろん、本当だって」

「だったら、嬉しいな。あれ、一生懸命に作ったから」

しかも、あなた一人のために作ったんだよ――。

「じつは俺、あの本をもう一冊買って、それをプレゼントにしようかなって思ってたんだよね。そうしたら、いま、一冊もらえちゃって」

「え、そうなの？」

「うん。だから、心美ちゃんからもらったこの本は、俺の物にして、前に俺が買った方をプレゼント用にするよ」

「うん――」わたしは小さく頷いて、訊いた。「ちなみに、健太郎くんは、あの小説を読んで、どうだった？」

誰かにプレゼントしようと思うくらいだから、感動したのは間違いないだろう。しかも、勇気を出してわたしに話しかけるきっかけになったということは、一歩を踏み出す力をもらえた、ということかも知れない。

「俺は、色々と深読みしながら読んだんだけど——、とにかく、自分は一人じゃないんだって思えたかな。それと、さっき引用したけど、すごく気に入った一節があって、それが、なんていうか、心のエネルギーになった感じ」

「その一節って、これだよね？」わたしは鞄のなかから手帳を取り出した。そして、メモをしたページを開いて朗読した。「わたしの人生は、雨宿りをする場所じゃない。土砂降りのなかに飛び込んで、ずぶ濡れを楽しみながら、思い切り遊ぶ場所なんだよ。あなただって、本当は、そうしたいんでしょ？」

「そう、そこ！」

「ヒロインの真衣ちゃんの台詞」

「うん。そこ、読んでて鳥肌が立った」

「分かる。わたしも鳥肌が立った。だからメモしたの」

「心美ちゃんってさ、本を読んだら、毎回、手帳にメモするの？」

「うん。よくメモしてる。気に入った言葉は、ずっと忘れずにいたいから」

「そうなんだ。なんか、偉いね、そういう習慣を持ってるって」

わたしは健太郎くんの言い回しがおかしくて、クスッと笑ってしまった。

「え、なんで笑ってんの？」

「だって、偉いねって、ちょっと上から目線だなぁって。もちろん嬉しいけど」

「えっ、そういう感じで言ったつもりはないんだけど」

「分かるけど、でも、なんか、同い年なのに――」

そこで、わたしは、ひとつ深呼吸をしてから続けた。

「お兄ちゃん、みたいだなって」

「――お兄ちゃん？」

「うん……」

頷いたまま、わたしはゆっくりとうつむいてしまった。

「え――、ちょっと、心美ちゃん？」

健太郎くんは、そんなわたしを横から覗き込むようにした。

わたしは鞄からハンカチを出して、目頭に当てた。

「ごめん……、俺、なんか悪いこと言っちゃった？」

「ううん」

わたしは首を振って顔を上げた。そして、困り顔をした健太郎くんに、毎朝、鏡に向かって練習している笑みを見せた。泣き笑いだけど。

「健太郎くんってね、じつは、わたしのお兄ちゃんにそっくりなの」

「えっ？」

「いまは、あっちにいる人なんだけどね」

わたしは健太郎くんの真似をして、空を指差した。

空は、さっきよりも暖かみを増して、熟したオレンジ色の広がりになっていた。

「亡くなったお兄さんと、俺が？」

「うん……」

ゆっくり頷いたわたしは、空の兄とよく似た人に、わたしと兄のことを話しはじめた。

「わたしが、小学三年生だった頃のことなんだけど……」

それは、まだ史乃にすら話せずにいる、わたしの胸のなかに刻まれた負のタトゥーだった。

めまいがするほど蒸し暑い、夏休みのある日——。

地元の川で泳いで遊んでいたわたしは、うっかり水を飲んで呼吸ができなくなり、溺れてしまった。沈みかけたわたしを見つけたのは、三つ上の兄だった。兄は、わたしを助けようと急いで川に飛び込んでくれたものの、一緒に早瀬に流されてしまった。その後、溺れたわたしは自然と浅瀬に流されて助かったのに、助けようとした兄は、ずっと下流で溺死体となって発見されたのだった。

その「事件」は、地元の新聞やテレビのニュースとなり、わたしの住む片田舎の町では誰もが知る公然の悲報となった。

それ以来、わたしは「腫れ物」として扱われるようになった。どこに行っても、地元の人たちから哀れみの視線を向けられ、痛いほどに気遣われ、そして、わたしが背を向けると、ひそひそ話をされるのだった。

兄を失った母は心を壊し、突然ぽろぽろと涙を流すようになった。

物静かだった父は、いっそう無口な人になった。

それから何年経っても、家のなかには、兄の葬式のときの空気が漂い続けた。

両親は、一度もわたしを責めなかった。町の人たち以上に、わたしを「腫れ物」として扱ったのだ。わたしは罪悪感に打ちのめされて、何度も泣きながら両親に謝った。でも、謝れば謝るほど、あの人たちはわたしを「腫れ物」へと祀(まつ)り上げたのだった。

そして、わたしは居場所を失った。

心も、身体も、その置き場が見つからなくなってしまったのだ。

だから学校に行くとき以外は、ほとんど自分の部屋から出なくなった。家族も含め、なるべく人と会わないように心を砕き続けた。もちろん自分の部屋も「居場所」とは思えなかったから、わたしは小説や漫画を読んで「物語の世界」のなかで過ごす道を選んでいた。

やがて、大学生になるのをきっかけに、わたしは、わたしを「腫れ物」として扱う世界から逃げ出した。

遠く離れた街に住むようになったわたしは、久しぶりに素の自分を思い出しかけていた。

ところが、そこに現れたのが――。

「俺ってことか……」

「うん」

わたしは頷いて、続けた。

「はじめて健太郎くんを見たのは、うちの書店にお客さんとして来てくれたときなんだけど、わたし、本当に驚いて、石みたいに固まっちゃったんだよね」

「俺、そんなに似てるの？」

「うん。お兄ちゃんが、あのまま大人になっていたら、きっと、こんな感じに成長したんじゃないかっていう……」

「そっか。お兄さん、こんな顔だったのか」

感慨深い声で言った健太郎くんが、自分の頰から顎のあたりをすっと撫でた。

「それから、わたし、ずっと健太郎くんのことが気になって仕方なくて」

そこまでは言えた。でも、どうやって名前を知ったかとか、ＳＮＳのフォロワーだとか、絵のファンだとか、絵描きになって欲しくて『さよならドグマ』を読ませようとしていたとか、そういうもろもろのことは黙っておくことにした。言ったら、ストーカーみたいに思われるかも知れないから。

「あのさ、心美ちゃん」

「え？」

「さっきの続き、いいかな？」

健太郎くんが、ちょっと真剣な顔をして言った。

「続き？」

「心美ちゃんの実家の話だけど」

正直、気は進まない。でも、今日は、ここまでしゃべったのだ。

「うん」

わたしは頷いて、少し居住まいを正した。

「もしかすると、だけどさ」

「うん」

「逆に、心美ちゃんが、ご両親のことを『腫れ物』にしてたのかもなぁって、俺、思ったんだけど」

「え――」

あまりにも意外な言葉に、わたしは言葉を発せず、ただ健太郎くんをぼうっと見詰めていた。

「あるいは、ご両親も、心美ちゃんも、お互いがお互いのことを『腫れ物』にしてたのかも」

「…………」

「だってさ、亡くなったお兄さんは、命がけで妹を助けようとするくらいだから、きっと正義感が強くて優しい人だったんじゃない？」

「うん……」

それは、間違いないと思う。地元でも評判のいい、自慢のお兄ちゃんだったのだ。

「だったら、きっと、そういうお兄さんを育てたご両親も、心根は優しい人だと思うんだよね。子を見れば親が分かるって言うし」

「…………」

「ちょっと考えてみて。例えば、弱っている人を見て、その人を『腫れ物』のように扱うのってさ、不器用なのかも知れないけど、でも、優しい人がする所作なんじゃないかな？」

人を「腫れ物」のように扱うことが、優しい人の所作？

わたしは、ぼうっとした頭で考えながらも、健太郎くんの言葉に耳を傾けていた。

「だからさ、ご両親も、心美ちゃんも、心根が優しいからこそ、これ以上、相手に傷ついて欲しくなくて、でも、自分の心もすごく痛いから、完璧には相手を慮（おもんぱか）ることは出来なくてさ、それで、こう——何ていうか、お互い、よそよそしくなっちゃうのかもなって。俺、そんな感じに思えたんだけど」

「………」

わたしは何も言わず、いや、言えずに、健太郎くんの鳶色（とびいろ）の瞳を見つめていた。わたしの両目からは、勝手に涙がぽろぽろとこぼれていて、頬を伝ったしずくが膝の上に置いた手の甲に落ちてくる。

「だから、きっと優しいんだよ、みんな」

お兄ちゃんが生きていたら——、こんな視線と声を、わたしにくれるのかも。

健太郎くんの手がゆっくり動いて、わたしの背中に触れた。

そして、そのまま撫でられた。

もう、我慢できないよ。

わたしは声を洩らしながら、むせび泣いてしまった。

「心美ちゃん、気持ちが落ち着いたらさ、ご両親に電話してみる？　それで、いま就職活動がうまくいってないんだよねぇ、とか、ふつうに素直な気持ちを伝えてみるの」

泣きながら、わたしは思った。

お兄ちゃんみたいなこの人が言うのなら、それもありかも知れないな、と。

でも、さすがに、健太郎くんの前で電話をするのは無理だ。

「いまは……ちょっと……。でも……いつかは……」

泣きすぎて、まともにしゃべれない。

でも、健太郎くんは、わたしの気持ちを汲んでくれた。

「まあ、いますぐ気持ちとか接し方を変えろっていわれても無理か」

わたしは泣きながら二度、頷いた。

すると、背中を撫でてくれていた大きな手が、そっと離れた。

健太郎くんは、その手で、自分の鞄につけたキーホルダーをつまみ上げ、わたしに向かって小首を傾げた。

「これ、よかったら、いる?」

虹色に光るはずの貝殻の勾玉が、赤く光って見えた。夕空が熟れた柿みたいに赤いせいだ。

「欲しいけど……、それ、健太郎くんの……お母さんが……」

「ああ、それは平気。俺が持ってるより、心美ちゃんにプレゼントした方が、あっちにいる人も喜んでくれると思うんだよね。それに、実家に帰れば、まだ似たようなのがいくつかあるし」

健太郎くんは赤い空を指差しながら、そう言った。

そして、鞄からキーホルダーを外して、こちらに差し出した。

「はい――って、俺、さすがに格好つけすぎか？」

　いきなりおどけた健太郎くんがおかしくて、わたしは泣きながら「あはは……」と笑うと、涙声で続けた。

「うん、格好つけすぎかも」

「えーっ。マジかよ。でも、あげる」

　健太郎くんは、わたしの左手を取って、手を開かせた。そして、手のひらの上にキーホルダーをそっとのせた。

「もらうのに気が引けたらさ、しばらく借りると思えばいいよ。で、いらなくなったら返してくれればいいから」

　にっこりと笑った顔が、やっぱりお兄ちゃんに似ていて、わたしはこのとき、ようやく心の底から認めることができた。


　わたし、やっぱり大好きだ。この人のこと――。


　もし、この先も、この人と一緒にいられたなら、わたしは本当に実家と地元との距離を縮めていけるかも知れない。そんな気もした。

「じゃあ、これ、借りるね」

わたしは潤み声でそう言った。

「うん」

夕照(せきしょう)に染められた健太郎くんの真っ赤な笑顔。

まだ、泣き笑いをしているわたし。

それでも、少しずつ気持ちが落ち着いてきたから、わたしは話題を変えようと思った。ちょっぴり気になっていたことを訊いてみる気になったのだ。

「あのさ」

「ん？」

健太郎くんは、軽く眉を上げて小首を傾げた。

「誰に、プレゼントするの？」

「プレゼント？」

「うん。健太郎くんが自分で買った『さよならドグマ』のこと」

「ああ、あの本か。あれは――」

「…………」

わたしはハンカチで涙をぬぐって、健太郎くんを見た。

「海辺の漁師町に住んでる、ちょっと淋しそうな人にあげるつもり」

それって、もしかして、女の子？

地元に置いてきた彼女とか？

「ええと、それって」

「まあ、地元に残してきた彼女ってやつ——」

「………」

わたしは、ごくり、と唾を飲み込んだ。

そして、胸の痛みをまっすぐ味わいながら考えた。

まあ、ふつう、そうだよね。こんなに優しい人だもん、彼女くらいいるよね。

ああ、涙がしょっぱいなぁ、と思ったとき、健太郎くんが続きを口にした。

「だったらいいんだけどね」

え……？

「俺、いま、彼女いないし」

冗談めかした健太郎くんが、ぺろりと舌を出す。

「あはは。なにそれ」

と小さく笑ったら——、なぜだろう、わたしの心のなかに、ずっと昔から深く根を張っていたドグマのようなものが、すうっと霧散しはじめている気がしたのだった。

だから、わたしも言った。

「いないよ」

「え？」

「わたしも、彼氏、いない」

それから、わたしたちは、たっぷり三秒くらい見詰め合った気がする。

そして、健太郎くんが、くすくすと笑い出した。

「そっか。じゃあ、どっちもフリーなんだ。そんなところまで似てるんだな、俺たち」

「うん、似すぎてて——」

その続きの言葉を飲み込んだわたしは、左手をきゅっと握った。手のなかには、あのキーホルダーがある。

そして、素直に思った。

やっぱり、もう、これ、返さない——と。

わたしは健太郎くんに向かって微笑みかけた。

毎朝、けなげに鏡の前で練習している、いまのわたしにとってベストの微笑み方で。

そうしたら、史乃の言っていたとおり、健太郎くんも同じように微笑んでくれた。

まずは自分が笑顔を浮かべて、相手も笑顔にさせて——。

「キーホルダー、やっぱり返さないかも」

「いいよ」

くすっと笑った健太郎くんの遥か後方で、一番星がチリチリと輝きはじめていた。

# 第五章　読者　唐田一成

私は空と海が好きだ。とても。

その理由の一つは、単純にどちらも「広いから」だと思う。

空と海が出会う水平線のあたりを、ただ、ぼうっと眺めているだけで、自分の心までが知らぬまに内側から押し広げられて、ある種のゆとりを感じられたような気になれるのがいい。

二つ目の理由は、水平線のコントラストが好きだから。

よく晴れた日の水平線は、明るく清々しいブルーのツートンカラーで、そこから吹いてくる風までが清浄なブルーに色づいている気がする。しかも、その風で深呼吸をすれば、肺も心も洗われたようにスッキリするのだ。

色といえば、以前、この海辺の町に一ヵ月間ほど滞在していた都会の若い女性が、真夏の海の色に感動して、こう言ったらしい。

ブルートパーズ色の海――。

この表現を知人から聞いたとき、私は心のなかで素直に拍手を送った。透明感といい、純度の高いきらめきといい、まさに宝石そのままの色だと思うから。

そして、梅雨明け初日のいま、私の目の前に広がっている海原がまさに、ブルートパーズを一面に敷き詰めたようにきらめいているのだった。

水平線にはマッチョな入道雲が湧き立っていて、高い空では鳶がゆっくりと音もなく旋回している。

私は、コンクリートの堤に腰を下ろし、コンビニで買ってきたシーチキンのおにぎりを食べていた。目の前には、ゆるやかにカーブして延びる白い渚。後ろはアスファルトの道路だ。

おにぎりを平らげたら、チーズとコーンの惣菜パンにとりかかる。

一人暮らしになってからというもの、食べ物への執着がほとんど無くなった。だからランチはいつも手軽なコンビニで済ませている。

ときどきペットボトルのお茶を飲み、ぼうっと海を眺め、また、パンをかじる。私はそれを、のんびりと繰り返した。

今日は朝からオフショアが吹いていた。陸から海へと吹く風だ。

この風は、沖から押し寄せて来る波を正面からぐいっと押し込むことで、きれいな「C」の形を描かせる。つまり、サーフィンに絶好となるチューブを巻いた波を形づくるのだ。

パンをかじりながら海を眺めていると、チョコレート色に日焼けした背の高いサーファーが、大きな波の斜面を滑り降り、ボトムでスリリングな弧を描いた。そして、波のトップに向かって一気に駆け上がると、そのまま逆光の空へと飛び出した。サーフボードのテールに切り裂かれた波が、無数の細かいしずくとなって飛び散り、それこそ宝石を散らしたようにきらきらと輝いた。空中に飛び出したサーフボードは、素早く一八〇度の方向転換をして波のトップに着水。ふたたび透明な斜面を滑り降り、砕けて白くなる波と一緒に悠々と岸に近づいてくるのだった。

やっぱり上手いなぁ、あいつ……。

そのサーファーは近所でカフェをやっている直斗という青年だった。三度の飯よりサーフィンが好きで、いい波が立つと居ても立ってもいられなくなり、さっさと店を閉めて海に飛び出してしまうほどにハマっているのだ。

私もかつて（といっても三〇年も前の話だけれど）波乗りをやっていた時期がある。海の目の前に住んでいるという利点を生かして、毎日のように海原へと繰り出し、こつこつ練習したのだが、残念ながら直斗のようには上達しなかった。平々凡々。才能がなかったのだろう。

いま、才能あふれる直斗が、ふたたび沖に向かってパドリングをはじめた。私は視線を剝がしてパンをかじる。

二羽のカモメがすうっと音もなく海の上を横切っていった。

白い砂浜には、すでにいくつかのビーチパラソルが咲いている。

高い空からまっすぐに照りつける太陽。

遠く背後から聞こえてくる蟬たちの絶叫。

今年もいよいよ本格的な夏がやってきた。

私の職場は、すぐ後ろの道路を渡ったところにある個人経営の美容室だ。お客さん用の椅子が二つしかない、とても、とても、小さな店だが、二〇年以上もこつこつと営業を続け、なるべく切り詰めた生活をしてきたおかげで、なんとかひとり息子を成人させ、都会の大学に通わせるところまでは現在進行形で出来ている。さすがに小遣いまでは支援してやれないけれど、そこは、まあ、アルバイトでもして稼いでもらうしかない。

惣菜パンを食べ終えた。

ごくごくとお茶を飲み、これでランチは終了だ。

「ごちそうさまでした」

と、ブルートパーズ色の海に向かってつぶやいたとき、背後から心地よいオフショアが吹いて、洗いざらしの白いTシャツの裾がはたはたとなびいた。

海原では、直斗とは別のサーファーが、オーバーヘッド級の波にチャレンジした。しかし、テイクオフのタイミングが悪すぎた。波の斜面を滑りはじめてすぐにバランスを崩し、派手にワイプアウト。そのまま透明なブルーのチューブに飲み込まれてしまった。彼はいま水中で揉みくちゃにされ、まるで洗濯機のなかにいるような感覚を味わっていることだろう。かつての私も嫌になるほど同じ経験をしまくったので、よくわかる。

さてと――。

私はコンクリートの堤の上に立ち上がった。

両手を青空に向かって突き上げ、思い切り伸びをした。

そして、うっすらと額に浮いた汗を手の甲でぬぐい、くるりと踵を返す。道路の向かいには、水色のペンキで塗られた小さな美容室「Blue Horizon」がある。

青い水平線――。

この店名は、十年前に癌で「空の人」となった妻の麗美が、大改装のときにつけてくれたものだった。

「うちのお店のいちばんの売りは、やっぱり見晴らしの良さだもんね」

そう言って微笑んだ麗美のちょっと得意げな顔は、いまでもよく覚えている。

「いちばんの売りは、俺の腕じゃないのかよ」

私が冗談めかして不平をこぼすと、麗美は笑みを大きくした。

「あはは。まあまあ、能ある鷹は爪を隠すってことで。あっ、一成くんの場合は爪じゃなくてハサミを隠す、だね」

周囲をパッと明るくする麗美の声を思い出しながら、私は道路を横切り、誰もいない店のなかへと入った。

ひんやりとした冷房の空気に包まれた私は、「ふう」とひと息ついて、ランチで出たゴミを捨てた。そして、午後の予定を確認すべく予約帳を開く。よれよれになったその大学ノートには、二人のお客さんの名前が書かれていた。

一人目は、近所にある龍浦駅前の商店街で、昔から玩具店をやっている六〇代の米田美代子さん。そして、二人目の名前を見たとき、なぜだろう、私の脳裏に、淡いピンク色に染まった夕凪の海の風景が広がったのだった。

その女性がまとっている穏やかで楚々とした雰囲気と、静かな夕凪の空気感が似通っているのかも知れない。

夕凪さん――。

ふと、しっくりくる愛称を思いついた私は、ひとりで勝手に満足して予約帳を閉じた。

壁の時計を見た。

米田さんが来るまでには、まだたっぷりの時間がある。

私はレジの横に置いておいた眼鏡をかけ、読みかけの文庫本を手にすると、二つある客席のうちの右側に腰掛けた。そして、その椅子をほんの少しだけ回転させて、大きな窓のある方に身体を向けた。窓の向こうには青い水平線が広がっている。この窓ガラスは、いわゆる「マジックミラー」になっていて、外から中を見ることができない。だから、お客さんはリラックスしながら、ゆったり海と空を眺められる。

私は、栞をはさんでおいた文庫本のページを開いた。

活字を追いはじめると、少しずつ心が物語の世界へと没入していく。

十五分ほどが経っただろうか、この小説の主人公である二〇代の女性が、一匹の犬を連れて朝の海辺の散歩に出かけるシーンにさしかかったとき、ふと私は活字から視線を剝がし、顔を上げた。そして、そのまま、窓の外の水平線に目を向けた。

久しぶりに、犬でも飼おうかな……。

どうせ一人暮らしなのだ。誰に迷惑をかけるわけでもない。

「悪くないよな。犬がいる生活も」

水平線に向かってつぶやいたのだが、その声がささやかな冷房の音にかき消されるのを感じて、私は苦笑した。

息子が都会に出て、五十路の単身になってから、こんな感じのひとりごとが増えたよなぁ、と我が身を振り返ってしまったのだ。

本を読むのに老眼鏡が必要になり、食べ物にこだわりが無くなり、日に何度もひとりごとをつぶやいて、そして、いよいよ犬を飼おうか、などと考えはじめて……。

いやいや、そこから先を考えるのは、やめておこう。

私は、気を取り直して文庫本に視線を落とし、活字を追う。

物語のなかでは、犬を連れた若い女性が、まぶしい夏の朝の渚を歩き、そこでひとりのサーファーと出会っていた。

出会いは、大なり小なり人生を動かす。しかも、いつだって人生の冒険は、出会いからはじまるものだ。

私はページをめくった。

行間から吹いてくる海風にセピア色の切なさを感じながら、小説の世界へと潜り込んでいった。

＊＊＊

「お疲れさまでした。後ろはこんな感じです」

バックミラーを後頭部に合わせながらそう言って、私は正面の鏡をちらりと見た。

お客さんの表情をチェックするのだ。

長年、美容師をやっていると、この一瞬の表情で、お客さんに気に入ってもらえたかどうかが分かる。

「とてもいい感じです。ありがとうございます」

わずかに細めた目、やわらかな頬(ほお)。

大丈夫。夕凪さんの言葉は、本心だ。

「夏らしく、軽やかになりましたね」

私も本心を口にした。

この人の実年齢は知らないし、訊けずにいるけれど、カット後の夕凪さんは見た目がずいぶんと若くなって、四十路そこそこで通用しそうに見えた。なにしろ、ついさっきまで背中にかかっていた長い髪をざっくりと十五センチ以上も切り、顎の高さのボブに切りそろえたのだ。

「おかげで、なんかスッキリしました。いろいろと」

夕凪さんは、右を向いたり左を向いたりしながら、正面の鏡に映る自分をチェックしていた。首を振るたびに短くなった髪がさらり、さらり、と揺れる。

「いろいろと、ですか？」

私は、つい余計な質問を口にしていた。

夕凪さんもまた、自分が余計な言葉を口にしていたことに気づいたのだろう、ハッとした顔で、「え？　あ、ごめんなさい。別に、たいしたことじゃないんですけど」と、しどろもどろになってしまった。

「あ、ぜんぜん大丈夫です。僕の方こそ、余計なことを言っちゃって、すみません」

すると夕凪さんは、いったん口を閉じて、ひとつ呼吸をした。そして、鏡越しにバツの悪そうな顔をして首をすくめると、言葉を選ぶように言った。

「今日は、ええと、なんていうか……、いろいろあった三〇周年の日なんです」

いろいろあった——、そう言われて気にならないわけがない。でも、夕凪さんがあえてそういう言い方をしたのだから、これ以上は踏み込まれたくないと思っているに違いない。しかも、あまりいいことではなさそうに見える。

「そうでしたか。人生いろいろの三〇年ですね」

私は、いくらか明るめの声でそう言って、夕凪さんの身体を覆っていたクロスをそっと外した。

夕凪さんは、椅子からゆっくり立ち上がって、こちらを振り向いた。よく見れば、白いTシャツにブルージーンズ姿で、いまの私とそっくりな格好をしていた。

私が、そのことを口にしようとしたとき、一瞬早く、夕凪さんの言葉が放たれた。

「ほんと、軽くなって、いい感じです」

黒目がちの目を細めて、夕凪さんはやわらかく微笑んだ。

「僕もそう思います。今日から髪を洗うのも、乾かすのも、ずいぶんとラクになりますね」

「そうですよね。わたし、こんなに短くしたの、高校生のころ以来かも」

私たちは、どこの美容室でも交わされているような、ありきたりな会話をしながら会計を終えた。

夕凪さんはコールマンのトートバッグを肩にかけて「お世話様でした」と軽く会釈をした。私は出口のドアを押し開けながら、「ありがとうございました」と返す。

夕凪さんが私の前を通り、店を出た。そして、店の前に停めてある黄色い軽自動車のドアに手をかけた。

近くで蟬が鳴き、海の方からは波音が聞こえてくる。

夏の日差しはすでに弱まり、夕凪さんの細い背中を黄色く染めていた。昼間と変わらぬオフショアが吹いて、切ったばかりの黒髪が軽やかに揺れる。

今日は風があるから、夕凪にはならないな——。

私がそう思ったとき、ふいに夕凪さんが「あの」と振り向いた。

「はい?」

「土曜日って、ホームセンター、早く終わるんでしたっけ?」

「え? どうだったかな」

思いがけない質問に、私は小首を傾(かし)げたけれど、すぐに思い直した。

「まだ六時なんで、やってると思いますよ。それに、曜日と営業時間は関係なかったような気がします」

「そっか。そうですよね」

夕凪さんは、ちょっと恥ずかしそうに首をすくめた。

これから夕凪さんは、飼い犬のためのドッグフードを買ってから帰宅するのだ。さっき、ブローをしているときにそう言っていたのを私は思い出していた。

「よかったら、今度は、ワンちゃんも連れて来てください」

私が言うと、夕凪さんは小声で「うふふ」と笑って、「じゃあ」と軽く頭を下げた。

「はい。お気をつけて」

軽自動車に乗り込んだ夕凪さんがエンジンをかけ、車窓越しに会釈をしながら、ゆっくりと駐車場から出ていく。

私は軽く手を振って見送ったあと、店内に戻った。そして、マジックミラーの内側から、どんどん小さくなっていく黄色い軽自動車を見詰めていた。

完全に見えなくなると、私は箒（ほうき）を手にして、床に散らばった夕凪さんの髪を集めはじめた。

その髪の量を見て、あらためて思う。

本当に「いろいろ」あったのだろうな、と。

そして、そのとき、私はふと思い出したのだ。昨年、夕凪さんがはじめてこの店に来てくれた日も、私たちは「人生、いろいろありますよね」という話をしたことを。あのとき、彼女の口から出た「いろいろ」は、今日の「いろいろ」と比べると、だいぶ軽やかだった。軽やかでも私は、彼女にあった「いろいろ」について興味があった。理由はシンプルだ。自分の過去にも「いろいろ」あったから、もしかすると共感し合えるのではないか、という淡い期待を抱いたのだ。しかし、そのときも私たちは「いろいろ」の具体的な内容について話すことはなかった。そもそも夕凪さんは、あまり自分のことを話したがらない人なのだ。

初めて来店してからの夕凪さんは、だいたい一～二ヵ月に一度くらいのペースで通ってくれるようになった。以来、カットやカラーリングをしながら、あれこれ会話をしてきたはずなのに、いまだに私は彼女のことをあまり知らないままだった。会話が夕凪さんの人となりの「核心」に触れそうになると、いつもスルリとはぐらかして話題を変えてしまうのだ。しかも、はぐらかすときに鏡越しに見せる、少し疲れたような、淋しいような、どこか諦念にも似た――そんな曖昧な表情が、どうにも私の気を引いてやまないのだった。

次に夕凪さんが来店してくれるのは、ひと月後だろうか？　ふた月後だろうか？　あるいは今日バッサリと切ったから、だいぶ先になるのだろうか？

「ふう……」

床に散らばった夕凪さんの髪を集めながら、私は自分でも理由のよく分からないため息をこぼしていた。

と、そのとき、レジの奥で充電中だったスマートフォンが鳴りはじめた。

多分、予約の電話だろう。そう思った私は、箒を椅子に立てかけてスマートフォンを手にした。そして、画面を見たときに、思わず「おっ」と声を洩らしていた。

「もしもし」

私は平静を装って電話に出た。

「俺だけど、元気そうな声だね」

そう言う息子の声も、いつもどおりでホッとする。

「元気だよ。梅雨も明けたし」

「うん。今年の梅雨は、ずいぶん降ったよね」

「本当だよなぁ。っていうか、お前がメッセンジャーじゃなくて電話してくるなんて、珍しいな」

「そうかな？」

「そうだろ」

息子が私に連絡してくるとき、およそ九割はSNSのメッセージを使うのだ。

「まあ、なんとなくね。つーかさ、明日から、そっち行ってもいいかな？」

「そりゃあ、もちろんだよ。そもそもお前んちなんだから、許可なんて取らなくていいだろ」

「あはは。そっか。じゃあ、明日、そっち行くから」

珍しく急な帰省だな、と思ったけれど、理由はあえて訊ねなかった。明日、顔を合わせてから訊けばいい。

「おう。気をつけてな」

「うん。じゃあ明日ね」

通話は、あっさりと終わった。

まあ、父と息子の電話なんて、だいたいこんな感じだろう。

私は、手にしていたスマートフォンを充電器の上に戻した。そして、マジックミラーの向こうに視線を送った。

広々とした海原は、夏の夕照をひらひらと反射させながら揺れている。

「夏は、冒険の季節」

いろいろあるんだよ――。

スマートフォンの隣に置いてあった文庫本を見てつぶやくと、私はふっと笑ってしまった。

また、ひとりごとを口にした自分に気づいたからだ。

＊＊＊

翌日は、梅雨明けしてから最初の日曜日だけあって、当日予約のお客さんが多く、朝からひたすら大忙しだった。

夜になり、ようやく最後のお客さんを見送った私は、むくんだ脚と固まった腰のストレッチをやりつつ、ゆっくりと店じまいをしていた。

あらかた片付いて、ホッとしかけたとき——、
カラン、コロン。

静かな店内に、耳慣れたドアベルの音が響いた。

振り向くと、「うっす」と少し照れくさそうに笑った息子の健太郎が立っていた。

「はあ、冷房が効いてて涼しいわぁ」

そう言いながら店内に入ってきた健太郎は、Tシャツに短パンにサンダルという、夏休みの小学生みたいな出で立ちだったけれど、しばらく見ないうちにひとまわり大きくなったように見えた。もう二二歳だから、身長が伸びるはずもないのだが……、ようするに「存在感が大人になった」ということだろうか。

「おう、おかえり」

感慨深い思いで私が言うと、健太郎は「あ、そっか」と言ってから、すたすたと私に近づいてきた。そして、あらためて「ただいま」と言い直したとき、私たちはお互いの心臓のあたりを、それぞれ右手の拳でコツンと軽くパンチし合った。

これは私たち親子の、昔からの儀式だ。

「お前、背、伸びたってことは――」

「まさか。いまさら伸びるわけないでしょ」

「だよな。でも、なんか、デカくなった気がするんだよな」

「父さんも、少しデカくなったみたい」

「は？」

「横に」

「こら、なってねえよ」

私と健太郎は二人でぷっと吹き出した。

「腹減ってるか？」

私が訊くと、健太郎は鳩尾のあたりをさすりながら頷いた。

「うん。けっこう減ってる」

「そうか。俺なんて、今日は昼メシ抜きで仕事してたから、もうぺこぺこだよ」

「へえ、そんなに繁盛してるんだ。すごいじゃん」

「腕がいいからな。知ってると思うけど」

冗談めかして言いながら、私は自分の右腕をポンと叩いて見せた。

「母さんは、窓から見える景色がいいからだって言ってたけどね」

「それも、まあ、無きにしもあらず」

私たちは声を出して笑って、一緒に店じまいをした。

＊＊＊

私の住居、つまり健太郎にとっての実家は「Blue Horizon」から徒歩で十秒のところにある。ようするに同じ敷地内で隣り合っているのだ。建物は何十年も潮風に吹かれ続けた木造だけれど、どこかが傷むたびに手先が器用な私がこつこつ普請してきたから、まだしばらくは問題なく住めそうな平家だ。

私と健太郎は、風通しのいい畳敷きの居間で卓袱台(ちゃぶだい)をはさんで座り、互いにビールを注ぎ合っていた。

つまみは有り余るほどにある。昨日の夜、車を飛ばしてスーパーに行き、仕入れておいたのだ。刺身の盛り合わせ、唐揚げ、冷凍パスタ、豆腐、キムチ、焼き鳥、乾き物からスイカまで……、とにかくパッと目についた美味(うま)そうなものを片っ端からカゴに放り込んで買ってきたのだった。

「こんなに出しても食べ切れないでしょ」

卓袱台に並べた食料品を見て健太郎は笑ったけれど、冷蔵庫のなかには、まだこれの倍はある。

「久しぶりに実家に帰ってきたんだから、腹いっぱい喰えよ」

「あはは。じゃあ喰いだめするつもりで頑張るわ」

「刺身だけは、余らせると困るから、先に喰ってな。冷酒も買っておいたから」

「いいね。俺、日本酒も飲めるようになったんだよ。大学の仲間と飲んでるうちに美味さが分かってきてさ」

「そうか。そりゃ、いいな」

自分で言うのもナンだが、私と健太郎は、とてもいい親子関係が築けていると思う。

健太郎が小学六年生のときに麗美が他界したことで、残された私たちのあいだには、共に助け合って生きる「同志」としての絆が生まれていた。

何かにつけて、お互いの胸を軽く小突く「胸パンチ」は、当時から続けてきた男同士の符牒（ふちょう）のようなものだった。

仲間同士、助け合って、強く、楽しく生きていこうぜ――。

そういった意味合いを持たせているのだ。

久しぶりに会っても、こうして他愛ない会話を気楽に愉しめるのは、ある意味、麗美が残してくれた最大の置き土産なのかも知れない。

「やっぱ、実家の夏はいいなぁ。網戸の向こうから波音が聞こえてきてさ、なんか落ち着くんだよね」

「まあ、そういうもんだろうな」

「あと、アレね」

と言いながら健太郎が窓辺を指差したとき、ちょうど、ふわりと夜風が吹き込んできて、澄み切った金属音が鳴り響いた。

凜——。

漁港の近くに住んでいる爺さんが、ひとつひとつ手作りしている風鈴の音色だ。この風鈴は、ちょっとおもしろい形をしていて、縁に五つの山がある。野に咲く「ホタルブクロ」の花を少しふっくらさせたような形をしているのだ。

「風鈴か。なんなら、帰るときに持って行っていいぞ」

「それは遠慮しとくわ」

「なんで？」

「都会の夜はクソ暑くて、窓を開けて寝られないし。あの風鈴は、やっぱり海風とセットだと思うんだよね」

「そうか」

「それにさ、あの音色を聞くと、実家に帰ってきたなぁって、感慨深くなるっていうか――、そういうのがここにあった方が、情緒的にもいいじゃん」

「なるほどな」

やっぱり芸術をやっている人間は、情緒を大事にするんだなぁ、なんて感心しながらビールを飲んでいると、ふいに健太郎が何かを思い出したように手を叩いた。

「あ、そうだ。忘れないうちに」

「ん？」

「母さんが趣味で手作りしてたキーホルダーって、まだ残ってるよね？」

「どんなやつ？」

「ほら、アワビの貝殻を削ったやつ」

「ああ、あれなら、あるよ」

私も、そのキーホルダーは、常用の鞄に付けている。

「どこに？」

「そこの引き出しじゃないかな」

言いながら私は、膝立ちになって横を向くと、ずっと昔から同じ場所に置かれている小物用の引き出しのなかを探した。引き出しの数は縦に八段あるのだが、それを見つけたのは、上から四段目だった。

「ほら、あった。けど、最後のひとつだな」

私はそれをつまむと、「ほれ」と健太郎に手渡した。

「これ、最後のひとつなの？」

手のひらにのせたキーホルダーを見下ろして、健太郎が小首を傾げた。

「そうらしいね」

「あと五つくらいは残ってなかったっけ？」

「うーん、たしか麗美の葬式のときに、親戚と友人たちが『形見分け』ってことで持って行ったような気がするけど」

「そっか」

「多分、だけどな」

「この最後のひとつ、俺がもらってもいい？」

「いいけど、そもそもお前が持ってたやつは――」

失くしたのか？　と訊きそうになって、やめた。

「あれ、あげちゃったんだよね」

言いながら健太郎は、都会から背負ってきたリュックに最後のキーホルダーを付けた。

「あげちゃった？」

「うん」

それは少し意外な話だったので、私は興味が湧いてきた。

「誰に？」

「うーん、最初は、心が壊れそうに見えた小さな女の子にあげた」

「え……」

「からの――、心が壊れそうに見えた、同い年の人に」

健太郎の言っていることが、まったく分からない。

「からのって、お前、二つ持ってたっけ？」

「ううん。一つだけだよ」

「だよな」

「その一つが、巡ったんだよ。いろいろあってさ」

いろいろ、か――。

私は、何も言わずに健太郎の顔を見た。会うたびにぐっと大人びる息子は、グラスを傾け、ごくごくと盛大に喉を鳴らしていた。

あんなに小さかった息子が、いつの間にやら美味そうにビールを飲むようになっていて、それが、なんだか妙に嬉しくもあり……。

「まあ、うん。いろいろあるよな、人生ってやつは」

私は、それこそ、いろいろな思いを込めてそう言った。

「ほんと、いろいろあるよ」

と健太郎が小さく笑ったとき、なんとなく私は、その笑みに違和感を覚えた。細めた目の奥に、ほんの一瞬だけ、かすかな負の感情がちらついた気がしたのだ。

凜――。

夜風が吹いて、麗美が好きだった風鈴が鳴る。

私はビールをひとくち飲んで、話を変えた。

「そういえば、何日くらい、こっちにいられるんだ？」

「二泊三日」

「夏休みにしては短いな」

「バイトが入ってるからね」

「そうか。じゃあ、まあ、仕方ないな」

「なに？　そんなに俺に居て欲しいわけ？」

「阿呆か」

「あははは」

健太郎は大丈夫だ。本当に必要な相談事があれば、自分から言うはずだから。私たちは時間をかけて、こつこつと丁寧に、そういう関係を築き合ってきたのだ。

「あ、そうそう」

何かを思い出したように膝を打った健太郎が、キーホルダーを付けたリュックのなかから一冊の本を取り出した。

「この本なんだけど、わけあって、俺の手元に二冊あるんだよね」

「ほう」

「だから、一冊、父さんにプレゼントしようと思って持ってきたんだけど」

健太郎が、卓袱台越しにソフトカバーの本を差し出した。

受け取ってタイトルを口にした。

「さよなら、ドグマ――」

どこかで聞いたことのあるタイトルだ。

「まだ、読んでないでしょ？」

「うん、読んでないけど――」

「けど？」

と、小首を傾げた健太郎を見たとき、私はハッとした。

「ああ、そうか。この本、なんだか見覚えがあると思ったら、うん、思い出した」

「なにを？」

「最近、口コミでじわじわ人気に火が付いてきた本だよな？」

「そうらしいけど、知ってるの？」

「いつだったか、著者がテレビに出てたのを観たんだよ」

「へえ、そうなんだ。いい番組だった？」

「うん、まあ、ちょっと変わった感じの作家だったけど、彼の話自体はよかったよ。人間らしさがにじみ出てる感じで」

「そっかぁ。俺、帰ったらネット動画で観られないか検索してみるわ」

健太郎は、ふたたびビールで喉を鳴らすと、私が手にしている『さよならドグマ』を見ながら続けた。

「その本さ、内容もいいんだけど、カバーの絵もいいし、装丁のデザインも味があると思わない？」

「たしかに、最近あまり見ない感じの、何ていうか――」

「独特のオーラがあるんだよ」

「うん、それだ。オーラがある。さすが美大生だな」

「まあね」

そう言って健太郎が笑ったとき、また、ほんの少しだけ負の感情が見え隠れした気がした。

「読んだら、感想を伝えるよ」

「うん。中盤から疾走感が出てきて、最後は鳥肌が立つほど感動すると思うよ」

「それは楽しみだ」

そう言って私は『さよならドグマ』を卓袱台の隅にそっと置いた。

「あ、それとさ、ちょっと悪いんだけど」

相談、来たかな……と思った私を、しかし、健太郎はあっさり裏切った。

「だいぶ髪が伸びちゃってさ」

「ああ、たしかに」

目が隠れるほど伸びた前髪も邪魔そうだが、全体的に伸び放題で、もさっとした印象になっている。

「やってもらっても、いいかな？」

健太郎は、指をチョキにして、髪を切る仕草をしてみせた。

「今日はもう飲んじまったから、明日な」

「もちろん。いまから酔っ払いに切られるのは怖いし」

「まだ、ちっとも酔ってないけどな」

「顔、赤いよ」

「うそつけ」

どうでもいい会話で、私たちは笑い合っていた。

凜――。

麗美も笑っているのかな……。

明日は、月曜日だ。関東の美容室は火曜日を定休日にするところが多いのだが、うちはあえて月曜を休みに設定している。生前の麗美が「うちみたいな零細が生き残っていくためには、そういうちょっとした工夫が必要だからね」と言ったことで月曜になったのだった。ようするに、他店が閉まっている日に開いている――ただそれだけの小さな差別化なのだが、結果からいえば麗美の狙いどおり、毎週火曜日は土日に近いくらいにお客さんが来てくれるのだった。

健太郎とくだらないおしゃべりをしつつ、麗美のことを思い出していたら、私の後ろでブーンと大袈裟（おおげさ）な羽音がした。

「おっ、カナブンだ」

健太郎が網戸を指差して声を上げた。振り向くと、少し小ぶりなカナブンが網戸にくっついて、せかせかと歩いていた。

「昔は、よくカブトムシとかクワガタが飛んできたけどな」

私は健太郎が子供だった頃のことを思い出して言った。

「最近は、来ない？」

「ほとんど見ないなぁ」

「ねえ、覚えてる？　菊本川の河原にあった秘密の木」

「ああ、お前が小さい頃、よく一緒に行った『カブトムシの木』だろ？」

「そうそう、あそこでたくさん獲ったよね」

「懐中電灯を持って、夜な夜な行ったな」

「ヒラタクワガタがいたときは、すっげえ興奮したよ」

「お前、よく覚えてるな」

「そりゃそうだよ。感動したんだもん」

網戸から、やわらかな波音が染み込んでくる。

凛、と麗美が好きだった風鈴が鳴る。

成人した息子と昔話をしながら酒を飲む。

ひょっとして、これは、かなり純度の高い幸せってやつじゃないのか――。

そう思ったとき、なぜだろう、ふいに私の脳裏に健太郎と二人きりになってからの「いろいろ」が甦りはじめたのだった。

　麗美が他界してまもない頃にあった中学の入学式。早起きして毎朝こつこつ作り続けた弁当。様々な学校行事。高校受験。体育の授業で健太郎が足首を骨折したと聞いて、慌てて迎えにいったこと。私が過労で倒れて、健太郎が救急車を呼んでくれたこと。そして、病室のベッドに横たわる私に、「頼むから、俺のために無理はしないでよ」と健太郎が泣いたこと——。

凜——。

健太郎は、まだ「カブトムシの木」について懐かしそうに話していたけれど、私はすっと立ち上がった。

「ちょっとトイレ」

「えっ？　さっきも行ってたじゃん」

「まあな」

健太郎の方を見ないようにして、私はさっさと居間から出た。

「歳取ってトイレが近くなったんじゃないの？」

健太郎の揶揄が、廊下を歩く私の背中に飛んできた。

「うっさい。ほっとけ」

私もやり返す。そして、胸裏でつぶやいた。

歳を取って、トイレが近くなったんじゃない。

歳を取って、ほんの少しだけ涙腺がゆるくなっただけだ。

凜——。

背後で風鈴が鳴る。

バイトなんて休んじゃえばいいのに……。

もしも麗美がいたら、きっと私の気持ちを代弁してくれたんだろうな。

そんなことを思いながら、私は用のないトイレのドアを開けた。

＊＊＊

「海を眺めながら髪を切ってもらえるのって、やっぱり特別感があるなぁ」

健太郎が、しみじみとした口調で言った。

こうして私が息子の髪を切るのは何ヵ月振りだろうか。たしか前回、健太郎が帰省してきたのは春休みだったはずだが、そのときは切った覚えがない。

「今日みたいに天気がいいと、なおさらだろ」

「うん。ほんと、そう思う。なんかさ、鏡に映ってる自分じゃなくて、気づけば、ぼうっと海を見てるんだよね」

「そういうお客さん、多いよ」

言いながら私は、濡らした健太郎の髪に櫛を通す。つやのある細くてまっすぐな黒髪は、ハサミの刃が入りやすい髪質で、これは麗美の遺伝だった。私の髪はもっと硬いし、少し癖もあるのだ。

「見る者を飽きさせない海って、やっぱり、すごいよな」

「見てると、また、描きたくなるか？」

私としては、「もちろん」とか「そうだね」といった前向きな答えが返ってくると思って訊いたのだが、意外にも健太郎は「どうかな」とため息みたいな声を出したのだった。

私は、ちらりと鏡を見た。

鏡のなかの健太郎は、窓の外の海に静かな視線を送ったまま、何かを考えているようだった。

私はあえて声をかけず、手を動かし続けた。

誰もいない店内に、冷房とハサミの音だけが響き渡る。

しばらくして健太郎が「ねえ」と言った。

「ん？」

鏡を見たら、視線が合った。

「父さんってさ、どうして美容師になったんだっけ？」

「なんだよ、急に」

「いや、なんとなく、だけど」

鏡越しとはいえ、視線を合わせたまま答えるのは照れ臭い。だから私は、ふたたび手を動かしながら答えることにした。

「はっきり言って、たいした理由じゃないんだよな」

「…………」

「単純に、美容師の他には、自分に向いてそうな仕事が思い浮かばなかった——。それだけだよ」

「そっか。なるほど」と、いったん得心しかけた健太郎は、ふと何かに気づいたような感じで続けた。「ああ。ってことは、逆に言えば、美容師は自分に向いてるって思ったわけだよね？」

「いや、それは違うかな。とくに向いてると思ったワケじゃないし、自信があったワケでもなくて。ただ、まあ、自分で言うのもナンだけど、子供の頃から手先は器用だったから、他の仕事をするよりはマシ、くらいな感じだよ。いわゆる『消去法』ってやつだな」

「消去法か……」

張りのない声を出した健太郎に、私は手を動かしたまま、なるべく気楽な口調で訊いてみた。

「お前も気づけば三年生だもんな。将来を考える時期か」

美大生とはいえ、一般的にいえば周囲は就職活動に入る時期だろう。

「まあ、うん」

「絵描きになるってのは？」

それが、子供の頃からの健太郎の夢なのだ。

「そこなんだよね、問題は」

健太郎は、海に向かってつぶやくように言った。そして、私は、息子がふいに帰省してきた理由が、ようやく見えてきた気がした。

「問題って、どんな？」

この問いかけに、健太郎は、すぐには答えなかった。髪を切っている私が気づくほどに深い呼吸を、二度続けてしていた。そして、ようやく口を開いた。

「まあ、才能ってやつ、かな」

「才能？」

「うん……」

黙ってハサミを動かしているだけでは、会話がその先へと進んでいかなそうなので、私から軽くリードしてやることにした。

「自分には才能がないって、そう思うのか？」

「まあね」

「お前、あんなにいい絵を描くのに」

私は、本心からそう思っているのだ。

「うーん……、いわゆる、現実が見えちゃったってやつかなぁ」

「現実」

「そう。なんかさ、美大に入ると、嫌でも気づかされるんだよね。周りに天才っぽい連中が、それこそ掃いて捨てるほどいるから」

「………」

私は黙ることで、その先を促した。

シャキ、シャキ、シャキ、シャキ……と、細い髪を切るときならではの心地よい音が店のなかを漂う。

「絵だけで食べていくって、大変なんだよね」

「まあ、それはそうだろうなぁ」

「大変なんだよ、ほんと」

健太郎は、同じ言葉を繰り返した。都会で何があったのかは分からないけれど、息子がそのことを痛感しているということだけは分かる。

「芸術の分野で喰ってくってのは、大変そうだもんな」

「うん」

シャキ、シャキ、シャキ、シャキ……。

小気味いい音と、軽やかなリズム。私が長いこと――、それこそ何十年もかけて真剣に磨いてきた「手技」が奏でる音。

「そもそも、才能って、何なんだろうな？」

今度は、私が問いかけてみた。

「なんだろうね」

「美容師には、分かんねえけど」

「俺も、どんどん分からなくなってきた」

その言い方が、なんだか大雑把だったので、私がくすっと笑うと、それが健太郎にも伝染して、少し頬が緩んだように見えた。

「父さん」

「ん？」

「もしも、だけど」

「うん」

「俺が、画家になるのをあきらめて、ふつうに就職したら――」

健太郎は、語尾までは言わなかった。言えなかったのかも知れない。

でも、私には分かる。かつて健太郎は、私に夢を語って美大に入ったのだ。だから、学費を工面してもらっていることに負い目のようなものを感じているのだろう。

せっかく無理して美大に通わせてもらったのに——。

そういう気持ちを抱いているに違いない。こいつはそういう奴なのだ。昔から、ずっと。いつも相手の気持ちばかり考えて、結局、最後はくたびれてしまう。でも、そういう奴だからこそ——。

私は、ハサミを下ろして、鏡のなかの健太郎を見た。

「お前の人生は、お前の好きにしろって」

できる限り、さらっと言ったつもりだ。

「え……」

少し目を丸くした健太郎が、鏡のなかにいた。

なんだか、幼い頃の顔を見ているような気がした。

「俺は、ただの美容師だから、芸術とか絵の才能とか、そういうのは分からないけどさ、でも、好きか嫌いかっていうのはあるんだよな」

「…………」

「そうそう。お前がまだ幼稚園に通っていた頃、よく俺の仕事をじっと見てたんだよ。お客さんの見栄えがどんどん変わっていく様子を見ているのが好きだったみたいで」

「うん」

「で、時々、お前が、お客さんに向かって言うわけよ。わあ、すっごく綺麗になったぁ！　ってさ」

「あはは……」

「おチビの言葉だから、そこには忖度がないだろ？　だから、そう言われたお客さんは、えらく嬉しそうで、ほぼ間違いなく常連になってくれたんだよな」

「そんなこと、あったかな」

「あったんだよ、これが。しかも、何度も」

「そうなんだ」

「だから、好きなんだよ、お前」

「え？」

「綺麗なものとか、綺麗になっていくものが。こんなにちっこかった時代から、目をきらきらさせるほど、好きなんだよ」

「…………」

健太郎は、黙って私を見た。

私は、いま自分が思っていることを、正直にそのまま話すことにした。

「画家になるとかならないとか、才能があるとかないとか、そういうことって、もしかすると、二の次でいいんじゃないかな」

「え……」

「人生は一度きりなんだし。なるべく好きなことをたくさんやって、わくわくする気持ちをたくさん味わって——、それでいいんじゃないか？　自分に自信が持てないなら、とりあえず就職してサラリーマンになっておいて、そのうち絵を描きたくなったら好きに描けばいいし、それを画商に売ってカネになるようになったら、サラリーマンをやめて画家になればいいわけだろ？」

健太郎は何も言わず、ただ鏡のなかから私を見ていた。

だから私は、さらに続けた。

「念のために言っとくけど、学費のこととか、そういうのは気にすんなよ。俺は、自分が払いたいから払ってるんだから。もしも払うのが嫌だったら、最初から払ってないし」

「…………」

「あと、麗美がよく言ってたよ」

「え？」

「人生の選択肢には正解なんてないけど、でも、いつか、その選択が正解だったたって、胸を張れるように生きること。そういう生き方こそが、きっと正解なんだってさ」

少しのあいだ、健太郎は黙っていた。麗美の言葉を自分なりに咀嚼（そしゃく）しているのだろう。

そして、ひとりごとみたいに言った。

「なんか、深いね」

「だろ？」

「でも、じつは、シンプル」

「だろ？」

「だろって——、父さんの言葉じゃないけどね」

「うん。俺は、いま、ミスをしたと思ってる」

「え？」

「ちゃっかり、俺の言葉だってことにしとけばよかった」

一瞬、ポカンとした健太郎が、ぷぷっと吹き出した。

私もニヤリと笑って、麗美によく似た細い髪を再びカットしはじめた。

シャキ、シャキ、シャキ、シャキ……。

ハサミの立てる音が、さっきよりもいくらか軽やかに響く。

健太郎が、ふたたび夏の海を眺めはじめた。

いや、さっきよりも視線が少し上がっているから、水平線より上の、夏空を見ているのかも知れない。

＊＊＊

夕立のあと——、海辺の町は透明なパイナップル色の空に包まれた。

海も、風も、渚も、町並みも、すべてがジューシーな色彩に染められている。

ふと思い立った私は、昔のように健太郎に声をかけて、一緒に堤防釣りへと繰り出した。

釣り竿とバケツ、そして、簡単な仕掛けを手に、海沿いの道路をぶらぶら歩けば、ものの数分で龍浦漁港の防波堤に着く。

いちばん釣れる先端のポイントには先客がいた。

青いクーラーボックスに腰掛けて、ひとりで釣り糸を垂れているのは野地鉄平さんという文筆家で、この田舎町ではわりと有名な人だった。国内外あちこちを旅しては、紀行エッセイを書いたり、ときにはテレビに出たりもしているのだ。年齢は、たしか六〇代のなかばくらいだったと思う。

「鉄平さん、どうも」

私が声をかけると、物書きが振り向いた。

「おう、あんたが釣りなんて、珍しいな」

「久しぶりに息子が帰省したんで、昔みたいに一緒に釣りでもしようかなって」

私はこの人の書くお気楽なエッセイが好きで、出ている作品はすべて読んでいる。たしか健太郎も四〜五冊くらいは読んでいるはずだった。

「そりゃいい。息子くんは、名前、何て言ったっけ？」

「健太郎です。ご無沙汰してます」

健太郎がぺこりと頭を下げた。

「おお、そうだ。健太郎だった。しかし、ずいぶん立派になったなぁ。たしか絵描きになるんだっけか？」

「いま、そこを迷っているところです」

健太郎は、むしろ迷いのなさそうな口ぶりで答えた。

「ほう、迷ってんのか」

「はい」

すると鉄平さんは、「それは最高だな」と言って、ニカッと笑うのだった。

「え？」

「え？」

私たち父子は、そろって小首を傾げていた。

「若い頃ってのは、迷いに迷うのが正解なんだよ。で、ああでもなかった、こうでもなかった、次はこうしてみようって、なるべくたくさんの失敗と修正を繰り返すんだ。そうやってきた奴だけが、いずれ経験豊富な頼り甲斐のある大人になれるんだからな」

ぴぃぃぃ、ひょろろろぉぉ。

最初に鉄平さんに返事をしたのは、頭上を旋回しているトンビだった。

健太郎は、それから数秒遅れて口を開いた。

「はい。ありがとうございます」

鉄平さんの言葉を嚙み締めたことが、声色から感じ取れた。

すると鉄平さんは、「お前、面構えがいいよ」と言ってクーラーボックスから腰を上げると、そのまま、そそくさとリールを巻いて釣り竿をしまいはじめた。

「今日も、さっぱり釣れねえから閉店だ。言っとくけど、この海に魚は一匹もいねえぞ。どうせお前らも時間の無駄になるけど、それでも釣りすんのか？」

私には鉄平さんの行動の意味が分かったので、「とりあえず、やってみます」と言った。

「物好きだよなぁ、美容師ってやつは」

「作家さんには負けますけど」

鉄平さんは、「あはは」とおおらかに笑うと、「じゃあ、魚のいない巨大な釣り堀で、せいぜい頑張りたまえ」と冗談を言って帰っていった。

Tシャツに短パンにビーチサンダルという、いかにも地元らしい出で立ちが、夕照のなか遠ざかっていく。

「あの人、おもしろいよね」

健太郎が、微笑みながら言った。

「昔から、おもしろいんだよ、あの人は」

おもしろい、という言葉のなかに、格好いい、という意味が含まれていることを憶いながら、私は続けた。

「鉄平さん、どうして、いきなり帰ったと思う?」

「え?　釣れないから、でしょ?」

「お前、まだまだ青いなぁ」

「なんだよ、どういうこと?」

「譲ってくれたんだよ。いちばん釣れるポイントを」

「マジで?」

「ああ。見てみろよ、あの歩き方。クーラーボックスが重そうだろ?」

私たちは、離れていく鉄平さんの後ろ姿をじっと見つめた。

すると、健太郎がぽつりと言った。

「俺、わりと最近、鉄平さんの本を読んだけど、『世界でいちばん重たい物とは、釣行の後の空っぽのクーラーボックスである』って書いてあったけど」

私たちは、顔を見合わせた。

そして、くすくすと笑い出しながら、とりあえず鉄平さんのいた場所で釣り竿を出すのだった。

すると、さっそく健太郎が「あっ」と声を上げた。

「おっ、ヒットしたか？」

「ううん、ほら、あれ」

健太郎は、斜め後ろを指差していた。

見ると、海の上に虹が架かっていた。

「おお、これは幸先がよさそうだな」

「完璧なアーチだね」

健太郎の言うとおり、虹は見事な半円を描いていた。しかも、よく見れば二重の弧だ。

私は、ふと「空の人」を想った。

麗美も、この虹を見下ろしているかな、と。

そして、それと同時に、夕凪さんも同じ虹を見ているかな、と考えていた。

虹のたもとに広がる海は、いま、まさに静かな夕凪だったのだ。

二人を一度に思い出すなんて、私は浮気者なのだろうか。あるいは、喪に服した十年間を経ているから、そろそろ、そういうことも赦(ゆる)されるだろうか。もしも、赦してもいいと思うなら、サインでも出してくれよ、麗美——。

「ねえ」

ふいに健太郎に呼びかけられたので、堤防に直接、座っていた私の尻が浮き上がりそうになった。

「なっ、なんだ？」

「悪いけど、ちょっと、竿を持っててくれる？」

言いながら健太郎は、自分の竿を私に押し付けた。そして、スマートフォンで虹の写真を撮ると、さっそくＳＮＳにアップした。

「せっかくだから、父さんも店のＳＮＳに上げたら？」

「そうだな。じゃあ、その写真、俺にも送ってくれよ」

「オッケー」

そして、私たちは、同じ虹の写真をそれぞれのＳＮＳにアップした。

《シアワセのおすそわけです》

私も健太郎も、写真のキャプションにはそう書いた。

それからしばらくのあいだ、私たちは釣り竿を手にしたまま、のんびりとした時間を過ごした。

鉄平さんと健太郎の言うとおり、二本の釣り竿には、いまだ魚信ひとつない。それでも、息子と二人でぽつぽつとおしゃべりをしながら、こうして凪いだ海を眺めている時間は悪くなかった。

そして、とても残念なことに、悪くない時間ほど流れる速度は速いもので、あれよあれよという間に藍色になってしまった東の空には、早くも一番星がチリチリと輝きはじめていた。しかし、西の空は、まだ、やわらかな茜色を保っている。

漁港の常夜灯に明かりが灯り、防波堤の下からは、たぷん、たぷん、と甘い水音が聞こえてくる。

夕凪の刻が、少しずつ星空に塗りつぶされていくなぁ……。

私がそう思ったとき、健太郎が思いがけないことを口にした。

「ちょっと変なことを言うよ」

「え？」

「俺、前から気になってたんだけどさ」

「…………」

「父さん、この田舎町で一人暮らしをしてて、退屈だって思うことはない？」

「退屈って――」

「昼間は、お客さんを相手にしてるけど、夜から朝までは、ずっと一人なわけじゃん？」

「あはは。なんだよ、急に」

私は、内心で、いくらかどぎまぎしているのを悟られないよう、あえて笑いながらそう言った。

「急でもないんだけどね」

「え？」

「もう十年経ってるし」

具体的な数字が出たことで、健太郎の言わんとしていることに察しがついた。

無風で、夕凪だった海から、ふわっと生ぬるい風が吹いてくる。

息子にどう答えるのが正解なのかが、いまいちよく分からず、私が黙っていると、健太郎がさらに続けた。

「正直、考えてないの？　再婚とか」

「再婚って――、お前、簡単に言うよなぁ」

私は、まったく意味をなさない返事をしている自分に苦笑してしまった。

「父さんはさ、俺の父親だけあって、まだそこそこイケてると思うよ」

「はあ?」

「気になってる人とか、いないの?」

「ふつう、そういう質問って、子を心配する親がするもんじゃないのか?」

私は、また、話をごまかしていた。健太郎が、本気で私を心配してくれていることに気づいているのに。

「べつに、いいんじゃない? 息子が父親に訊いても」

「そりゃ、まあ、いいけどさ」

「で、いるの?」

追い詰められた。

「………」

「その感じは、いるね。確定だな」

「まだ、いるとは、言ってないぞ」

この期に及んで逃げ道を探している私を見て、健太郎がぷっと吹き出した。

「まだ、って言っちゃってるし。嘘をつくのが下手すぎでしょ」

「は? 未来のことは、『まだ』って言うだろうが」

「いいよ、もう。分かったたから」

「おい、ちっとも分かってないだろ」

「まあ、まあ、ムキにならないで」健太郎は、私の言葉にかぶせるように言った。「俺は、再婚することに反対はしないし、むしろ、父さんが誰かと一緒に暮らしてくれている方が安心だから。そういう日が来たら、マジで心から祝福するってことを覚えておいてよ」

「…………」

「で、今後、そういう流れになったら、何でも俺に相談してよね」

「相談っていうか、報告だろ？」

「報告はもちろん、迷いがあったりしたら、相談もアリだから。まあ、鉄平さんから見たら、五〇歳の父さんはまだ若者だから、迷うのが正解かも知れないけどね」

「こら、父親をからかうな」

「わざと、からかいながら言ってあげてるのに」

「え？」

「だって、真面目(まじめ)な口調でこんな話をしてたら、父さん、照れ臭すぎて海に飛び込んじゃうでしょ？」

さすが息子、よく分かっている。

でも、からかわれている状態でも、すでに十分すぎるほど照れ臭いのだよ。

私は胸裏でそうつぶやきながら、口では別の言葉を発した。

「分かったよ。そういうときが来たら、ちゃんと言うよ」

「オッケー。息子としては、なるべく早くそういうときが来ることを祈ってるからね」

「はいはい」

一秒でも早く、この話題を終わらせたくて、私はため息まじりにそう言った。

「あ、それと、母さんは」と言いながら、健太郎が空を指差した。「たぶん、俺以上に、父さんのこと心配してると思うよ。再婚に反対するような人じゃないしね」

「………」

「あの人はさ、自分のせいで父さんが残りの生涯を淋しく生きていくなんて知ったら、むしろ怒るタイプだったでしょ？」

怒るかな？

想像したら、すぐに結論が出た。

うん、怒るな。あいつは。

「分かったよ。分かったから。お前が言ってることは、すべて正論だよ。とりあえず、俺は俺でいろいろ考えながら生きてくし、するべきときはお前にちゃんと相談する。だから、もうそろそろ、この話は終わりにしてくれよ」

完全降伏。

「あはは。りょーかい」

健太郎は、ニッと、少し悪戯っぽく笑いながらそう言った。

ようやく安堵した私は、ため息をこぼしてしまった。

「ため息つかないでよ」

「いいだろ、ついたって。人間は疲れたら、ため息のひとつもつくんだろ」

私がそう言うと、健太郎は笑みの残滓を唇に残したまま言った。

「疲れたついでに、ひとつ、訊いていい？」

「え、なんだよ、また」

「大丈夫。今度は、我が家の話じゃないから」

「よその家の話か？」

「うん」

健太郎は、まだ私が「いい」とも言っていないのに、さっさとしゃべりはじめた。

「もしも、だけどさ」

「うん」

「俺のせいで、母さんが死んだとしたら」

「はぁ？　結局、うちの話じゃねえか」

思わず声をあげた私に、健太郎は首を振りながら続けた。

「あ、違うんだよ。これは前置きっていうか、本題に入る前の仮定の話」

「じゃあ、まあ、分かった」

「想像しながら、最後まで聞いてよ」

「おう」

「もしも、俺の行動が原因で、母さんが死んだとしたら、父さんは俺のことを、腫れ物に触るように扱う？」

いったい何なんだ、この突飛な質問は……。

私は、眉間(みけん)にシワを寄せながらそう思ったけれど、とにかく仮定の話だと自分に言い聞かせつつ、想像力を駆使してやることにした。

「そうだなぁ……、まあ、お前が物心ついている年齢で、自分を責めたりしているようなら」

「腫れ物に触るみたいに？」

「多分、そうするだろうな、というか、どうしても、そうなっちゃうんじゃないかな」

「そっか……。やっぱ、そうだよね」

健太郎は、一人で得心したような顔をして、自分の顎のあたりを撫でた。

「なんで急に、そんな突拍子もないような質問をするんだよ」

「うーん、じつはさ」

それから健太郎は本題に入った。

とある女性書店員の昔話をしはじめたのだ。

かつて、川で溺れたその娘を助けようとした兄が溺死した。生き残った娘のことを、両親はもちろん、それ以外の周囲の人たちも腫れ物に触るように扱い続けた。結果、その娘は、実家にも地元にも居られなくなり、都会に逃げてきて、成人したあとも親子関係がぎくしゃくし続けている――。そういう話だった。

「人生が重たいだろうな、その娘さん」

私は眉間にシワを寄せながら言った。

「うん。そうみたい。でもね、最近は、自分から少しずつ変わろうとしてるんだよ。苦手な両親に電話をかけるのはハードルが高いから、まずは短いメッセージをちょくちょく送るようにしてみたりして」

「そうか。そうやっているうちに、少しずつ心の結び目がほどけていくかも知れないしな」

「うん。俺もそう思ってる。父さんが俺のことを腫れ物に触るように扱うって言ったってこと、その子に伝えてもいい？」

「そりゃ、まあ、構わないけど」

「よかった。じゃあ、そうさせてもらうわ」

そう言ったときの健太郎は、少し遠い目をしているように見えた。もちろん、書店員さんのことを想っているのだろうけど。

「ん、もしかして」

私は、なんとなく気づいてしまった。

「なに？」

健太郎が小首を傾げた。

「その書店員さんに、あげたんじゃないのか？」

子供の頃からずっと、健太郎が「お守り」として身につけていた、あのキーホルダーを。

「そうだよ」

健太郎は、しれっと頷いた。

「ってことは、その人は、お前の彼女か？」

直球で訊いたら、さすがに一瞬の間が空いた。

「まだ、そうじゃないけど」

「まだ——って言ったな、お前」

「あはは。未来はまだ分からないから。でも」

「でも？」

もう、ここから先は聞かなくても分かっている。それでも、やっぱり息子の口から聞きたいのが親心ってものだ。

しかし、その親心を無下にする者がいた。

鉄平さんが「いない」と決めつけていた魚だ。

「あっ、来たっ」

「え？」

「魚、ヒットしてる」

「おお、やっと来たか」と私が言った刹那(せつな)、釣り竿を握っていた私の手にも、グングングンと命の躍動が伝わってきた。「あ、俺の竿にも来たぞ」

「ダブルヒットじゃん」

「ようやく時合(じあ)いが来たな」

私たちは、そろって二〇センチほどのアジを釣り上げた。

海水を張ったバケツにその魚を放り込んで、ふたたび竿を振る。

「父さん、ジアイってなに？」

健太郎が、私の方を見ながら訊ねた。

「ああ、時合いってのは、それをするのに最適なタイミングってことだよ。釣りでいうなら、魚がよく釣れる時間帯のこと」

「ふうん。って、あ、またヒットした」

若々しい健太郎の顔に、素直な笑みが弾ける。

時合い——。

人生にも、きっとある。

「じゃんじゃん釣って、今夜はアジの刺身とフライで乾杯するぞ」

「いいね。俺も一緒に作るよ」

「おう」

父子が台所に並んで、一緒に料理をするのか。

純粋な幸せじゃないか。

考えてみれば、昨日、健太郎が帰省して来たのも、私たち父子にとっては最良の時合いだったのではないか。

私が良型のアジを釣り上げて、健太郎に「どうだ」と見せびらかす。

健太郎も負けじと、さらに大型を釣った。

夏の夜の海風が吹いて、水面がひらひらと揺れる。

夕凪の時間は完全に終わり、星降る夜になっていた。

ぼんやりと白くにじむ天の川の下で、私たちは、おそらく生涯の思い出のひとつとなるであろう釣りを愉しむのだった。

＊＊＊

翌日の火曜日は、通常どおり朝から店を開いた。

休み明けというのもあって、午前中だけでも三人の予約が入っていた。

健太郎はというと、たっぷり朝寝坊したあと、一人でぶらぶらと海辺のあたりを散歩したようだが、昼前には帰宅していた。私は、健太郎が家から出たり入ったりする様子を、店内からマジックミラー越しに見ていたのだ。

午前中の仕事をすべて終えたのが十二時半。

私は店の鍵を閉めて、いったん母屋に戻った。

すると、台所からソースのいい匂いが漂ってきた。匂いに釣られて台所を覗きに行くと、健太郎がフライパンを振って焼きそばを作っていた。

「おっ、昼飯、作ってくれてるのか」

「うん。なんか、急に焼きそばが食いたくなってさ、散歩がてら駅前の商店街に行って材料を調達して来たよ」

「ソースの匂いにやられて、腹が鳴りそうだ」

「あはは。もう出来るよ」

健太郎が調理をしているあいだに、私は二人分の皿を出し、グラスに氷を入れて麦茶を注いだ。すると健太郎が「よし、出来た」と言って、皿に焼きそばをてんこ盛りにした。それを二人で居間の卓袱台まで運んで、さっそく食べる。

「ちゃんとキャベツとウインナーも入れたんだな」

「まあね。俺も一人暮らし三年目だから」

「ってことは、俺も三年目ってことか」

「そりゃそうだよね」

卓袱台の隅っこには、健太郎がくれた『さよならドグマ』が置いてある。それをちらりと見た私は、あまり気の進まない質問を投げかけた。

「そういや、お前、今日、帰るんだよな?」

「うん」

健太郎は、焼きそばをがっつきながら答えた。

「時間は?」

「電車の時間を調べて、適当に決めるよ」

「そうか。午後は、お客さんの入ってない時間帯が少しあるから、駅まで車で送っていこうか」

私がそう言うと、健太郎は笑った。

「あはは。いいよ、別に。荷物はリュックひとつだし、駅まで歩いて十分くらいなんだから」

「まあ、そうだけど」

「今生の別れでもあるまいし」

今生の別れという単語に、つい麗美を憶ってしまう。

「お前、いまどきの学生が使わなそうな言葉を知ってるのな」

「こう見えて、わりと読書好きですから」

「書店員さんと仲良くなるくらい、か？」

たまには先手を打ってやろうと、私が揶揄したら、健太郎は口のなかを焼きそばでいっぱいにしたまま、ニヤリと笑った。

こいつ、いい顔をするなぁ、と思ったら、網戸越しに心地いい海風が吹き込んできて、

凛――。

窓辺の風鈴が鳴った。

＊＊＊

午後の営業をはじめてから二時間ほどが経った。

私は、新規のお客さんの髪をカットしていた。三〇代なかばくらいの女性客だ。若いお客さんは少ないので、なるべくリピーターになってもらえるよう、私は本人の要望を細かく確かめながら長さやイメージを微調整していた。

すると――、カラン、コロン。

ふいに店のドアベルが鳴った。

飛び込みのお客さんかな、と思って振り向くと、そこにはリュックを背負った健太郎が立っていた。

「じゃ、俺、帰るから」

健太郎は、お客さんに気を使ったのだろう、少し抑えた声で言った。

「おう。そうか」私はお客さんに「ちょっとすみません」と言って、いったん離れた。

そして、ドアの前まで歩いていき、健太郎と向かい合った。

「気をつけてな」

「うん」

頷いた健太郎の右手が、すっと拳の形になった。

私も、拳を握る。

そして、トン、とお互いの胸を軽くパンチ。

「じゃあ」と健太郎。

「おう」と頷く私。

健太郎は、にっこり笑って店から出ていった。

ドアが閉まると、私は、「すみません。お待たせしました」と、お客さんの後ろに戻った。

「爽やかなイケメンですね」

「そうですかね」

「いまの、息子さんですか？」

「はい。一昨日、ふらっと帰省してきて、いま帰るところです」

お客さんと会話をしつつも、私の視線はマジックミラーになっている大きな窓の外に向けられていた。

海岸沿いの歩道――夏のまぶしい照り返しのなか、健太郎が大股で歩いていく。

「息子さん、モテるでしょ？」

「さあ、どうでしょうねぇ」

私は視線を鏡に戻した。お客さんと目が合う。

「大学生ですか？」

「はい。美大に通ってるんですよ」

「へえ、すごいじゃないですか。じゃあ、もしかして、あの絵も？」

お客さんが、壁に掛けてある油絵を見て言った。

「そうです」

白い木枠で額装された作品のタイトルは『青い水平線』という。この店の窓から見える風景をモチーフに描いたその絵は、健太郎自身のお気に入りだ。

私は、再びハサミを動かした。

ジャク、ジャク、ジャク、ジャク……。

健太郎よりも、だいぶ太くて傷んだ髪だけれど、丁寧に、そして、自分に最適なリズムでカットしていく。

「気持ちのいい絵ですね。ずっと見てても見飽きない感じ」

「ありがとうございます。息子が聞いたら喜びます」

「将来は、画家さんになるんですか？」

私は、その質問に、ためらうことなく返事をした。

「そこは、あいつの気分次第だと思います」

ちらりと窓の外に視線を送った。

もう、健太郎の背中は見えなかった。

＊＊＊

今日は夕暮れ時に店を閉めた。

隣の母屋に戻った私は、玄関から冷蔵庫に直行して、缶ビールを取り出した。そして、居間まで歩きながらタブを起こすと、缶に直接、口をつけて、ごくごくと喉を鳴らした。

「くはぁ」

と立ったまま声に出す。

空気が淀んで蒸し暑いので、窓を開け放った。

薄暮の海からは、ざわざわと静かな波音が届けられる。

その波音と一緒に、海風が吹き込んできた。

凜――。

遠い波音と、風鈴。

ふたつの音が、むしろ、この部屋の静けさを際立たせる。

健太郎がいたのは、たったの二泊。それなのに、一人に戻ったとたん、この家のなかは、まるで深海の底みたいにしんとしてしまった。

「まあ、日常に戻っただけだよな……」

ひとりごとを口にして、卓袱台の前に腰を下ろした。

缶ビールをごくりと飲む。視界のはじっこに『さよならドグマ』が入った。その本に手を伸ばしかけたとき、麻のサマーパンツのヒップポケットでスマートフォンが振動した。

私はビールの缶を卓袱台に置き、代わりにスマートフォンをポケットから引き抜いて画面をチェックした。

健太郎からのメッセージだった。

さっそく開いて本文をチェックしてみる。

『いま無事に帰宅。今回は二泊だけど帰省してよかったよ。いろいろとありがとね。おかげで気分が少しスッキリしました。添付したこの描きかけの作品、ずっとしっくりこなくて悩んでいたんだけど、今回、帰省したおかげでいいイメージが湧いたから、完成したら写真送るね』

どれどれ、と私は添付の画像を開いてみた。

それは、夕暮れ時の海をモチーフにした油絵だった。

空はルビーのように深い赤で、凪いだ海にもその赤が溶け広がっている。画面中央から沖に向かって真っ直ぐに延びる白い防波堤は、昨日、一緒に釣りをした龍浦漁港をイメージしたのだろうか。よく見ると、若い男女が、その防波堤の上を並んで歩いていた。

「すでに、いい絵だと思うけどな」

ひとりごとをつぶやいて、私は返信を入力しはじめた。

『この絵がどんな完成品になるのか楽しみにしてるよ。それと、健太郎にもらった本、これから読んでみる。バイトもいいけど、まずは健康第一でな』

そこまで入力して、いったん読み返した。

夏休みのうちに、また帰ってこいよ——、という一文を追記するのは、まあ、やめておいた。

私は、送信ボタンをタップした。

スマートフォンを卓袱台の上に置いて、残りの缶ビールを飲み干す。

凜、凜——。

風鈴の音色にせかされるように『さよならドグマ』を手にした。

最初の一ページ目を開き、活字の上に視線を滑らせる。

ページをめくり、二ページ目、三ページ目も読み、ふたたびページをめくったとき、私は予感した。

これは、揺さぶられるかも知れないな——。

そして、その予感は的中した。私の意識はぐいぐいと物語に引きずり込まれ、うっかり夕食を食べるのを忘れたまま半分以上も読んでしまったのだ。

気づけば真夜中。私は慌てて冷蔵庫のなかを漁って、適当に腹を満たし、風呂に入り、眠りについた。

＊＊＊

翌日――。

一日の仕事を終えて母屋に戻った私は、昨夜の反省を生かして、まずはビールを飲み、しっかりと夕飯を食べ、風呂に入り、歯を磨き、そして布団に潜り込んで『さよならドグマ』の続きにとりかかった。時刻は、まだ八時すぎだ。

涙腺のゆるい私は、昨夜も読みながら泣いていたのだが、今夜は、その倍の量の涙がこぼれた。主人公の行動や台詞、そして、行間からも、匂い立つような空気感と情動がびりびりと伝わってきて、それらが私の胸を奥の方からかき乱すのだ。

終盤にさしかかると、作者が物語に込めた幾多のメッセージの弾がマシンガンのように連射された。そして、そのすべてが私の胸に命中したのだった。最初は痛みを伴ったその弾だが、時間とともにそれは「ぬくもり」へと変化していき、じわじわと私の心のなかで溶け広がっていった。

あ、ヤバいな、これは……。

私は、たまらない気分になって、いったん本を閉じた。

そして、布団のなかで仰向けになったままつぶやいた。

「ったく、あいつめ……」

私は、自分の頬が緩んでいることに気づいていた。

目尻からはしずくがこぼれて、それが耳に触れてくすぐったかった。

健太郎がくれたこの本の本質は、正直、壮大すぎて単純な言葉で表現できるようなものではなかった。けれど、その芯を貫いている観念は、きっとこういうことなのだろうと思う。


離れていても、心は寄り添っているよ——。


少なくとも、いま、私の内側は、そういう思いで溢れかえっていた。

ふと、著者の涼元（すずもと）マサミがテレビで取材を受けていたのを思い出した。見た目は小説家というより、ちょっと小洒落（こじゃれ）たバーの店主みたいな感じの中年男だった。話し方も、ぶっきらぼうなところがあり、どこか世間を嫌っているような雰囲気を醸（かも）し出していた気もする。

いろいろあったんだろうな、あの小説家にも……。

そうでなければ、こんな小説を書けるはずがない。

勝手にそう確信して、私はふたたびページを開いた。

そして、そこから先の物語は、もはやジェットコースターのようだった。勢いがつきすぎて、途中で止めることなど出来るはずもない。だから私は最後の一行まで、呼吸を忘れたように夢中になって読んだのだった。

読了し、そっとページを閉じたとき――、私は深い満足感の海にたゆたっているような、ふしぎな浮遊感を味わっていた。

その感覚をもっとリアルに味わいたくて、目を閉じ、ふう、とため息をついた。すると、どういうわけか、私の胸の浅いところで健太郎の声が響いたのだった。


そういう日が来たら、マジで心から祝福するってことを覚えておいてよ――。


息子に祝福される日……。

閉じていた目を開けた。

見慣れた天井が目に入る。

「来るのか？　俺にも、そういう日が」

私は、また、ひとりごとを口にしていた。

健太郎が帰ってから、明らかにその数が増えている。

そして、いま、ひとりごとの数を一気に減らす、たったひとつの方法を思いついてしまった。

駄目もとで、やってみるか……。

私は『さよならドグマ』に背中を押してもらいながらスマートフォンを手にした。

アドレス帳のアプリを開く。

そして、凪のない夕暮れ時の、凪いだ海のような人の顔を思い浮かべて——、その人の「名前」を探した。

＊＊＊

この町の隅っこには、ちょっとした穴場がある。

小さな岬がまるごと見晴らし台になっている町営の展望緑地公園だ。

私と夕凪さんは、いま、彼女の愛犬、ゴールデンレトリーバーの「花梨（かりん）ちゃん」を真ん中にはさんで、その公園のベンチに座っていた。

眼下には藍色のセロファンのような夏の海のパノラマが広がり、背後の芝生の広場には海風が吹き抜けている。立派な広葉樹が日傘のように枝葉を伸ばしてくれているので、私たちは涼しい木陰のなかにいた。

今日は月曜日なので美容室は休みだ。夕凪さんは、わざわざパートの休みを合わせて、私のお誘いに乗ってくれたのだった。

じつは、『さよならドグマ』を読了したあの夜、私は思い切って夕凪さんにメールを送っていた。以前、髪をカットさせてもらったときに、「おすすめの本があったら、お貸ししますね」と約束していたのだ。そして『さよならドグマ』を読んだいまこそ、その約束が果たされるときだと私は考えたのだった。というか、まあ、それを口実にしてデートに誘っただけなのだが。すると夕凪さんは、二つ返事で了解してくれた。しかも、愛犬を連れていくために、犬用のドライブケージがついた彼女の車で私を迎えに来てくれるという。もちろん、私は、その申し出に甘えることにした。

そして今日、昼過ぎに店の前でピックアップしてもらい、夕凪さんのお気に入りの展望緑地公園にやってきた、というわけだった。

本音を言えば、これが果たして「デート」なのかどうかは、よく分からない。でも、もし、そうではないとしても、「物語のはじまり」としては悪くないような気もしている。

今日は朝から少し風があった。そのせいで海は荒れていて、いまも崖の下の方からザブーン、ザブーン、と波が岩にぶつかり砕ける音が響いてくる。

夕凪さんは、白いリボンのついたストローハットが風に飛ばされないよう、ときどきつばをつかんでは、空いた手で花梨ちゃんを撫でている。

「花梨ちゃんの名前って、何か由来があるんですか？」

私は、幸せそうに犬を撫でる夕凪さんの横顔を見ながら訊ねた。

するとタ凪さんは、遠い水平線のあたりを眺めながらしゃべりはじめた。

「この子はメスなので、お花の名前を付けてあげたいなと思って。で、あれこれ考えていたら、『豊かで美しい』とか『可能性がある』っていう花言葉を持っている『花梨』がいいなと思ったんです」

幸せそうに目を細めながら、夕凪さんは命名の理由を教えてくれた。

「そうか。キミはいい名前をもらえてよかったなぁ」

私も花梨ちゃんの頭を撫でた。すると花梨ちゃんは伏せの姿勢のまま尻尾（しっぽ）をパタパタと動かし、口角を引くようにして笑ってくれた。

「ここには、花梨ちゃんとよく来るんですか？」

「しばらくは、来てなかったです」

「あ、そうなんですね」

「よく来てたのは、この子と出会う数年前だったかな」

夕凪さんの声色が、わずかに重たくなった気がした。

「じゃあ、お一人で？」

「はい」

いったい、一人で何をしに？

と訊きたいのをこらえていると、夕凪さんは、自分から話しはじめてくれたのだった。

「じつは、九年前に、夫が交通事故で脳をやられて寝たきりになったんです」

「…………」

思いがけない話に、私は何も言えずにいたけれど、夕凪さんは違った。むしろ、吹っ切れたような表情で淡々と話しはじめたのだ。

「それから、いわゆる介護生活がはじまって……。最初は、わたしなりに頑張ろうって思ってたんですけどね。でも、夫は感情をまるごと失くしていたので、何をしてあげてもまったくの無反応で……」

「それは――」

大変ですね、と言いかけて、私は口を閉じた。軽はずみな言葉はそぐわないと思ったから。

「でね、ある日、わたし、ふと思っちゃったんです。なんか、この人、ぬくもりのある人形みたいだなぁって」

「……………」

「いったんそう思ったら、次の日も、その次の日も、同じことを思うようになっちゃって――、だんだんと介護をするのがつらくなってきて。気付いたときには、もう、わたしのこっちまで壊れかけてたみたいで」

こっち――と言いながら、夕凪さんは自分の胸のあたりを押さえていた。

私は、ただ小さく頷いて、先を促した。

「で、ときどき、見晴らしのいいこの公園の、このベンチに一人で座って――。ねぇ、花梨ちゃん」

夕凪さんは花梨ちゃんの背中をそっと撫でた。その横顔には、かすかな笑みが浮かんでいた。でも、その笑みがむしろ痛々しくも見える。

「なんか、すみません。重たいことを話させちゃって」

「え？　いえいえ。ぜんぜん大丈夫です」

「お店に来て下さったときも、こういうお話にはならなかったのに」

「あ、それは、わたしがそうしてたんです」

「え？」

「だって、せっかく髪を綺麗にしてもらえる日なのに、あんまり暗い話はしたくないじゃないですか」

なるほど、そういうことだったのか。

得心した私に向かって、夕凪さんは続けた。

「それに、いまはもう自由ですから」

「自由？」

「夫は去年、脳卒中で他界しました」

「えっ、それは、なんて言うか……」

御愁傷様です、と私が言う前に、夕凪さんは曖昧な笑みを浮かべて首を振った。

「わたしね――」

「はい」

「それを境に、リスタートさせなきゃって思ったんです」

「リスタート」

「はい。離れて暮らしている娘に言われたんです。お母さんも、そろそろ自分の人生を生きてよって」

私の脳裏に、健太郎の顔がちらついた。

夕凪さんは、さらに続けた。

「それで、心機一転、何をしようかなって考えたら、まずは髪を切って気分を変えようと思ったんです。どうせなら、昔から通っている美容院じゃなくて、どこか新しい、素敵なところで切ってもらいたいなって思ったのが、去年のことだったんです」

「え――、ということは？」

「はい」

夕凪さんは、花梨ちゃんの背中から視線を剝がして、私を見た。ふんわりと透明感のある「夕凪」らしい笑みが、目の前で咲いていた。

「それが、うちの店だったと……」

「はい。じつは、そうなんです」

私は、思わず「ふう」と嘆息してしまった。

夕凪さんにも、いろいろなことがあったのだ。いろいろなことを経験したからこそ、いまの夕凪さんになって、私の店に来てくれて……。

「あ、そうだ。わたしに貸して下さるっていう本は？」

ふいに夕凪さんが話題を変えたので、私は一瞬、ぽかんとした顔で夕凪さんを見てしまった。

「ええと、本を貸して下さるんですよね？」

夕凪さんが、ふしぎそうな顔で繰り返した。

「ああ、そうでした。すみません」そもそも今日は、そのために会いにきてくれたのだった。私は狼狽しながら答えた。「ええと、いまお渡ししちゃうと、本は重たいので、最後にお渡ししますね」

「…………」

「ちなみに、タイトルは『さよならドグマ』っていうんですけどね――」

私がしゃべっているときに、めずらしく夕凪さんが言葉をかぶせた。

「え？　さよならドグマ？」

私も思わず「え？」と、同じ言葉を口にしていた。

「その本、わたし――」

「あ、すでに持っている、とか？」

「はい。じつは」

と軽く首をすくめた夕凪さんは、なぜだろう、どこか嬉しそうに微笑んでいるようにも見えた。

「うわあ……、じゃあ、もちろん、読了されてますよね？」

若干、肩を落としながら私が言うと、夕凪さんは「ええ」と、むしろ軽やかに頷く。

「わたし、発売された頃に一回目を読んで、そうしたら、孤独感がすうっと軽くなったような気がして。その後も、ときどき再読しているので、もう三回か四回くらいは……」

「そんなに――。いやぁ、先に電話でタイトルを伝えておけばよかったなぁ。既読の可能性があるってこと、考えもしてなかったです」

私は自分の知恵のなさに軽く恥じ入って、思わず後頭部を掻いていた。そして、気づいてしまった。もはや今日、夕凪さんと私が一緒にいる理由がなくなってしまったということに。

ところが、夕凪さんは違った。

むしろ、表情を生き生きとさせはじめたのだ。

「いいえ。いいんです。わたし、その本を選んでもらえて逆に嬉しいので」

「え？」

嬉しいって、どういうことだ？

私は、夕凪さんの顔を見た。夕凪さんは目を細めていた。それは、私のお客さんがバックミラーをチェックして、心から満足したときに見せてくれる、あの瞬間の笑みによく似ていた。

「じつは、わたしと娘は、涼元マサミ先生のファンなんです」

その話を聞いたとき、私の内側に、ピンとくるものがあった。

「もしかして、『さよならドグマ』は、娘さんからのプレゼントだとか？」

「わっ、すごい。正解です。あの本は、娘が贈ってくれたんです」

夕凪さんの目がいっそう細まって、そして、その分だけ、独特のやわらかな透明感が増していく気がした。

「じつは、ぼくも同じで、離れて暮らしている息子がプレゼントしてくれたんですよ」

「そうだったんですか。素敵な息子さんですね」

たまたま二冊あったから、余った一冊を私にくれた——、という話は、いまは黙っておくことにした。

「いえいえ、そんな。そういえば先日、著者の涼元マサミがテレビのインタビュー番組に出てたんですけど」

「はい。わたしもその番組は見ました」

「あ、さすがファンですね」

夕凪さんは、うふふ、と少女みたいに笑うと、番組の内容を口にした。

「涼元先生は、小説家をやりながらエディターズスクールの人気講師もされていて、いまは離れて暮らす小さな娘さんとの月一回のデートが楽しくて——っていう」

「そうそう。その番組です」

「離れて暮らす子供って、なんだか、わたしたちみたいで、ちょっと共感できちゃいますよね」

「たしかに。でも、涼元先生の娘さんは、離婚した元奥さんと一緒に暮らしているみたいですよね」

「そうです。親権がもらえなかったとか」

「ええ」

「でも、いまでも仲良く娘さんとデートをしているんだよねって、すごく嬉しそうにおっしゃってましたよね」

「ですね」

私は頷いた。

夕凪さんは、想像以上に涼元マサミに入れ込んでいるようだ。

「離れていても、やっぱり親が子を思う気持ちは変わらないですもんね」

花梨ちゃんを撫でながら、夕凪さんがしみじみと言う。

「分かります。むしろ、離れていると余計に気になったりして。成人した息子ですら心配ですから」

「きっと、親って、死ぬまで心労が絶えないんでしょうね」

「死ぬまでか。長いなぁ……」

私は、夕凪さんの顔を見ながら、思わずくすっと笑ってしまった。

それから私と夕凪さんは、タイトルにもなった「ドグマ」の意味と、物語の深さについて切々と語り合った。そして、奇しくも、その「語り」は、お互いの人生の深い部分を見せ合うことと相似していたのだった。

少しずつ、夕凪さんの人となりが像を結んでいく。それはパズルのピースがピタピタとハマっていくときに似た快感を私にくれた。知れば知るほどに、夕凪さんは、私の思い描いていた通りの「夕凪さん」だった。そのことが純粋に嬉しくて、私は安堵さえも覚えていた。

時折、少し強い海風が吹いて、頭上の枝葉が音を立てた。

はるか遠くには、空と海をくっきりと分ける青い水平線が伸びている。

私と夕凪さんとのあいだには、穏やかに笑う犬がいて、その犬を撫でながら、好きな小説と人生について深掘りしていく。

もしかすると、健太郎がプレゼントしてくれたのは、本というよりも、むしろ、この時間なのではないか——。

ぼんやりとそんなことを思いながら、海の上に広がる夏らしい青空を眺めた。

なあ麗美。もしも嫌だったら、そういうサインを出していいからな。でも、逆に背中を押してくれるのなら、やっぱりそういうサインを出してくれ。

私がそんなことを思っているあいだも、夕凪さんは、穏やかで、嬉しそうな口調で、『さよならドグマ』についてしゃべっていた。そして、私も、その話に寄り添った。

「そういえば、この小説、内容はもちろんいいんですけど、装丁デザインもいいんだって、息子が言ってました」

「ああ、それ、分かります。力強いタッチの絵なのに、見れば見るほど、やさしい印象を受けるんですよね」

まさに、夕凪さんの言うとおりだと思って、私は深く頷いた。

もしかすると、健太郎は嫉妬しているかも知れないけれど、あの装丁の絵は素晴らしいとしか言いようがない。画面いっぱいに青い海と白砂の渚が広がり、逆光のなか、手を繋いだ男女がシルエットになって描かれている。しかし、渚を照らしているのは太陽ではなく、よく見ると、それはぎらぎらと黄色く光るアナログ時計だった。絵のなかの男女は、どこか淋しげに、でも、凜として美しくもある立ち姿で、その時計を見上げている。

「あの装丁イラストのなかにいる男女は、きっとまぶしいような未来を必死に生きようとする主人公たちなんじゃないですかね？」

私が、自説を口にすると、夕凪さんは、ちょっと驚いたような顔をした。そして、

「ほぼ正解です」と言い切った。

私は、その口ぶりがちょっとおかしくて、軽く吹き出してしまった。

「え、どうして笑うんですか？」

「だって、夕——知世さん、見たことがないくらいテンションが上がってるんで」

私は、危うく自分のなかだけのニックネーム「夕凪さん」と呼んでしまうところだった。

「おかしいですか？」

「いえ、そんなことないです。でも、本当に好きなんだなっていうのが伝わってきました」

「うふふ」

夕凪さんこと、知世さんが笑った。

ああ、本来は、こういう笑い方をする人だったのか——。

私は、あらためて、この人の醸し出す雰囲気に「夕凪」を感じてしまうのだった。

あの本のなかで、主人公の真衣が、こんなことを言う。

「過去を大切にすることも大事だけど、いまと未来を大切にしないと、いつかその過去まで否定することになるよ」

私にも、知世さんにも、過去がある。

人生いろいろ、な過去だ。

そして、それぞれの子供たちが、その過去から私たちを解き放とうとしている。そのために『さよならドグマ』をプレゼントしてくれたのだ。

と――、ふいに、ベンチに座る私たちの前を、見知らぬ母子が通りかかった。男の子はまだ幼稚園に入るかどうか、という年齢に見える。

つい目を細めて二人を見ていたら、男の子が斜め上の空を指差して「あっ」と可愛らしい声を上げた。

「ん、どうしたの？」

と、母親が子供の指差す方を見上げて――「ああ」とにっこり微笑んだ。

何だろう？

私も釣られて、男の子が指差す青空を見た。

知世さんも、私の横で同じ姿勢を取っていた。

小さな男の子の、小さな指の遥か先には、うっすらと白い昼間の月が浮かんでいた。

「月ですね」

私が言った。

「はい。月ですね」

知世さんが、軽く微笑みながら頷いた。

目の前にいた母子が歩き去っていく。

「わたしたちの子供たちも、見てるかしら」

その言葉が、私の内側の水平線をぐっと押し広げてくれた気がした。

空は、つながっているのだ。

「見てたら、いいですね」

「はい」

この人となら――、この先も、同じ月を見上げ続けられるかも。

ひとり勝手にそんなことを思って、じーんとしていたら、知世さんが何かを思い出したかのようにしゃべり出した。

「このあいだ、髪を切ってもらったとき、わたしが『いろいろあった三〇周年』って言ったの、覚えてますか？」

「あ、はい。もちろん覚えています」

「じつは、あれ、結婚してから丸三〇年が経ったという、記念日のつもりだったんです」

「ああ、そういうことでしたか」

「はい」

「ええと……」

すでに亡くなっているご主人との記念日に「おめでとうございます」はないよな？

そんなことを思っていると、知世さんが先に口を開いた。

「あの日は、人生の大きな区切りのつもりだったので」

「区切り、ですか？」

「はい」知世さんは、穏やかな笑みを浮かべたまま、しっかりと頷いた。「歩き出そうかなって。そろそろ、本当に、しっかりと前に」

「ああ、それで、あの日は髪を」

「一気に十五センチ以上も、バッサリと切って頂きました」

短くなった自分の髪を人差し指と中指ではさむようにして、知世さんはくすっと笑った。

その笑顔を見ていたら、私は思わず口を開いていた。

「あの――」

「はい？」

花梨ちゃんを撫でようとしていた知世さんが、顔を上げて私を見た。

「ぼくも、ちょうど十年なんです」

「え？」

「妻を亡くして、十年です」

「…………」

「しかも、そろそろ歩き出せって言われました」

「ええと、どなたに？」

「本をくれた息子に、です」

知世さんの顔に、透明感のある笑みが広がった。そして、その笑みを保ったまま、おとなしく伏せをしている花梨ちゃんを見下ろした。

「なんだか、すごいね。うちといっしょだね」

知世さんは花梨ちゃんにそう言って、しばらくのあいだ、やさしく愛犬の背中を撫で続けていた。

＊＊＊

海風に吹かれながら、私たちは公園内をのんびりと横切り、やがて知世さんの車が停めてある駐車場に戻ってきた。

どうやら二時間近くも岬の公園のベンチでおしゃべりをしていたらしい。

知世さんは車の荷室にあるケージに花梨ちゃんを入れると、運転席に座った。私は助手席に座る。

正面のウインドウ越しに、青い水平線が見えていた。

この岬は、どこにいても海が見えるのがいい。

知世さんが「暑いですね」と言いながら車のエンジンをかけた。エアコンが、ゴーッという風音を立てて動き出す。一応、日陰に停めてはおいたものの、それでも真夏だけあって車内の温度は高くなっていた。

「あ、そうだ」

知世さんが、こちらを見て声を出した。

「はい？」

「いま、ちょっと『さよならドグマ』を見せてもらってもいいですか？」

「え？　それは、もちろん、いいですけど……」

ふしぎに思いつつ、私は膝の上に抱えていたショルダーバッグのジッパーを開けて、なかからソフトカバーの本を取り出した。そして、知世さんに差し出した。

「ありがとうございます」

そう言って受け取った知世さんは、裏表紙の方からページをめくっていき、開いたページを私に見せた。

「ほら、ここ」

知世さんが開いたのは、いわゆる「奥付」と呼ばれるページだった。書籍の発行年月日や、発行者、発行所、著者名、関わったスタッフの名前などが書かれているページだ。

私は、指し示されたページをじっと見た。

まずは、著者の涼元マサミという名前が目に入る。

続けて、「装丁デザイン／青山哲也・青山しのぶ」という連名を読んだ。

「一冊の本を、二人でデザインすることがあるんですね？」

私は、気になったことを口にしてみた。

すると知世さんが頷いた。

「このお二人は、ご夫婦だそうですよ」

「へえ。なんか、いいですね、そういうの」

知世さんは、まだ奥付ページを開いたまま、こちらを見ている。私は、奥付に何かが隠されているのだろうと確信して、あらためて文字を目で追っていった。

そして——。

「あっ、えっ？」

短く声を上げて、知世さんの顔を見た。

「気づきました？」

「えっと、編集の、津山奈緒さんって」

まさか、と思ったら、知世さんがにっこり笑って頷いた。

「はい。娘です」

「ええええっ！」

私は、仕事中はいつも「知世さん」と呼んでいたし、それ以外は胸のなかで「夕凪さん」と呼んでいた。だから「津山」という苗字を思い出すのに時間がかかってしまったのだ。

「嘘でしょ」

思わず、敬語を忘れて言っていた。

「じつは、うちの娘、涼元マサミ先生の担当編集者なんです」

「そんな……、奇跡みたいな話って――」

そう言いかけたとき、私はハッとした。

いや、奇跡じゃない。

これは――。

思わず正面の窓ガラスの向こうの景色に視線を送った。

「海に、何か見えるんですか？」

いきなり前を向いた私の行動を奇妙に思ったのだろう、知世さんが、ふしぎそうに言った。

「あ、いえ、別に」

私は、ゆっくりと、ひとつ深呼吸をした。

そして、胸のなかでつぶやいた。

麗美、これって、サインだよな？

＊＊＊

翌日の夜――。

一日の仕事を終えた私は、ひとり居間で缶ビールを飲んでいた。

網戸の向こうからは鈴虫たちの美声が聞こえてくる。

風がないせいか、少し蒸し暑い。

「クーラーでもかけるかぁ……」

と、ひとりごとを口にした自分に気づいて、苦笑した。

卓袱台の上には、知世さんに貸すことができなかった『さよならドグマ』がぽつんと置かれていた。

それを眺めつつ、私は昨日のデート（らしきもの？）を反芻（はんすう）した。

展望緑地公園の駐車場で、麗美からのサインに気づいたあと、私たちは海沿いの道路を少しドライブして、近くの龍浦海水浴場へ行くと、のんびり素足でビーチを散歩した。

その後、小さな岬の崖の上にある喫茶店にまで車を走らせ、とびきり美味しいアイスコーヒーを飲み、店主のおばあさんオススメのバナナアイスを食べ、そこからさらにドライブをして白亜の灯台に登ったのだった。柵にもたれて青い水平線を眺めていた私たちは、強い海風のなか、互いの肩がくっつきそうな距離感で会話をしていた。

知世さんの髪は、つねに絵画のような美しさで海風になびいていた。

「どうかしました？」

ふいに知世さんに言われて、私はハッとした。

さすがに、横顔に見惚れていました、なんて直球をぶつけられるほど若くはない。だから私は、ちょっぴり「意味」を含ませたスローカーブを口にしてみたのだった。

「いや、もしも息子くらい絵が上手かったら、ボブにした知世さんの横顔をデッサンしたくなるかもなって」

しかし、知世さんの反応は薄かった。

私の投げたボールを受け取るどころか、あえてひらりと躱（かわ）されたというか、スルーされたというか……。

もしかして、脈ナシってやつか？

それとも、私の勘違いだろうか？

いまいち見定めることができず、私は灯台を降りたあとも、さりげなく自分なりのボキャブラリーを駆使して、二人の距離感を測ってはみた。

それでも——、結局は、手応えらしきものを感じられないまま、その日のデート（らしきもの？）を終えることとなったのだった。

私は手にしていた缶ビールを見詰めて、

「はあ……」

と胸のなかのもやもやをため息に変えて吐き出した。

卓袱台の上の『さよならドグマ』が、なんとなく小さく見える。

押しては引く。引いては押す。

波のような駆け引き——。

そんな技術は、とうの昔に錆びついているのかも知れない。

まあ、人生、そう簡単には行かないよな——。

心でつぶやいて、ビールをごくりと喉に流し込んだとき、ふと『さよならドグマ』の一節を口にした知世さんの声が脳裏で再生された。


わたしの人生は、雨宿りをする場所じゃない。土砂降りのなかに飛び込んで、ずぶ濡れを楽しみながら、思い切り遊ぶ場所なんだよ。あなただって、本当は、そうしたいんでしょ？

「したいよ」

わざと声を出して、小さく嘆息した。

と、その刹那――。

缶ビールのとなりに置いてあったスマートフォンが振動した。

手に取り、画面を見ると、健太郎からのメッセージだった。

「おっ、どうした――」

また、ひとりごとを言いながら、本文を開いてみた。

すると、そこには、いまの私を唸らせるような内容が書かれていたのだった。


報告です。

本日、彼女ができました。

このあいだ釣りのときに話した、例の娘です。

そのうち、そっちに連れていくかも。

彼女、ようやく就職が決まってホッとしたから、海が見たいんだって。

というわけで、その時は、よろしくね。


メッセージには、一枚の写真が添付されていた。

写っているのは、男の手と女の手で、それぞれの手のひらに麗美が作ったキーホルダーがのせられていた。

私は、その写真の画像を開いたまま、スマートフォンを卓袱台の上に戻した。

そして、缶ビールの残りを一気に飲み干した。

空になった缶を卓袱台の上に置いたとき、網戸の向こうからすうっとやわらかな海風が吹き込んできた。

凜――。

麗美が好きだった風鈴が鳴った。

今夜は、あまり海の音が聞こえない。きっと凪いでいるのだろう。

私は『さよならドグマ』を見た。

凜――。

ふたたび、風鈴が鳴る。

卓袱台に置いたばかりのスマートフォンを手にした。

画面に息子の電話番号を表示し、通話ボタンをタップ。

「もしもし」

と出た健太郎の声には、笑いが含まれているような気がした。

「おう。彼女、出来たんだって？」

「うん」

「そうか、よかったな」

私が当たり前のことを言うと、健太郎はくすっと笑った。

「どうしたの、急に」

「え？」

「なんか、変だよ？」

「そうか？」

言われなくても分かっている。

私は、いま、変なのだ、たぶん。

凛――。

「あ、風鈴が聞こえた」

と健太郎が言った。

私は、その風鈴を見詰めながら口を開いた。

「あのな、ちょっと、お前に訊きたいことがあるんだけど」

「訊きたいこと？」

「まあ、そうなんだけどな――」

ここで私は大きく息を吸い込むと、一気に言った。

「女って、どうやって口説けばいいんだっけ？」

一秒、二秒、三秒――。

ぽかん、とした感じの沈黙の後、健太郎が「いいじゃん」と言った。

「え？」

「父さん、あの本、読んだんでしょ？」

私は『さよならドグマ』を見た。

「読んだよ。つーか、お前、いま、ニヤニヤ笑ってんだろ」

「そりゃ、笑ってるよ」

「あのなぁ――」

こっちは真面目に訊いてるんだぞ――、とぼやく前に健太郎が言った。

「嬉しいからさ」

「え？」

「俺、ガチで応援するから」

「ガチって、お前……」

凜――。

「あ、ほら、また風鈴が鳴ったでしょ？」

私が黙っていると、健太郎が続けた。

「いよいよ、動き出すね」

「え？」

「俺たちの時間が」

俺たちの、時間――。

それから私は、少しのあいだ、その言葉の意味を憶った。

やさしい夜の海風が吹いて、風鈴がささやく。

凜、凜――。

私はゆっくりと視線を下ろして、卓袱台の上を見た。

知世さんの娘さんが編集したという、とても美しい本と目が合った。

理由は分からない。でも、私は、いま、とても自然な感じで微笑んでいた。

「健太郎」

「ん？」

私は、目に見えない拳で息子の胸をコツンと叩いた。

「応援、ガチで頼むわ」

「あはは。オッケー」

いちばん頼れる同志の声。

大きく成長してくれた拳が、いま、私の胸にもしっかりと当たった気がした。

本書は二〇二一年九月、小社より刊行されたものです。